Robert James Waller

Die Liebenden von Cedar Bend

Robert James Waller

Die Liebenden von Cedar Bend

Roman

Aus dem Amerikanischen
von Bernhard Schmid

Goldmann Verlag

Die amerikanische Originalausgabe
erschien unter dem Titel
»Slow Waltz in Cedar Bend«
bei Warner Books, Inc., New York

Umwelthinweis:
Dieses Buch und der Schutzumschlag
wurden auf chlorfrei gebleichtem Papier gedruckt.
Die Einschrumpffolie (zum Schutz vor Verschmutzung)
ist aus umweltfreundlicher und recyclingfähiger PE-Folie.

Der Goldmann Verlag
ist ein Unternehmen der Verlagsgruppe Bertelsmann

2. Auflage

Satz: Uhl + Massopust, Aalen
Printed in Germany · Presse-Druck Augsburg
ISBN 3-442-30476-8

Prächtigem Gefieder und südlichem Wind

1

Der alte Postzug nach Trivandrum war pünktlich. An einem drückend schwülen Nachmittag tauchte er aus dem Dschungel und stampfte um drei Uhr achtzehn in den Bahnhof des südindischen Ortes Villupuram. Schon beim ersten Pfiff, weit entfernt noch, tief im Innern des Landes, begannen die Leute an die Bahnsteigkante zu drängen. Was nicht laufen konnte, wurde irgendwie getragen oder gestützt – Bettzeug und Marktkörbe, Säuglinge und Greise.

Michael Tillman, der an einer rußigen Mauer gelehnt hatte, kam auf die Beine und schwang sich einen braunen Rucksack über die linke Schulter. Hundert Leute versuchten aus dem Zug zu kommen, doppelt so viele drängten hinein – es war, als flössen zwei Ströme aufeinander zu. Wer nicht drängelte, blieb zurück. Eine Schwangere geriet im Gewühl ins Taumeln, so daß Michael sie am Arm nahm, um ihr

hinaufzuhelfen, und als er sich schließlich selbst in den Wagen drückte, fuhr der Zug bereits wieder los.
Die Räder begannen zu rollen, die Lokomotive zog kräftig an, und schon ging es mit vierzig Meilen die Stunde durch die Randbezirke von Villupuram. An Hinsetzen war nicht zu denken, da man kaum Platz zum Stehen hatte. Während der Zug sich aus den braunen Hügeln in die grünen Reisfelder hinauswand, hing Michael mit einer Hand an der Gepäckablage, und mit der anderen holte er das Foto von Jellie Braden aus der Brusttasche, um sich mit einem Blick darauf zu erinnern, warum er dies alles tat.
Phantastisch. Seltsam. Das eine wie das andere. Verläßt doch dieser merkwürdige Mann mit Rucksack sein heimatliches Iowa, um sich im Bauch des indischen Subkontinents auf die Suche nach einer Frau zu begeben. Jellie Braden ... Jellie ... die obendrein noch zu einem anderen gehörte. Aber Michael Tillman wollte sie. Mehr noch als seinen nächsten Atemzug. So sehr, daß er auf der Suche nach ihr um den halben Globus flog. Immer wieder dachte er, daß die ganze Geschichte aus einem dieser Songs zu stammen schien, die man früher nach Mitternacht im Radio zu hören bekam.
Wie fängt so was an? Und wieso? Der alte Darwinsche Tanz. Urkräfte, tiefsitzende Instinkte aus grauer Vorzeit. Ein Flüstern in den Knochen, in den Genen vielleicht: »Die da.« Und schon war es geschehen: Irgendwo in Iowa öffnete sich eine Küchentür – und

mit ihr Michael Tillman, als er Jellie mit ihren vierzig Jahren hereinkommen sah.

1980 war das gewesen, auf dem Herbstempfang, den der Dekan für die Neuzugänge im Lehrkörper gab. Michael war eben aus Indien zurückgekommen, von seinem zweiten Fulbright-Stipendium, und litt noch unter der Zeitverschiebung. Mit hängenden Schultern stand er am Kühlschrank des Dekans und schluckte sein zweites Bier. Er mied die Gesichter, die ihn ansahen oder den, wofür sie ihn hielten, beantwortete die lästigen Fragen über den Subkontinent und ertrug das weiße Rauschen akademischen Geplappers um ihn herum.

Die Gattin eines Kollegen von den Wirtschaftsprüfern war an der Reihe mit dem Indienquiz. Michael widmete ihr 38,7 Prozent seiner Aufmerksamkeit und genehmigte sich, auf Fluchtwege sinnend, einen ausgiebigen Schluck, während sie plapperte.

»Hat Ihnen denn die Armut nicht furchtbar zu schaffen gemacht?«

»Welche Armut?« Er dachte an Joseph Conrads *Herz der Finsternis*, das er eben zum dritten Mal las und zur Hälfte durchhatte.

»In Indien. Das muß doch schrecklich sein.«

»Nein. Ich war im Süden, und die Leute da schienen mir recht gut genährt. Sie haben zuviel ferngesehen. Da zeigen sie einem immer nur die wackeren katholischen Schwestern in den Gedärmen Kalkuttas.« Bei dem Wort »Gedärme« fuhr sie etwas zusammen, als höre sie es entweder zum ersten Mal oder nicht gern.

»Sind Ihnen auch Kobras untergekommen?«

»Ja, der Schlangenbeschwörer auf dem Marktplatz hatte eine in seinem Korb. Er hatte ihr das Maul zugenäht, damit sie keinen Schaden anrichtete.«

»Und wie fraß die dann?«

»Überhaupt nicht. Solche Schlangen sterben einfach irgendwann. Dann geht der Mann los und sucht sich eine neue, der er wieder das Maul zunäht. So machen die das.«

»Mein Gott, wie grausam, obwohl ich Schlangen ja verabscheue.«

»Ja, die Arbeitsbedingungen sind überall nicht mehr das, was sie mal waren. Andererseits ist es fast wie an der Universität. Nur daß wir hier stärkeren Faden nehmen, das ist alles.«

Die Wirtschaftsprüfersgattin musterte ihn mit dem gleichen maßlosen Staunen, mit dem manche Leute dem Wahnsinn begegnen, und fuhr dann fort. »Haben Sie auch diese nackten Männer mit der weißen Farbe oder was immer auf dem Körper gesehen? Sind die nicht merkwürdig?«

»Nein, von denen habe ich keine gesehen. Die gibt es wohl eher im Norden, schätze ich. In Benares, oder Varanasi, wie sie das jetzt nennen, in solchen Gegenden. Ob diese Leute merkwürdig sind, kann ich nicht sagen. Das hängt wohl von der Weltanschauung ab, nehme ich an, und den Berufsvorstellungen des einzelnen.«

»Jellie Braden war auch in Indien, müssen Sie wissen.« Der Lehrstuhlinhaber für vergleichende Wirt-

schaftswissenschaften kam der Frau des Wirtschaftsprüfers zuvor und sicherte sich Michaels Aufmerksamkeit.
»Wer?«
»Na, Jim Bradens Frau. Das ist der Neue aus der Ökonometrie, den wir in Indiana eingekauft haben.«
Michael hörte, wie auf der Auffahrt eine Autotür ins Schloß fiel. Der Professor drehte sich um und sah zum Fenster hinaus. »Ach, da sind sie ja. Ein reizendes Paar.«
Braden? Braden … Braden … Braden? Ach ja, Jim Braden. Er hatte vor sechs Monaten ein Einstellungsgespräch mit ihm geführt, bevor er nach Indien gegangen war. Seine Frau hatte er nicht kennengelernt. Sie hatte sich während der Eignungsgespräche mit einem Makler Häuser angesehen. »08/15« hätte Michael beinahe auf den Auswertungsbogen geschrieben, »das entspricht gesetzt und langweilig, wenn nicht mehr.« Aber er tat es nicht; statt dessen schrieb er: »Jim Braden ist genau das, was wir hier brauchen« – was aufs selbe hinauslief.
James Lee Braden III. schritt lächelnd in die Küche des Dekans, schüttelte Hände, wurde vorgestellt. Auch Jellie Braden lächelte, in ihrem hellblauen Kostüm mit der auf Taille gearbeiteten Jacke, die ihr bis knapp über die Hüften reichte, während der Rock bis zur Wadenmitte ging; unter dem Rocksaum sah man schwarze Stiefel mit halbhohen Absätzen. Eine dezente Erscheinung, diese Jellie Braden.
Aber nicht dezent genug. An dieser Frau war alles

dran. Ein kühles Patriziergesicht, in dem sich nur Gene erster Güte vereinten, nachtschwarzes Haar und makellose Haut. Ein Körper, bei dem die alten Franzosen von *rondeur* gesprochen hätten, schickliche Autoren ins Schwärmen und Männermagazine schlicht in Verzückung geraten wären. Graue Augen, die auf einen zukamen wie fliegende Pfeile, und eine Sicherheit im Umgang mit Männern, die darauf hindeutete, daß sie wußte, wozu sie taugten und wozu nicht. Woher sie diese liederlichen Wahrheiten hatte, war auf den ersten Blick nicht zu erfahren, aber einige Minuten mit Jimmy Braden, und man wußte, von ihm stammten sie nicht.

Lehrkörper, und was sonst so mit kurzen Aufmerksamkeitsspannen gesegnet war, ließen von Indien ab und gingen über zu Punkt zwei ihres Repertoires, einem weiteren Katalog von Standardfragen – der jedoch nun den Bradens galt, so daß Michael wieder allein am Kühlschrank lehnte und Jellie beobachten konnte.

»Wie gefällt es Ihnen in Cedar Bend?«

»Sind Sie schon mit Umziehen fertig?«

»Welche Seminare halten Sie denn, Jim?«

»Jellie – was für ein *interessanter* Name.«

Die Frau des Dekans kam herüber. »Hallo, Michael.«

»Hi, Carolyn, na, was macht die Kunst?« Er und Carolyn waren schon immer gut miteinander ausgekommen, obwohl der olle Dekan sich insgeheim wünschte, Michael würde seine Koffer packen und hingehen, wo der Pfeffer wächst. Er gehörte einer hohen Gehaltsstufe an, in der Hauptsache deshalb, weil er bereits fünfzehn Jahre dabei war, und Arthur Wilcox hätte in Michaels Büro lieber etwas nicht ganz so Kostspieliges und dafür um so Gefügigeres gesehen.

Carolyn jedoch kam bei Anlässen wie diesem für gewöhnlich auf einen Plausch auf ihn zu. Eines der Lieblingsthemen der beiden war der Niedergang der Romantik. »Michael«, hatte sie ihm einige Jahre zuvor, auf der Weihnachtsparty – betrunken, aber nicht ausfallend – anvertraut: »Sie sind der einzige richtige Kerl hier. Die anderen sind alles Eunuchen.« Er hatte ihr einen Arm um die Schultern gelegt und ihr »Frohe Weihnachten, Carolyn« ins Ohr geflüstert. Michael hatte gesehen, daß der Chef der Wirtschaftsprüfer sie beobachtete. Der Mann hatte ein Glas alkoholfreien Punsch in der Hand und einen grünen Stern am Revers, auf dem, mit rotem Filzstift geschrieben stand: »Hi! Ich bin Larry – frohes Fest«. Michael hatte ihn angegrinst.

Eine Zeitlang hatte er Carolyn die »Dekanesse« genannt. Was ihr so gefallen hatte, daß sie es sich auf ein T-Shirt drucken ließ. In diesem ging sie auf das Herbstpicknick, bei dem sich die Angehörigen der Fakultät, Volleyball spielend, näherkommen sollten. Arthur, ihr Dekan, nahm daran Anstoß und verbot ihr, es je wieder zu tragen.

»Ach was, der kann Sie doch mal«, hatte Michael gesagt, als sie ihm von dem T-Shirt-Verbot erzählte.

Carolyn hatte gelacht. »Ja, wenn er das nur täte. Arthur ist ein Viktorianer bis auf die Knochen, ein einziges Komplexbündel.« Als er das hörte, starb Michaels Glaube an Happy-ends einen weiteren kleinen Tod. Carolyn war dreiundfünfzig, aber sie hatte noch immer Feuer im Hintern, und das nicht zu knapp, wie er vermutete. Seiner Meinung nach war das eine verdammte Schande und eine Verschwendung einer großartigen Frau obendrein. Wie zum Teufel, so fragte er sich, kommt es bei der Partnerwahl nur zu derartigen Schnitzern?

Er und Carolyn unterhielten sich einige Minuten lang. Michael sah an ihr vorbei und musterte Jellie Bradens Hinterkopf. Er überlegte, ob ihr Haar tatsächlich so dick war, wie es den Anschein hatte, und fragte sich, wie es sich wohl anfühlen würde, sich eine Handvoll davon zu greifen und sie gleich hier und heute über den Küchentisch des Dekans zu legen. Er konnte sich des Gefühls nicht erwehren, sie würde womöglich lachen und ihn bereitwillig machen lassen, falls er es tatsächlich versuchte.

Carolyn Wilcox folgte Michaels Blick und sagte: »Kennen Sie Jellie Braden schon?«

»Bis jetzt noch nicht.«

Die Dekanesse griff hinüber und rettete Jellie durch ein Zupfen am Ärmel aus den Schwaden der Fadheit, in denen sie trudelte. Dekansgattinnen dürfen das, wenn ihnen danach ist, weshalb sie es denn auch mit schöner Regelmäßigkeit tun – was einen Halbkreis von Leuten mit Gläsern in der Hand, des Objekts ihrer Konzentration beraubt, dumm aus der Wäsche gucken läßt. Ein Schnappschuß, der in keinem Jahrbuch fehlen sollte.

Jellie Braden drehte sich um. »Jellie, ich möchte Ihnen Michael Tillman vorstellen. Er ist das unverbesserliche Element in diesem Lehrkörper. Genauer gesagt, er ist der einzige, an dem nichts zu verbessern wäre.«

Jellie hielt ihm die Hand entgegen, er nahm sie an. »Was macht Sie denn so unverbesserlich, Dr. Tillman?«

»Nur Michael, wenn es Ihnen recht ist. Ich kann Titel nicht ausstehen.« Er grinste leicht, und sie lächelte über die lockere Art, mit der er etwas abtat, das zu erreichen er neun Jahre in diversen mittelalterlichen Institutionen zugebracht hatte. »Abgesehen davon halte ich mich zufällig für ausgesprochen verbesserlich. Es ist nur so, daß Carolyn und die übrigen da anderer Meinung sind.«

Carolyn tätschelte ihm den Arm und wandte sich den anderen zu. Jellie Braden sah ihn an. »Mir fällt eben ein, daß Jimmy Sie erwähnte, als wir wegen der Vorstellungsgespräche hier waren. Irgend jemand von der Fakultät hatte ihm gesagt, Sie seien ein Exzentriker oder so was Ähnliches.«

»Abgestumpft vielleicht. Eine Menge Leute verwechseln das mit exzentrisch.«

»Wenn ich mich recht erinnere, meinte er, Sie seien die reinste Ideenfabrik, als er von den Vorstellungsgesprächen zurückkam. Erst neulich hat er wieder gesagt, daß er sich darauf freue, mit Ihnen zu arbeiten. Hört sich nicht so an, als hielte er Sie für abgestumpft.«

Michael wurde es etwas eng um die Brust, er brauchte Luft. »Wie man so hört, waren Sie einige Zeit in Indien.«

»War ich tatsächlich, ja.« Als sie das sagte, bemerkte er, wie sie die grauen Augen hob und nach rechts blickte, irgendwo anders hin, wie die Leute das so an sich haben, wenn sie abschalten, um sich ein Weilchen mit etwas anderem zu beschäftigen. Genauso, wie er das selbst oft machte.

Indien. Der Gedanke daran erweckte in ihr stets Gerüche und gleißende Bilder zum Leben, die sie einen Augenblick lang überwältigten, und es waren immer dieselben: Jasmin im bengalischen Nachtwind; dunkle Hände auf ihren Brüsten, in der Biegung ihres Rückgrats; der Geruch eines Mannes, der an ihr emporglitt, um sie zu lieben. Seine Worte in diesen zarten, vergänglichen Augenblicken:

> ... habe ich dieses Lied schon mal gespielt?
> Nicht in einem Leben, an das ich mich erinnern kann.
> ... werde ich dieses Lied je wieder spielen?
> Nicht in einem der Leben, die noch kommen.

»Ich bin eben von dort zurückgekommen«, sagte Michael.

»Waren Sie zum ersten Mal dort?« Sie kehrte zurück, von wo auch immer sie gewesen sein mochte, und wandte sich ab, um ihr Glas auf den Küchentisch zu stellen.
»Zum zweiten Mal. Ich war schon 1976 da.«
»Dann muß es Ihnen ja gefallen haben.« Lächelnd neigte sie den Kopf. »Wie ich an der Beule in Ihrem Hemd sehe, haben Sie Zigaretten. Kann man hier drin rauchen?«
»Wo denken Sie hin. Aber wir können rausgehen und die Kippen dann auf der Zufahrt austreten. Das macht den Dekan stinksauer, also mache ich es mindestens einmal pro Besuch.«
Jemand mit weniger Selbstvertrauen als Jellie Braden hätte sich der Einladung entzogen. Weil es sich nicht gehörte und so weiter, vor allem nicht für die Frau eines neuen Professors. Aber Jellie neigte den Kopf in Richtung Tür und sagte: »Na, dann los.« Die Küche war nahezu leer, da der Dekan sich im Salon verbreitete, ein Vortrag, bei dem man nur mit einem Attest seines Arztes zu fehlen wagte.
Sie setzten sich auf die Hintertreppe, und Jellie schnorrte eine Zigarette von ihm. Er fragte: »Wann waren Sie denn in Indien und für wie lange?«
»Ist schon einige Zeit her. Ich war drei Jahre dort.«
Eine Antwort von beiläufiger Ungenauigkeit. Was ihm zu denken gab. »In welchem Teil?«
»Im Südosten, hauptsächlich. Pondicherry.«
»Ich habe davon gehört, war aber nie dort. Eine alte französische Stadt, nicht wahr?«

»Ja.« Sie blies Rauch über die Azaleen des Dekans, sagte aber nichts weiter dazu.
»Hat es Ihnen gefallen?« fragte er. »Dumme Frage. Muß es ja wohl, wenn Sie drei Jahre geblieben sind.«
»Mal mehr, mal weniger. Alles in allem ganz gut. Ich bin wegen meiner Magisterarbeit hin, dann bin ich dem Land verfallen. Ich habe die Arbeit nie zu Ende gebracht.«
»So was kommt vor. Bei Indien scheiden sich die Geister ja ziemlich klar: Entweder man verliebt sich, oder man kann es nicht ertragen. Ich gehöre zu den ersteren.«
Sie saßen kaum eine Ellenlänge auseinander und sie sah ihn an. »Ich auch.«
»Wie haben Sie beide sich kennengelernt, Sie und Jim?«
»Nachdem ich aus Indien zurück war, wollte ich in Bloomington bleiben, obwohl ich nicht mehr studierte. Ich konnte mir einen Job als Sekretärin im wirtschaftswissenschaftlichen Seminar organisieren. Jimmy war dort Privatdozent, frisch von der Uni, mit einem funkelnagelneuen Diplom. Er war immer so höflich zu mir und trug teure Anzüge, schrieb Artikel über irgendwelche esoterischen Themen, von denen ich kein Wort verstand, die ich aber pflichteifrig abtippte. Ich war damals ziemlich am Schwimmen. Als er um meine Hand anhielt, schien mir nichts dagegenzusprechen, also sagte ich ja.«
Michael hörte sich an, was sie sagte, und wie sie es

sagte. Sie hatte Jim Braden geheiratet, weil ihr nichts dagegenzusprechen schien. Merkwürdige Art, es so auszudrücken. So nahe, wie er ihr jetzt war, den festen Blick ihrer grauen Augen auf sich gerichtet fühlend, aktualisierte er seine Idee, sie auf der Stelle zu verführen. Sein neuer Plan sah vor, sofort und erster Klasse mit ihr auf die Seychellen zu fliegen – ein Kopfsprung in ein ewiges, wollüstiges Nirwana. Für ihn bestand nicht der geringste Zweifel daran, daß Jellie Braden unter einem Wasserfall im Dschungel und mit einer roten Hibiskusblüte im Haar mehr als zauberhaft aussehen würde.

»Wie lange sind Sie denn nun schon verheiratet?« Kaum hatte er das gefragt, stöhnte in seinem Kopf eine Stimme auf: »Du Esel, Tillman, wie kannst du nur so was fragen? Das geht dich nicht das geringste an und ist obendrein viel zu direkt – du hast die Frau doch eben erst kennengelernt.« Er stand auf und zerstampfte seine Zigarette in der Auffahrt des Dekans. Überall sonst zerbröselte er Papier und Tabak und steckte die Filter ein; nicht so jedoch vor dem Haus des Dekans. Hier war er ganz der alte Köter, der sein Revier absteckte, stets darauf bedacht, Arthur etwas zum Beschnüffeln zu hinterlassen.

Sie dagegen ging hinüber zu ihrem Wagen und drückte ihre Kippe in den Aschenbecher. »Jimmy wird wieder furchtbar jammern, wenn er das sieht. Ich darf daheim nicht rauchen, solange er im Haus ist. Auf der Rückfahrt wird er mir eine Gardinenpredigt halten. Und wenn wir daheim sind, sprayt er den

Wagen zwei Minuten lang aus.« An ihrer Unterlippe nagend, sah sie ihn an. »Jimmy und ich sind jetzt zehn Jahre verheiratet. Ich denke, wir sollten besser wieder reingehen.«

Er begann an seiner Krawatte zu zerren. »Gehen Sie schon mal vor. Ich haue ab nach Hause und mache es mir noch ein bißchen mit Joseph Conrad gemütlich.«

»Hat mich gefreut, Sie kennenzulernen«, sagte Jellie Braden.

»Ganz meinerseits. Wir sehen uns sicher mal wieder.«

Sie lächelte. »Sicher.«

Michael dachte, ein Wasserfall auf den Seychellen wäre genau das richtige. Fünfzehn Monate später fuhr er mit einem *Postzug* durch den Süden Indiens, zu Orten, die er noch nie gesehen hatte, auf der Suche nach ihr.

2

Hochsommer 1953 in Dakota, einer Gegend am Ende der Welt. Der heiße Wind klebte einem die feuchten Kleider an den Körper. Michael Tillman war damals fünfzehn und beugte sich unter die Motorhaube von Elmore Nixons Wagen; Nixon war der Direktor der First National Bank in Custer. Das T-Shirt hoch über das Kreuz verrutscht, die Zehen gerade noch auf dem Beton, lauschte er den launischen Umdrehungen des Acht-Zylinders, stellte den Vergaser nach und lauschte wieder, bis der Motor sich schließlich beruhigte und zu schnurren begann.

»Mikey, sieh zu, daß du den verdammten Olds endlich hinkriegst. Wir haben schließlich noch drei andere hier stehen.« Sein Vater torkelte um ihn herum, die Whiskeyflasche in der Gesäßtasche seines graugestreiften Overalls.

Seine Mutter, die draußen an den Zapfsäulen einen

Getreidelaster auftankte, wischte sich mit dem Arm über die Stirn. 27. Juli, vier Uhr nachmittags, an Tillman's Texaco, eine Welt voll schwerer Gerüche und abblätternder Farben: Die Grüntöne verblaßten, während die weißen sich schälten. Davor das Dröhnen des Verkehrs auf der Route 16 – Touristen mit weißen Koffern am Dach auf dem Weg zu den Felsgesichtern am Mount Rushmore.

Michael richtete sich auf, nahm das zum Schutz über den Kotflügel des Olds drapierte Tuch weg und knallte die Haube zu. Er fuhr den Wagen rückwärts aus der Wartungsbucht und parkte ihn an der Seite. Dort blieb er einen Augenblick stehen und wischte sich die Hände an einem Lumpen ab. Ein Lakota-Sioux in abgetretenen Cowboystiefeln, ein kleiner, in seine Pockennarben schwitzender Kerl, wartete am Straßenrand auf irgend jemanden oder irgend etwas, vielleicht auch auf eine Zeit, die besser war als die, in der er jetzt lebte.

Michael ging hinüber zur Kühltruhe und zog eine Cola aus dem wässrigen Eis. Er hielt sich die Flasche an die Wangen, erst an die eine, dann an die andere. Er steckte sie unter sein Hemd und drückte sie gegen die Brust; als Kälte auf Hitze traf, durchlief ihn ein Schauer. Seit Wochen hatte es nicht mehr geregnet, und winzige Windhosen tanzten die Straße entlang.

»Mikey, verdammt . . .«

Das Genuschel seines Vaters hallte aus der Garage. Er legte die Cola in den Eiskasten zurück.

Michael rutschte in den nächsten Wagen und rangierte ihn in die Wartungsbucht. Der Auftragszettel trug die Handschrift seiner Mutter: »Schmieren & Öl«. Mit einem Seufzen hob die Bühne den Chevy an. Der Bel-Air gehörte Rechtsanwalt Dengen. Michael öffnete die Schraube an der Ölwanne. Während das alte Öl in einen Eimer lief, sah er auf die Route 16 hinaus. Eine einzige gute Straße, dachte er dabei, reicht völlig aus.
Er ging hinüber zu der Vincent Black Shadow im hinteren Teil der Garage und strich über den Lenker. Sein Vater hatte das große englische Motorrad als Bezahlung für eine Reparatur angenommen. Wenn er sie wieder flott bekomme und zu warten lerne, sagte er Michael, gehöre sie ihm. Was er denn auch getan hatte; von diesem Augenblick an hatte die Maschine ihm gehört, in jeder Hinsicht. Eine einzige gute Straße – mit der Shadow könnte er es weit bringen auf dieser Straße; er brauchte nur noch alles zu lernen, was es über Ventile, Räder und die Wege hier raus zu wissen gab. Michael übte bereits, nachts; da raste er mit der Shadow durch die Black Hills, obwohl er noch nicht alt genug war, um fahren zu dürfen.
An Winterabenden, an denen die Shadow auf das Frühjahr wartete, sprang er auf der Jagd nach Körben durch die Lichter von Kleinstadtturnhallen. Den Leuten war Ellis Tillmans Junge schon aufgefallen; sie hielten ihn für gut genug, um am College zu spielen. Als er in seinem letzten High-School-Jahr

gegen Deadwood 53 Punkte machte, wußten sie es genau.
Wenn sich die Mädchen von der High-School auf ihren Pyjamapartys kichernd über Jungs unterhielten, sagten sie, Michael Tillman habe traurige braune Augen – einsame Augen – und Schmiere an den Händen, die einfach nicht wegzukriegen sei. Sie meinten, er sei schüchtern, hätte aber tolle Muskeln und mache eine gute Figur im Baskettballdress. Sie meinten, sein Lächeln sei nett, nur viel zu selten zu sehen. Aber er würde ja wahrscheinlich die Tankstelle seines Vaters übernehmen, und die Schmiere an seinen Händen würde ihm bleiben. Hin und wieder nahm er eine von ihnen mit ins Kino nach Rapid City, aber im Grunde war er ein Einzelgänger. Er arbeitete an der Tankstelle und ging im Sommer Forellenfischen, wenn er nicht im Stadtpark Sprungwürfe übte, bis sie wie Zauberkunststücke wirkten. Die Shadow, der Sprungwurf, Algebra und die euklidische Geometrie – sie alle waren aus ein und demselben eleganten Material, aus dem auch das Universum bestand. Und er war gut darin. Mit Mädchen tat er sich weniger leicht, mit Mädchen und vollen Räumen oder im Englischunterricht, wo man Gedichte zerlegte, bis nichts mehr übrig war.
Räume voller Menschen waren ihm egal. Mit Gedichten kam er durchaus hin und wieder zurecht. Aber was die Mädchen anbelangte, so machte er sich seine Gedanken, da aus ihnen schließlich mal Frauen würden. Irgendwo auf dieser Welt gab es eine

Frau, die die erste in seinem Leben sein würde. Wie das wohl wäre? Mit einer Frau zusammenzusein. Er war sich nicht sicher. Nicht sicher, aber interessiert. Würde sie zufrieden mit ihm sein? Und wie sollte ein Junge, ein junger Mann, wissen, was er zu tun hatte? Auch da war er sich noch nicht schlüssig. Er hatte verschiedentlich darüber nachgedacht und das Buch gelesen, das ihm seine Mutter ins Regal geschmuggelt hatte: *Was Jungen und Mädchen voneinander wissen sollten.* Weder sie noch sein Vater hatten das Buch je erwähnt. Wie bei allen anderen Dingen auch, so glaubte er sich ganz und gar auf sich allein gestellt. Soweit er es beurteilen konnte, hatte keiner vom anderen was zu erwarten, außer kleinen Taschenbüchern, die kein Mensch erwähnte und die ihm obendrein noch herzlich unromantisch schienen.

Sein Sprungwurf brachte Michael weiter, als es die Shadow je gekonnt hätte. An einem Dezemberabend im Jahr 1960 stand Ellis Tillman über sein Kofferradio gebeugt und drehte am Knopf, um KFAB in Omaha, Nebraska, hereinzubekommen. Die Stimme des Ansagers meldete sich: »Für... Informationen... an den Ortsvertreter der Landwirtschaftskammer.« Ganz schöne Strecke, der Empfang war schwach. 29 Grad unter Null hatte es um neun Uhr vierzehn in Custer gehabt; wenn der Wind dazukam, waren es 44 Grad. Es rauschte wieder. Er verfluchte das Radio, und Ruth Tillman sah vom Küchentisch aus herüber. »Ellis, es ist doch nur ein Basketballspiel und nicht das Ende der Welt. Hat er noch was über Michaels Knie gesagt?«

»Nein. Der macht das schon. Er ist ein zäher Bursche.« Ellis Tillman nahm einen Schluck Old Grand-Dad und beugte sich näher zum Radio. Er war stolz auf seinen Jungen.

Die Sterne verschoben sich, oder es verschwanden die Sonnenflecken, jedenfalls war die Stimme des Moderators plötzlich wieder da:

»Die Angriffsmaschine von Big Red läuft jetzt an und überrollt die State Shockers aus Wichita, dreiundachtzig zu siebenundachtzig, und das bei weniger als vier Minuten verbleibender Spielzeit. Tillman treibt den Ball auf die Hälfte der Shockers zu, er hinkt noch immer wegen des schlimmen Knies, das ihn während der ersten Halbzeit außer Gefecht gesetzt hat. Abgabe an LaRoux, zurück zu Tillman, Big Red drängt in die Hälfte des Gegners. Tillman täuscht links an, treibt den Ball aber unter der Doppelabwehr von LaRoux und Kentucky Williams rechts vorbei...«

»Ja, zeig's ihnen, Mikey!« Ellis Tillman trampelte mit beiden Füßen auf das gelbe Linoleum und drosch so hart auf den Tisch mit den Chrombeinen ein, daß das Radio hüpfte. Ruth Tillman sah sich an, was sie gestrickt hatte, und schüttelte langsam den Kopf; sie konnte sich nur wundern über die Männer und darüber, was sie zu solchem Wahnsinn trieb.

Vierhundert Meilen entfernt, in Lincoln, riecht es nach Schweiß und Popcorn, die Zuschauer brüllen, und der Schiedsrichter signalisiert ein Tillman-Special, wie er es nennt, mit anderen Worten: eine rasche Rechtsbewegung, bei der man dem Drecksack, der einen am Trikot packt, den Ellbogen ins Gesicht stößt; dann nichts wie rein in die von LaRoux und Kentucky aufgebaute Doppelabwehr. Von der Seitenlinie her blitzt eine Kamera auf. Das rechte Knie ist geschwollen und doppelt so groß wie sonst von all dem Blut im Gewebe ... Man hat das eine Million mal und öfter praktiziert, man spürt die Kraft in Beinen und Schultern, die Anmut, die tänzerischen Bewegungen, und schon ist man in der Luft, die Linke mit dem Ball über dem Kopf, während die rechte ihn mit einem langen, weichen Stoß in Richtung des orangefarbenen Korbs befördert, den Abermillionen von Basketbällen zum Teil so blankgerieben haben, daß das Metall silbern durchscheint; dann löst sich der Ball vom Ring und spaltet das Netz, ganz wie früher auf dem Hinterhof zu Hause in Süd-Dakota. Die Menge brüllt lauter, und man landet auf einem Knie, das unter einem nachgibt, und geht zu Boden, und Kentucky Williams, auf dem Weg zurück in die eigene Hälfte, fällt auf einen drauf ...

und dann liegt man da
und weiß, daß es aus ist,
und ist erleichtert, daß dem so ist.
Und vierhundert Meilen nordwestlich
senkt eine Mutter den Kopf.

Zwei Tage später hatte Ellis Tillman sein Exemplar des *Wichita Eagle* in der Post. Er hatte ihn abonniert, während Michael Basketball spielte, ein Abonnement, das er nun kündigen würde. Auf der Sportseite fand er folgende Schlagzeile:

Shockers unterliegen Nebraska mit 91 : 89
Tillman macht 24 Punkte
Verletzung bedeutet Ende der Karriere

Er dachte daran, den Artikel auszuschneiden und neben den anderen in der Tankstelle anzuschlagen. Aber Ruth Tillman wollte davon nichts hören.

Michaels Noten reichten mit Ach und Krach für ein Studium, aber nachdem er seinen Studienplatz erst einmal hatte, gab es für ihn nur noch Arbeit, Arbeit, Arbeit. Eine sechsjährige Schinderei, Dissertation eingeschlossen. In Berkeley ließ er sich einen Bart wachsen und verliebte sich zum ersten Mal. Sie hieß Nadia, trug schwarze Strümpfe und lange Röcke und kam aus Philadelphia, wo ihr Vater Gewerkschaftsfunktionär war. Sie lebten zwei Jahre zusammen, in den Sechzigern, als Berkeley, wie sie glaubten, zum Mittelpunkt all dessen wurde, was zählte.
Nadia ging zum Friedenkorps und meinte, Michael solle doch mitkommen. »Um einen Beitrag zu leisten, Michael«, sagte sie.
Man hatte ihm ein Stipendium für ein Doktorandenstudium angeboten, und er wollte es annehmen. »Ich

werde meinen Beitrag auf andere Weise leisten«, entgegnete er ihr.
Michael nahm sich den Bart ab. Nadia packte und ging. Enttäuscht, aber nicht zornig, auf zu neuen Taten. »Ist wahrscheinlich auch besser so«, meinte sie. »Du bist ein Einzelkind, und nach meiner Zeit mit dir und allem, was du so über dein Leben erzählt hast, glaube ich langsam, daß Einzelkinder zu Einzelgängern erzogen werden. Wenigstens, was dich anbelangt.« Dann, weicher, als sie ihn ansah: »Es war schön, Michael.«
Er lächelte. »Das war es, und ich meine es ernst, Nadia. Du hast mir eine Menge beigebracht. Melde dich, ja?« Er küßte sie zum Abschied und sah zu, wie zwei Jahre seines Lebens in einem Greyhound davonrollten; dann ging er ins Sekretariat der Wirtschaftswissenschaftler und legte den Brief vor, mit dem er das Stipendium annahm. Er lief zurück in seine Wohnung, wo noch immer alles nach Nadia roch, und sah sich ihre Poster an; Lenin, Einstein, Mark Twain. Sie fehlte ihm schon jetzt, aber sie hatte recht: Er war nicht nur gern allein, man hatte ihn dazu abgerichtet, allein zu sein. Einzelkinder wissen, daß es letztendlich so und nicht anders kommen muß, und verbringen ihr Leben damit, sich auf diesen Augenblick vorzubereiten.

3

Der Postzug nach Trivandrum wurde langsamer und kam zum Stehen; im Austausch gegen Rupien reichten unzählige Arme Früchte und Tee durch die Fenster. Moskitos hatten Hunger nach Blut. Michael lief der Schweiß das Rückgrat entlang, über Brust und Gesicht, als er sich wieder einmal Jellies Foto vornahm. Auf den Feldern bestellten Menschen den Reis, Ochsen zogen große Ladungen Holz über die Landstraßen, für eine kurze Strecke begleiteten Vögel den Zug, dann schwenkten sie ab. Weit vorn ein Pfiff, als die Lok sich ihren Weg durch ein weiteres Dorf bahnte.

Ein Gesicht schob sich über seine Schulter. Der Mann lächelte und deutete auf Jellies Foto. »Sehr hübsch. Nette Lady?«

»Sehr nett«, sagte Michael. Der Damm brach, und schon wollte jeder im Umkreis von drei Metern das Foto sehen. Sie gingen vorsichtig damit um, gaben es weiter, nickten beifällig und blickten lächelnd zu Michael auf.

»Ihre Lady?« fragte einer von ihnen.

So hatte er sie noch nie gesehen, also mußte er erst einen Augenblick überlegen. Dann grinste er. »Vielleicht, ich weiß nicht so recht«. Unterdessen rollte der Zug durch den Spätnachmittag in einen violetten Abend hinein.

Zwei Stunden nachdem er zugestiegen war, wurde ein Platz frei. Er wollte eben darauf zugehen, als er die Schwangere erspähte, der er in den Zug geholfen hatte. Er wies auf den Sitzplatz. Sie nickte ihm dankend zu und setzte sich. Kurz darauf zupfte ihn jemand am Ärmel. Zwei Inder waren, so gut es ging, zusammengerutscht, so daß für Michael eine Ecke des Sitzes übrig war. Er warf seinen Rucksack auf die Gepäckablage und kauerte sich auf den Platz, den sie ihm freigehalten hatten.

Man begann sich zu unterhalten, in der Hauptsache in Zeichensprache, aber man kam voran. Die Männer waren Bauern, die vom Markt zurückkehrten. Sie stellten einfache Fragen und fanden so Michaels Beruf heraus. Auf der Stelle ehrte man ihn, wie Inder den Lehrer gemeinhin ehren, mit Respekt, Hochachtung und Dankbarkeit. »Die höchste Berufung«, sagte ein Mann, der Englisch mit starkem Akzent sprach, und die anderen pflichteten ihm lächelnd und nickend bei. Vielleicht hat er ja recht, dachte Michael. Wenn man über Jahrzehnte hinweg denselben Beruf ausübt, mit derselben Person zusammen ist, verliert

man leicht die Perspektive und wird zynisch. Man konzentriert sich langsam, aber sicher auf das Häßliche in allem, was einem nahesteht, und vergißt dabei die eigentliche Schönheit des Ganzen.
Sein Studium hatte er mit hochfliegenden Träumen begonnen, eines Tages Gelehrter zu werden, Lehrer, und es schien ihm in der Tat die höchste Berufung zu sein. Mit Anfang zwanzig hatte er noch von aufgeweckten Studenten geträumt, die er durch das Labyrinth fortgeschrittener Wirtschaftstheorien zu führen gedachte, und vielleicht wartete bei entsprechender Forschungstätigkeit sogar ein Nobelpreis auf ihn. Aber dann, ohne daß er so recht hätte sagen können, warum, hatten ihn das Studium und seine ersten Jahre als Professor seiner Träume beraubt. Es hatte wohl etwas mit der Gewichtung der Methoden und Techniken zu tun, mit dem mühseligen Sammeln und Analysieren von Daten. Vielleicht auch damit, daß Sozialwissenschaftler davon träumten, Physiker zu sein – als könnte man der brodelnden Komplexität gesellschaftlicher Wirklichkeit mit denselben Mitteln beikommen wie der Natur. Und schließlich hatte es auch mit den Studenten zu tun, die nichts interessierte als die Vorbereitung auf den Beruf, die auf »Relevanz« pochten, wie sie es nannten, und herzlich wenig Sinn für Abstrahierungen hatten, die er so wunderschön fand, weil sie für das Gehirn wie ein klarer, kalter Gebirgsbach waren. »Eine gute Theorie ist das Praktischste, was Sie lernen können«, sagte er ihnen. Aber sie glaubten ihm nicht.

Er hielt eine kleine Rede vor dem Lehrkörper eines Wirtschaftscollege. »Unser Interesse gilt, wie es scheint, nicht dem Schaffen, sondern ausschließlich der Erhaltung – der Erhaltung unseres bequemen, beneidenswerten Lebensstils. Sollte der Steuerzahler jemals dahinterkommen, was hier wirklich vor sich geht, wird er Sturm gegen uns laufen. Wir sind nicht besser als unsere gottverdammten Studenten, und unsere Studenten sind genauso dämlich wie wir – alles, was heute zählt, ist, nur nicht aufzumucken und so schnell wie nur möglich an sein Diplom zu kommen.«

Zwei der einhundertsiebenunddreißig Köpfe nickten beifällig, einhundertfünfunddreißig andere wünschten sich, der Dekan würde endlich zum nächsten Tagesordnungspunkt übergehen und etwas über die Aussichten auf Gehaltserhöhungen im kommenden Jahr sagen. Es war Michaels letzte Rede gewesen.

So schliffen die Träume sich ab. Und Michael Tillman begann sich nach innen zu wenden und nur noch dem zu folgen, was ihm sinnvoll schien. Er versuchte die alten Gefühle wiederzuerwecken, die Ehrfurcht, die ihn früher einmal beim Gedanken an Zeit und Raum überkam, beim Gedanken an das eigenartige evolutionäre Wunder, das ihn und nicht einen anderen zu diesem speziellen Zeitpunkt in ein nach wie vor expandierendes Universum gesetzt hatte.

Seinen Mitmenschen schien er distanziert, was er auch war. Seinen Mitmenschen schien er arrogant, was er keineswegs war, ganz im Gegenteil. Er hatte sich lediglich entschlossen, auf Distanz zu gehen und seinen eigenen Weg zu beschreiten. Die meisten Leute halten Schüchternheit und Zurückhaltung – das eine wie das andere – fälschlicherweise für Arroganz. Sie ist ein bequemes Etikett, das Leute vergeben, die nicht unter die Oberfläche der Dinge sehen. Er hatte das verstanden und ließ die Leute glauben, was sie wollten.

Als Lehrer war er anders, aber effektiv. Gute Studenten mochten ihn, bei den mittelmäßigen war er gefürchtet. Die schlechteren mieden seine Seminare. Er war alles andere als der liebenswürdige, alternde Schulmeister und hatte auch nicht die Absicht, einer zu werden, aber er respektierte Mumm und Entschlossenheit und verbrachte viele Stunden mit denen, die in seinen Kursen nicht mitkamen. Eine besondere Geringschätzung behielt er sich für die Begabten vor, die ihre Studienjahre mit Faulenzen verbrachten.

»Du brauchst nur zu machen, was er verlangt, und alles geht klar; wenn nicht, kannst du einpacken«, hieß es unter den Studenten der Fachsemester. »Er kommt zwar hin und wieder barfuß in den Unterricht, aber er weiß, wovon er redet.«

Diejenigen, die ihren Collegeabschluß noch nicht hatten, waren über ihn geteilter Meinung:

»Die Prüfungen sind zu schwer. Müßte mehr Verständnis für junge Leute und den Druck seitens der Eltern aufbringen.«

»Er macht einem ein bißchen angst, hilft einem aber viel außerhalb des Klassenzimmers. Ein wirklicher Hammer, dieses Seminar.«
»Seine Ideen haben mich dazu gebracht, mein Leben ganz anders zu betrachten.«
»Macht manchmal einen arroganten, ichbezogenen Eindruck. Keiner kann so clever sein, wie er zu sein scheint.«
»Ich mochte seine Lehrmetode [*sic*].«
»Könnte einen Haarschnitt vertragen und mißbraucht den Namen des Herrn.«
»Guter Unterricht, scheint aber außer zu seinen offiziellen Stunden nie da zu sein. Ich arbeite im Supermarkt, um meinen Camaro abzubezahlen, und meine Arbeitszeit und die seine vertragen sich nicht.«
»Weiß, wovon er redet, lebt aber in einer anderen Welt.«
»Großartiger Lehrer. Einer der beiden besten, die ich je gehabt habe.«

Michael kam voller Schwung von der Universität. Die 26 Punkte seines akademischen Lebenslaufs brachten ihm 1970 eine Anstellung und 1978, eine Woche vor seinem Vierzigsten, einen Professorenstuhl ein. Danach hob er den Kopf und sah sich um, auf der Suche nach dem alten Zauber. Nach wie vor riefen Leute an und fragten ihn, was er zu diesem und jenem Thema vorhabe. »Nichts«, sagte er. »Bei mir heißt es: auf zu neuen Taten.«
»Und die wären?« fragten sie.

Er ließ das im unklaren, äußerte sich in Rätseln, was seinen dahintreibenden Gedanken entsprach. »Ich beschäftige mich ein bißchen mit Jeremy Benthams Frühwerk über die Freude-Schmerz-Gleichung und ihre Anwendung auf die Probleme der zeitgenössischen Demokratie.«
Das wirkte wie ein Schuß vor den Bug. Es folgte ein Augenblick des Schweigens in der langen Leitung. Dann: »Ich sehe schon. Zu schade, daß Sie nicht an dem alten Material weiterarbeiten. Ich dachte, Sie wären da auf etwas gestoßen.«
Und so ging das tagaus, tagein, ein Leben in vager Zufriedenheit, im großen und ganzen durchaus in Ordnung, aber von einer Einsamkeit, die ihm gleichzeitig alles und doch ein Greuel war. Er hatte seine Arbeit und die Shadow. Er hatte ein, zwei Frauen, mit denen er sich gelegentlich traf. Und dann kam Jellie Braden. Und dann der Postzug nach Trivandrum, der ihn in den traditionengeprägten indischen Süden brachte, wo man noch ganz den alten Regeln verpflichtet war.

Um zehn fuhr der Zug in Madurai ein. Michael erkundigte sich nach einer Übernachtungsgelegenheit, und der Schaffner verwies ihn auf ein kleines Hotel unweit des Bahnhofs. »Sehr sauber, sehr angenehm«, sagte er. Michael vertraute ihm.
Als er durch die Tür trat, kam schlagartig Schwung in den Laden. Die meisten kleinen indischen Hotels sind etwas für Leute, die auf die typisch karge indi-

sche Art reisen; weiße Gesichter sind an den Rezeptionen selten zu sehen. Der Mann hier war offensichtlich hocherfreut über Michaels Wahl, da er gleich drei Pagen anwies, ihn aufs Zimmer zu bringen, obwohl er nur einen Rucksack bei sich hatte.
Einer von ihnen lief voraus, schlidderte gut zwei Meter über den gefliesten Boden, kam genau vor Michaels Zimmer zum Stehen und öffnete die Tür. Ein anderer, der nur einige Brocken Englisch konnte, sagte, das Hotelrestaurant sei schon geschlossen, aber er würde ihm gern etwas holen gehen.
Michael wußte, auf ein Omelette war immer Verlaß. Er bat den Pagen, ihm eines zu besorgen, mit etwas Brot, Tee und Käse oder Joghurt. Fünfundzwanzig Minuten später kam der Junge mit Tee, Brot, Joghurt, Chutney und einem Omelett aus drei Eiern zurück. Wo genau die Eier herkamen, war in diesem Augenblick zweitrangig. Außerdem war es eine Frage, die Michael in Indien grundsätzlich nie stellte, egal, unter welchen Umständen.
Nach dem Essen legte er sich schlafen. Bei Tagesanbruch klopfte, wie gewünscht, einer der Jungen an die Tür. Michael duschte kalt und bestellte sich im Restaurant Cornflakes mit Ziegenmilch, Toast und Tee; dann machte er sich auf die Suche nach einem Wagen, der ihn in ein Dorf namens Thekkady in den Bergen im Westen bringen würde. Der Hotelmanager ging ihm mit Freuden zur Hand, und eine halbe Stunde später hielt ein weißer Premier, ein kleiner, in Indien gebauter Personenwagen, vor dem Hotel.

»Er hat einen Führerschein für ganz Indien«, sagte der Manager.
Michael war sich nicht sicher, ob das von großer Bedeutung war, hielt es jedoch für ein gutes Omen. Der Fahrer reinigte mit einem Kleiderbesen den Rücksitz, dann machten sie sich auf die Fährte von Jellie Braden.

Am Tag nachdem Michael Jellie auf dem Empfang des Dekans kennengelernt hatte, legte jemand den Schalter für das Herbstsemester um, und schon startete das alternde Raumschiff namens College zu einem neuen Flug. Michael unterrichtete dienstags und donnerstags, ging jedoch schon am ersten Montag ins Büro und trödelte dort herum. Er las die Post, die er in seiner Abwesenheit bekommen hatte, schlug seine Sprechstunden ans schwarze Brett und kümmerte sich um die Stundenpläne einiger Studenten, die nicht in Kurse konnten, die sie unbedingt besuchen wollten. Unter den Studenten sagte man: »Tillman weiß, wie man der Bürokratie ein Schnippchen schlägt, geh zu ihm, wenn du Hilfe brauchst.«
Er dachte noch immer an Jellie Braden. Er hatte schon lange nicht mehr so stark auf eine Frau reagiert. Vielleicht noch nie. Was heißt vielleicht... Definitiv noch nie. Die physische Anziehung war da und vielleicht auch noch etwas anders. Er hatte eine unruhige Nacht damit zugebracht, urzeitliche Instinkte gegen korrektes Verhalten abzuwägen, war aber zu keinem Ergebnis gekommen.

Am Dienstag begann er mit seiner Standardvorlesung »Komplexität und die Grenzen menschlicher Politik«, in der er die Studenten aus der Abschlußklasse mit einigen ausgefallenen Tricks aus der Kombinations- und Permutationslehre verblüffte. Eine typische erste Stunde. Er wollte ihnen zeigen, daß es bei ihm zur Sache ging. Der größte Teil seiner Kollegen beschränkte sich darauf, Unterrichtspläne auszuteilen und den Studenten den Weg zu den Toiletten zu erklären. Er dagegen kam herein, sah sich seine Leute an und sagte: »Wir beginnen mit komplexen Systemen, einer Untersuchung unseres eigenen beschränkten Intellekts im Wettstreit mit unbegrenzten Möglichkeiten.«

Dann wandte er sich der Tafel zu und grinste in sich hinein, als er sie nach Blocks und Schreibzeug kramen hörte, obwohl sie nicht gedacht hätten, daß sie derlei Dinge am ersten Tag schon brauchen würden. Michael Tillman, der Serienkiller im Klassenzimmer.

Am Donnerstag hielt er, wie an seiner Tür angeschlagen, seine Sprechstunde ab.

TILLMAN
14.00 – 16.00 Dienst. & Donn.
Andere Termine nach Vereinbarung

Zu Anfang des Semesters ließ sich kaum einer blikken. Die Studenten tranken lieber Bier und wollten sich noch nicht so recht vor ihre Bücher setzen. Nach etwa drei Wochen dann, kurz vor der ersten Klausur, kam langsam Leben in die Bude. Er saß zurückgelehnt da, die Füße auf dem Schreibtisch, ein Buch –

ein Loblied auf Reagans Wirtschaftspolitik, geschrieben von einem angebotsorientierten Kollegen – hielt die Bürotür offen. Es war allgemein bekannt, daß er seine Türstopper sowohl sorgfältig wählte, als auch periodisch auswechselte, eine Art »bodenständiger« Kommentar zu der Zeit, in der er lebte. Ein leises Klopfen an der Tür, und er hob den Kopf und blickte in ein Paar graue Augen: Jellie Braden, in engen Jeans, aus dem roten Pulli spitzte ein weißer Kragen, an den Füßen ein Paar weitgereiste Wanderschuhe; das schwarze Haar unter eine runde Wollmütze mit kleinem Schirm gepackt.

Er hatte am Sonntag gar nicht gesehen, wie lang ihre Beine waren, da Rock und Stiefel alles unterhalb der Gürtellinie verborgen hatten. Obwohl er es leicht hätte erraten können, wenn es ihm in den Sinn gekommen wäre. Über die rechte Schulter hing eine alte Aktentasche.

»Hallo, Michael Tillman. Ich bin eben auf dem Weg zu Jimmys Büro und habe gesehen, daß Ihre Tür offen ist.«

Er schwang die Beine vom Schreibtisch, warf das Computermagazin über die Schulter und sagte: »Selber hallo, Jellie Braden. Schön, daß Sie vorbeischauen. Kommen Sie doch rein und setzen Sie sich, hier drin brennt die Raucherlampe.«

»Okay. Ich habe ein paar Minuten, bis Jimmys Seminar zu Ende ist.« Sie tat, als wüßte sie mit den paar Minuten Leerlauf nichts Besseres anzufangen, aber er glaubte nicht, daß es wirklich so gemeint war.

»Jellie, Sie sehen aus wie jemand, den die von der Immatrikulationsstelle als reifen Studenten bezeichnen, mit Büchertasche und so.«
»Genau das bin ich auch. Na ja, jedenfalls eine Studentin. Meine Reife sei dahingestellt.«
Er hatte schon einen Kommentar über ihre doch ziemlich deutlich sichtbare Reife auf der Zunge, überlegte es sich jedoch anders. »Was hören Sie denn?«
»Ein Seminar über die Kultur der nordamerikanischen Steppenindianer – der amerikanischen Ureinwohner, wie wir sie heute nennen. Und dann eines über archäologische Praxis. Ich konnte noch keinen Job finden, und der Teufel soll mich holen, wenn ich den ganzen Tag auf der faulen Haut liege und Seifenopern gucke. Was geben Sie dieses Semester?«
»Einen Kurs über Entscheidungsstrategien für den letzten Collegejahrgang und ein Seminar über quantitative Methoden für die Fachsemester. Tolles Programm, Sie sollten sich einschreiben.«
»Ich dachte, Sie wären Wirtschaftswissenschaftler?«
»Bin ich auch noch, mehr oder weniger. Ich habe mich vor ein paar Jahren für etwas praxisbezogenere Themen zu interessieren begonnen. Eine Konsequenz des Alters.«
»Für mich hört sich das eine wie das andere ziemlich niederträchtig an. Ich wage zu wetten, es hat damit zu tun, wie man das große Geld macht und seine Kundschaft aufs Kreuz legt.«

Michael lachte. »Mit Geld vielleicht. Die Kundschaft aufs Kreuz legen, nein.«
»Wie wollen Sie das voneinander trennen? Für mich ist das ein und dasselbe.«
»Guter Gedanke. Aber darüber grüble ich lieber nicht nach. Ich halte es da mit den Wissenschaftlern, die die Wasserstoffbombe gebaut haben: Ich produziere nur Wissen; was die Leute damit machen, fällt nicht in meinen Verantwortungsbereich. Das ist natürlich Unsinn, aber es hilft mir über die Runden, wenn ich mir mal zu viele Gedanken darüber zu machen wage, was ich hier tue.«
»Na, wenigstens sind Sie ehrlich. Halten Sie Ihren Unterricht eigentlich nicht in Anzug und Krawatte?«
»Nur als ich angefangen habe. Aber man hat ständig Kreidestaub auf dem guten Stoff. Außerdem ist es hier im Winter einfach zu verflucht kalt, um sich groß in Schale zu werfen. Und dann kam ich mir komisch vor, zu Nadelstreifen lange Unterhosen zu tragen. Das Tuch fällt nicht richtig, wie die Schneider sagen. Bei Jeans und Pulli ist das okay. Dem Dekan macht das zu schaffen, aber dem macht so ziemlich alles zu schaffen, was ich tue, ob ich ihn nun zu ärgern versuche oder nicht.« Michael klopfte mit einem Bleistift auf den Schreibtisch und grinste sie an. »Ich habe ihm mal eine Uniform entworfen, aber er war nicht gerade angetan von meiner Idee.«
Jellie erwiderte sein Grinsen. »Wie würde so eine Dekansuniform denn aussehen?«

»Overall plus Gesichtsbemalung, das Ganze in ›Managertarnfarbe‹, wie ich es genannt habe: braun und grau gescheckt, damit man vor Aktenschränken und anderem Bürogerät nicht auffällt. ›Arthur‹, habe ich ihm gesagt, ›damit könnten Sie herumschleichen und heimlich alles mögliche tun, zum Beispiel bei uns nach dem Rechten sehen, wenn wir mal nicht mit Girlanden im Haar durch die Eingangshalle tanzen.‹«

Jellies Grinsen wurde zu einem kleinen, schiefen Lächeln. »Was genau hat er denn zu Ihrer Idee gemeint?«

»Gar nichts. Er hat nur den Kopf geschüttelt und ist gegangen. Aber das erst, nachdem ich ihm gesagt hatte, daß die Uniform mit dem ›Verwalter-Watscheln‹, wie ich es genannt habe, kombinierbar sei, einem modifizierten Entengang, durch den er sich immer auf Schreibtischhöhe befände. Ich habe es ihm auf dem Flur vor seinem Büro demonstriert. Außerdem habe ich ihm garantiert, Uniform wie Watscheln seien der letzte Schrei in Sachen hautnaher Überwachung. Ich schätze, er hat das Konzept nicht so richtig kapiert. Carolyn hingegen gefiel der Gedanke.«

Small-talk, Geplapper. Aber es entwickelte sich. Jellie kam von nun an fast jede Woche bei ihm vorbei, und die beiden gruben sich durch das Dickicht der Unwissenheit, das Fremde gemeinhin trennt, aufeinander zu. Manchmal war er erregt, wenn er mit ihr sprach, und dann war er heilfroh, enge Jeans zu tragen, da sie dem Geschehen darunter Grenzen setzten. Obwohl er der organisierten Religion schon vor Jahren abgeschworen hatte, kam sie ihm doch ganz gelegen, wenn er sie mal brauchte. Und so betete er: »O Absoluter, schenk mir Jellie Braden. Irgendwie. So viel wirst du für einen einfachen Mann wie mich doch wohl tun können.« Diese Worte wurden zu einem Mantra, das ihm nicht mehr aus dem Kopf wollte.

Beim Herbstpicknick, an einem Sonntag, saß Michael auf dem einen Ende einer Wippe in einem Park am Fluß und beobachtete müßig das Treiben: Die Wirtschaftsprüfer maßen sich im Rahmen eines vom Dekan und seiner Sekretärin organisierten Volleyballturniers mit den Marketingleuten. Die Sekretärin mochte Michael übrigens noch weniger als der Dekan selbst; sie bezeichnete ihn als impertinent. Michael dachte über Impertinenz nach und bezog als Faktor dabei das Rauchen mit ein, über das der Dekan sich ständig beklagte. Das Ergebnis kam auch prompt: *Freu dich von Herzen, daß du eine unkündbare Anstellung hast.* Also freute er sich, und das bei einem Sonnenschein, der so angenehm war, wie sich das für Ende September gehörte.

Im Hintergrund warteten die Ökonomen gespannt auf ihre zweite Chance gegen die Marketingleute. Man spielte nach einem doppelten Ausscheidungsprinzip, das ein Sportfanatiker aus der Unternehmensforschung ausgeknobelt hatte. Das Genie hatte ziemlich schweres mathematisches Geschütz aufgefahren, um auf der Basis aller Siege und Niederlagen während der letzten drei Picknicks die Paarungen zu errechnen, und das Ganze dann auf einem der Apple-Computer vierfarbig ausdrucken lassen. Der Dekan war ins Delirieren geraten, als er den Ausdruck sah, und hatte »Dons gute Arbeit« (Michael tippte auf einen 200-Dollar-Bonus in der nächsten Lohntüte) allen unter die Nase gerieben. Michael hielt das Ganze für völlig übertrieben und sagte das auch, als der Dekan ihn nach seiner Meinung zu Dons Brillanz fragte: »Ich würde meinen, unser Don-Don hat eine gedankliche Höchstleistung auf ein Tief an Lebensart verschwendet.«

Großer Gott, was war die ganze Fakultät außer Form. Wabbelige Körper, die einen Volleyball in die Bäume droschen, stolperten und fielen, während der Dekan auf seiner Trillerpfeife blies. Er sah sich um, ob der Notarztwagen aus dem Krankenhaus bereit stand.

»Woll'n Se wippen, Tillman?« Jellie kam übers Gras auf ihn zu; sie lächelte. Er hatte sie vorher schon erspäht, von weitem. Wann immer sie sich auch nur in der Nähe befand, setzte automatisch sein Radar ein. Sie und Jim waren vor einer Stunde eingetroffen. Michael war allein auf seiner Black Shadow gekommen und hatte ihr ein klein wenig die Sporen gegeben, als er auf dem Weg in den Park den Wagen des Dekans überholt und Carolyn zugewunken hatte. Kein *Dekanesse*-T-Shirt dieses Jahr; sie tat ihm leid. Aus ebendiesem Grund hatte er sich in einer Buchhandlung eines mit *Potentieller Dekan* bedrucken lassen, das er jetzt trug.

»Nee, ich schaukle lieber. Aber wenn Sie wippen möchten, bitte. Wippen ist sowieso leichter als schaukeln. Außerdem schaukle ich ohnehin die ganze Woche über.« Er erhob sich etwas, damit das andere Ende der Wippe sich senkte. Da er etwa einen halben Zentner schwerer war als sie, rutschte er auf die Mitte zu, um für Gleichgewicht zu sorgen; dann warf er ihr ein Bier aus der kleinen Kühltasche zu seinen Füßen zu.

»Was sagt denn Jim dazu, wenn seine Frau sich mit einem anderen auf einer ungehobelten Bohle vergnügt?«

»Meistens achtet er auf so was gar nicht, aber er kann schon auch eifersüchtig sein. Dann wird er verdrießlich und gereizt. Und das ohne den geringsten Grund, wie ich betonen sollte. Aber er mag Sie, und er weiß, daß wir Freunde sind, da ist das was anderes. So oder so, ihn interessiert im Augenblick nur eines: die Marketingleute in der nächsten Runde des Trauerspiels da drüben in Grund und Boden zu stampfen.«

Sie leuchtete geradezu in dem schräg einfallenden, weichen Licht dieses Herbstnachmittags. Ihre Brüste hoben und senkten sich hübsch unter der Baumwollbluse, während sie so schaukelten und wippten. Ihre Jeans saßen stramm über den Hüften, so wie sie die Beine über der Wippe spreizte. Ob der Absolute dieses Maß an Tortur als ergötzliches I-Tüpfelchen zu seiner privaten Unterhaltung einbaute? Michael Tillman mußte sich das wirklich fragen.

»Kein Volleyball, Michael? Sie sehen doch so aus, als wären Sie gut in Form. Dem jämmerlichen Gemetzel da drüben am Netz nach zu urteilen, würden Sie einen entscheidenden Beitrag leisten.«
Er warf einen Blick hinüber ans Netz und sah James Lee Braden III. mit Hornbrille, Sweatshirt und flatternder Khakihose einige Bocksprünge absolvieren, um sich für die zweite Halbzeit gegen die Marktstrategen aufzuwärmen. Als er über Dr. Patricia Sanchez' Fuß stolperte, landete Braden III. im Dreck. Dann merkte Michael, daß er Jellies Frage nicht beantwortet hatte und daß sie ihn dabei beobachtete, wie er sie beobachtete. Er nahm einen Schluck Bier und sagte: »Lieber nicht. Ich habe heute schon im Morgengrauen meine vier Meilen hinter mich gebracht. Das reicht für einen Tag. Außerdem würde ich womöglich auf dem Bauch von Kipperman, dem Wirtschaftsprüfer, landen und nicht mehr rechtzeitig zu meinem Seminar am Dienstag rausfinden.«
Jellie Braden lachte, und dann wippten sie weiter, an diesem Septembernachmittag in Iowa.

4

Auf dem Land westlich von Madurai war der Morgen klar und duftig wie überall in Indien vor dem Einfall von Hitze und Staub. Duftig und klar aber auch deshalb, weil, wenn sich alles zum Besten fügte, Jellie nur vier Stunden vor ihm im Hochland des Sahyadri war. Womöglich war es morgen schon weit weniger duftig und klar. Vielleicht hatte er ja nicht das geringste Recht, hinter ihr herzujagen. Wieder die alten Zweifel, die ihn schon die ganze Reise über quälten. Vergiß es und fahr zu. Jellie hatte ihre Probleme, wie immer sie aussehen mochten, Michael hatte die seinen: dreiundvierzig, und es ging rapide abwärts; bald war es zu spät für diese Art von Donner in Körper und Geist. Falls es zum Krieg kommen sollte, konnten sie diesen ebensogut in den indischen Hügeln austragen; es spielte doch keine Rolle, wo. Sie konnte ihn wegschicken, und er wäre nicht schlechter dran als zu

Hause in Cedar Bend, wo er sich den Tratsch über Jimmy Braden hatte anhören müssen, dem die Frau davongelaufen war, um sich selbst zu finden.

An Thanksgiving ihres ersten Jahres in Cedar Bend luden die Bradens Michael zum Essen ein. Sie waren erst drei Monate in der Stadt, aber Jimmy hatte es sich in den Kopf gesetzt, eine »Riesenfete zu geben«, wie er sagte. Jellie protestierte; sie kannten doch nicht mal genug Leute, und außerdem sei Thanksgiving wohl eher was für Familie und gute Freunde. Ihre Eltern kamen aus Syracuse, das genüge doch wohl. Aber Jimmy stellte eine Liste zusammen, sah sie sich an und meinte, wenn sich zwei Drittel davon sehen ließen, wäre das schon ein respektables Gästeaufkommen.

Jimmys Liste war berechenbar – keine Experimente. Er sagte: »Ich dachte mir, wir laden Michael Tillman ein, aber ich bezweifle, daß er kommt. Er scheint mir nicht der Typ für so was. Aber andererseits ist er ledig, genau wie deine Freundin aus der Soziologie, Ann Frazier. Die sind ja beide ein bißchen seltsam, vielleicht können wir die zwei über dem Truthahn verkuppeln.«

Jellie ließ es sich durch den Kopf gehen. Sie stellte sich Michael am Tisch im Eßzimmer vor. Michael Tillman, der so merkwürdig anders war; Michael mit seinen breiten Schultern und braunen Augen, das braune Haar länger, als es sich für einen Dozenten der Wirtschaftswissenschaften gehörte. Er war wirk-

lich nicht ganz alltäglich. Das Gesicht sonnenverbrannt; das Gesicht eines Mannes, so hätte man meinen können, der daran gewöhnt war, seinen wöchentlichen Gehaltsscheck in der Bar gegenüber der Fabrik einzulösen, wo er eine Maschine bediente. Und dann seine langen, glatten Finger mit den fast unmerklichen Schmierölspuren, denen selbst mit handfestem Schrubben nicht beizukommen war.
Einen Monat zuvor waren sie und Jimmy von einer Theateraufführung am Ort nach Hause gefahren, die nächtlichen Straßen naß vom Oktoberregen, und mit einemmal – sie hatten eben an einer Ampel gehalten – war Michael neben ihnen aufgetaucht. Er saß auf seiner Shadow und ließ den Motor aufheulen. Sie wußte noch, daß im Autoradio Neil Diamonds »Cracklin' Rosie« lief, während Jimmy ihr in den Ohren lag, endlich auf Public Radio umzuschalten, wo es einen Beethoven-Abend gab. Irgendwie war ihr im Gedächtnis geblieben, daß in jenem Augenblick dieses Lied gespielt wurde. Von dem Moment an, egal, wo sie war, sah sie sich beim Klang von »Cracklin' Rosie« plötzlich wieder auf der nassen Straße in Cedar Bend und hatte Michael auf seiner Shadow vor sich.
Jimmy hatte sich aus dem Fenster des Buick gebeugt. »Hi, Michael.«
Michael – ein gelbes Tuch um den Kopf, in Lederjacke, Stiefel und Jeans – drehte sich um, winkte den Bradens zu und sah dann wieder nach vorn. Als es grün wurde, drehte er auf und war fort; breitbeinig

auf seiner glatten, schwarzen Maschine sitzend, verschwand er in der Landschaft.
Jimmy sagte: »Ich finde, es ist ein bißchen zu kalt und feucht zum Motorradfahren, meinst du nicht?«
Aber Jellie hörte nicht zu. Sie sah dem entschwindenden Rücklicht der Shadow nach. Und sie wäre zu gern mit ihm gefahren, wo immer er hinfuhr, dieser Michael Tillman; schließlich war sie selbst einmal dort draußen unterwegs gewesen. Jetzt hatte sie Angst davor, noch einmal loszuziehen. Sie sehnte sich danach, auf diese schwarze Maschine zu steigen, den Rhythmus des Motors zwischen den Beinen und das Brüllen des Winds in den Ohren.
Wenn sie ehrlich war, so hatte sie immer ein Faible für eine ganz spezielle Art von Männern gehabt, für Männer, die nicht gemacht schienen für die Welt, in der sie lebten. (Jimmy war da eine ganz andere Geschichte; das waren die Jahre, in denen sie weder verlor noch gewann.) Michael Tillman war so einer, das spürte sie; es war, als hätte eine große Faust mitten in die Zeit gegriffen und einen saufenden, fluchenden Flußschiffer aus dem neunzehnten Jahrhundert in die achtziger Jahre des zwanzigsten geholt, ihm eine Intelligenz verpaßt, die weit über das hinausging, worin der Rest von uns heimisch ist, und gesagt: »Also, jetzt benimm dich mal.« Freilich ohne so recht zu glauben, daß er sich daran halten würde. Was er denn auch nicht tat.
Ihr Geschmack in Sachen Männer hatte wahrscheinlich mit Genen zu tun, die einen Bogen zu ihrer Ur-

Urgroßmutter Elsa spannten, die bereits eine radikale Feministin gewesen war, als es für eine Frau noch als unschicklich, wenn nicht gar unmoralisch galt, an so etwas zu denken, geschweige denn, darüber zu sprechen oder dafür auf die Straße zu gehen. Elsa Markham hatte ihren Gatten verlassen, sich mit einem nicht weniger radikalen Sozialisten zusammengetan und sich in den Kampf für Frauenrechte und freie Liebe gestürzt. In der Familie Markham sprach man nicht viel über Ur-Urgroßmutter Elsa.

Jellie hatte diesen Wesenszug in sich lange Zeit versteckt. Nicht völlig unterdrückt, nur versteckt, weggesteckt, irgendwohin, wo keine Gefahr bestand, daß er von ihr Besitz ergriff und das Leben störte, das ihre Eltern so sorgfältig für sie und ihre Schwester geplant hatten. Jellies ältere Schwester Barbara war direkt hineinmarschiert in dieses sorgfältig geplante Leben. Sie hatte Pädagogik studiert, einen erfolgreichen Versicherungsmakler geheiratet und war in Syracuse geblieben. Die Markhams waren hocherfreut über Barbaras Wahl, und die Welt blieb in Ordnung.

Spät, aber noch als Mädchen, las Barbara *Little Women*, und es gefiel ihr. Jellie sagte ihr, es sei widerlich. Jellie las *Madame Bovary*, und das gefiel *ihr*. Barbara sagte, das sei Schund. Dann verpetzte sie Jellie und erzählte Mutter Markham, Jellie wäre gern Emma Bovary. Ihre Mutter schnappte sich Jellies Flaubert und las ihn, da sie sich auf die Passagen konzentrierte, die Jellie unterstrichen hatte, in einem Zug. Es folgte eine Predigt über die Tugend, aber Jellie redete sich heraus, indem sie sagte, sie wolle ja überhaupt nicht wie Emma sein und daß man *Madame Bovary* als Lehrbuch dafür nehmen könnte, wie man eben *nicht* lebte. Was sie wirklich sagen wollte, war, daß Emma es einfach falsch angestellt hatte: Sie hätte ihr Geld nicht zum Fenster hinauswerfen sollen. Eine wahre Romantikerin hätte sich auf den Sex konzentriert und es dabei belassen.

Da Elsa Markhams unstetes Wesen sich nun einmal auf Jellie übertragen hatte, hatte sich die Entwicklung, die ihr Leben nahm, kaum vermeiden lassen. Ihre frühen Erfahrungen mit Indien jedoch zögerten diese hinaus, und dann kam Jimmy daher. Sie war so weit, daß sie, ermüdet von dem unvermeidlichen emotionalen Auf und Ab des Abenteuers, eine Weile in seichteres Fahrwasser gleiten mußte. Jimmy schien ihr wie ein Fels, und das war er auch. Jimmy sah nach bequemer Geborgenheit aus, und die gab er ihr. Jellie brauchte Ruhe und Frieden. Als er ihr einen Antrag machte, hätte sie nicht so recht sagen können, warum sie ja sagte, aber es hatte mit Stabilität, Bequemlichkeit, Ruhe und Frieden zu tun.

Jahrelang sträubte sich Jellie mit Händen und Füßen gegen das Ziehen und Zerren von Elsas Genen; trotzdem: sie wollten keine Ruhe geben. In der braven Professorengattin mit einem Abschluß in Anthropologie steckte eine Flußschiffersfrau, deren Brüste sich nach Gesicht und Mund Michael Tillmans verzehrten.

Als Jimmy ihr seine Gästeliste für Thanksgiving zeigte, zögerte sie. Ihr erster Impuls galt Bequemlichkeit und Stabilität. Aber dann nahm Elsa Markham sie beim Arm, und Jellie kritzelte »M. Tillman« unter die Liste. »Halte ich für eine gute Idee. Frag Michael doch, was er davon hält.« In diesem Augenblick entschied sie sich für das rote Kleid mit den langen, weiten Ärmeln, für den Fall, daß er ihre Einladung annehmen sollte.

Michael Tillman feierte Feste nicht – nicht ein einziges –, aber Thanksgiving bei den Bradens bot eine Gelegenheit, in Jellies Nähe zu sein, die er sich nicht entgehen lassen wollte. Jim hatte gesagt, es würden noch einige andere Leute kommen und, ach, übrigens, bringen Sie ruhig eine Freundin mit.

Als er von seinem Morgenlauf kam, versorgte er Hund und Katze und las dann eine Weile. Gegen eins stand er vor dem Schlafzimmerschrank und holte ein graues Tweedsakko hervor. Die meisten seiner Krawatten waren schon vor zirka tausend Jahren auf dem Schrankboden gelandet und sahen dementsprechend aus, vor allem die seidenen waren zerknittert und verstaubt. Schließlich fand er eine dunkelrote wollene mit dem Aufdruck *Rettet die Schildkröten* über einem Bild mit schwimmenden Reptilien, die ihm einen Wiederbelebungsversuch wert schien. Er bräuchte sie nur richtig auszubürsten. Er holte eine zerknitterte anthrazitfarbene Hose hervor und hob sie hoch. Malachi, der gerade mal so als Collie durchgehen konnte und seinen Namen Michaels Lieblingsprofessor an der Uni verdankte, legte den Kopf auf die Pfoten und

stieß einige leise Wimmerlaute aus. »Nichts zu machen, was, Malachi?«
Michael drehte sich um, zeigte die Hose Casserole, seiner Katze, und fragte: »Was meinst du, Cass?« Sie blinzelte, gähnte und machte sich auf den Weg ins Wohnzimmer. Nach den verheerenden Ergebnissen dieser Umfrage schob er so lange Kleiderbügel hin und her, bis er auf eine präsentable Jeans stieß, und beendete die Übung in verhaltener Eleganz mit grauen Socken und seinen verläßlichen alten Lederslippern.
Er nahm noch die Flasche Roten mit, die er eigens für diesen Anlaß erstanden hatte, und spazierte die sechs Blocks zu dem zweigeschossigen Haus, das die Bradens gekauft hatten. Drei Wagen parkten davor, der Buick der Bradens stand in der Auffahrt. Jim öffnete ihm, tadellos – vollkommener hätte man sich nicht zurechtmachen können – in einem dunkelblauen Nadelstreifenanzug, gestärktem Hemd mit weißem Kragen und gelber Krawatte mit schwarzen Pünktchen. Am unteren Ende seriöse Schnürschuhe – Bankierschuhe. Knackiges weißes Tüchlein in der Brusttasche. Michael hatte längst erraten, daß Jim nicht von Neureichs abstammte, und an diesem Tag sah man ihm das auch an.
»Hi, Michael. Jellie und ich freuen uns, daß Sie kommen konnten. Ich nehme an, die Anwesenden sind Ihnen bekannt, außer Jellies Eltern, die wir aus Syracuse eingeflogen haben. He, das ist ja eine tolle Krawatte!«

Michael haßte Auftritte. Seine einfache Herkunft schwappte wie eine Woge über ihm zusammen, wann immer er sich in einen Raum voller Leute geführt sah; in solchen Augenblicken kam er sich irgendwie blöde vor, und ihm wurde so unwohl in seiner Haut, daß er geradezu feindselig wirkte, was er überhaupt nicht war. Seine Erziehung hatte ihm einfach kein Rüstzeug für derlei Auftritte mitgegeben, das war alles.

Ein kunterbuntes Häuflein erwartete ihn in dem kleinen Wohnzimmer: eine Soziologin (ohne Partner, eine Bekannte von Jellie), ein Kollege von den Wirtschaftsprüfern nebst Gattin (»Sind Ihnen auch Kobras untergekommen?«), der übergewichtige Knabe aus der Unternehmensforschung mit einer nicht minder schweren Frau und einem Händedruck, daß es nur so knackte (das Genie, das das doppelte Ausscheidungssystem für das Volleyballturnier ausgeknobelt hatte). Patricia Sanchez saß in der Mitte des Sofas neben einem Knaben vom Studentenwerk, mit dem sie ging. Auf der anderen Seite ein älterer Herr, von dem er annahm, daß es sich um Jellies Vater handelte. Es war stickig und warm, im Kamin knackte ein perfektes Feuer, und als er so auf der Schwelle der Wohnzimmertür stand, richteten sich alle Blicke auf ihn. Er atmete tief durch und wünschte sich, er könnte eine Zigarette rauchen, aber das war hier nun wirklich nicht drin.

Jimmy nahm ihn am Ellbogen. »Ich denke, Sie alle kennen meinen Kollegen Michael Tillman.« Ein fransiges Unisono von Stimmen griff nach ihm. Er winkte bescheiden in die Runde und überreichte Jimmy die Flasche Wein.

»Jellie und ihre Mutter sind in der Küche. Oh, wie ungeschickt von mir, jetzt hätte ich fast vergessen, daß Sie Jellies Vater, Mr. Markham, noch gar nicht kennen.«

Mr. Markham war ein Sechziger mit strahlenden Augen und festem Handschlag. Er grinste. Michael erwiderte das Grinsen und dachte bei sich, Leonard Markham war wohl in Ordnung, solange man ihm nicht in die Quere kam.

Durch eine offene Tür sah er am anderen Ende des Flurs Jellie in der Küche stehen. Sie hob den Kopf, winkte und rief: »Hi, Michael, kommen Sie. Ich möchte Ihnen meine Mutter vorstellen.«

Er ging nach hinten, während man sich im Wohnzimmer wieder den Unterhaltungen widmete, die er unterbrochen hatte. Jellie wischte sich die Hände an einer weißen, bedruckten Schürze mit einem *Hi!* und vier Truthähnen mit großen, wabbeligen, roten Kehllappen ab. Sie drückte ihm einen Kuß auf die Wange und flüsterte: »Freut mich riesig, daß Sie gekommen sind.« Dann wandte sie sich an eine grauhaarige Frau, die Soße für Gänseklein oder etwas Ähnliches zubereitete. Der Kuß und das Flüstern kamen völlig unerwartet, aber er schrieb beides dem Feiertagsgeist zu.

»Mutter, das hier ist unser Freund Michael Tillman.«

Ihr Aussehen verdankte Jellie ganz ihrer Mutter. Eleanor Markham war eine umwerfende Frau, etwa im gleichen Alter wie ihr Mann und mit Jellies grauen Augen. »Schön, Sie kennenzulernen, Michael. Wir freuen uns ja so, daß Jellie und Jim in der kurzen Zeit, in der sie hier sind, schon so nette Freunde gefunden haben.«

Sie wandte sich Jellie zu. »Michael ist doch der mit dem Motorrad, richtig?« Jellie nickte. »Wohin fahren Sie denn so, Michael? Sehr weit?«

»Ach, mal hierhin, mal dahin. In die Stadt, manchmal hinauf zu den Großen Seen. Nach Colorado, wenn ich mich mal wirklich sportlich fühle. Ist schon ein alter Hobel, und man muß immer gleich die ganze Werkstatt mitschleppen, wenn man mal weiter weg will.«

»Wohnen Sie denn nicht in einer Wohnung, Michael? Wo stellen Sie da Ihr Motorrad über den Winter ab?« Jellie rührte die Soße für den Braten um und sah ihn dabei über die Schulter hinweg an.

»In meinem Wohnzimmer.«

Jellie lachte. Eleanor Markham lächelte und fragte: »Warum, um alles in der Welt, gerade dort?«

»Fürs Klo ist es zu groß.«

Jetzt lachten beide. Michael grinste; er wußte eine gute Stimmung nicht weniger zu schätzen als ein Jazzmusiker. »Außerdem kann ich so bei kaltem Wetter daran arbeiten, und wenn mir mal die Decke auf den Kopf fällt, dann setze ich mich drauf und mache ›wruum, wruum‹. Wenn ich es nicht selber benutze, schläft meine Katze gern auf dem Sattel. Ich wohne im Erdgeschoß eines alten Hauses, schon seit zehn Jahren. Und da es in einer Collegestadt gar nicht so einfach ist, Leute zu finden, die ihre Miete pünktlich bezahlen, hat sich mein Vermieter mit mir abgefunden.«

»Aber Mutter, natürlich stellt sich jemand wie Michael sein Motorrad ins Wohnzimmer. Das paßt doch, es ist einfach perfekt... ganz im Gegensatz zu dieser verdammten Soße, die einfach nicht sämig werden will.«

Da er sah, wie beschäftigt die beiden waren, entschuldigte er sich und schlenderte zurück ins Wohnzimmer, wo er sich den Anschein von Geselligkeit zu geben versuchte, was einem Mann wie Michael Tillman freilich so gut wie unmöglich war. Die Einrichtung war typisch, ja sogar etwas besser als das: gute postmoderne Lithographien, gefällige Keramik, eine abstrakte Bronze, um die fünfundvierzig Zentimeter hoch, und schließlich ein Schwarzweißabzug von Edward Westons berühmtem Porträt eines Kohlkopfes, für die jemand eine hübsche Stange hingeblättert haben mußte. Einige neue Stühle, einige alte. Von einer Anlage im Arbeitszimmer drang Mozart herein.

Er warf noch einen Blick zurück auf Jellie, die sich noch immer über die Soße ärgerte; er versuchte sich darüber klar zu werden, was er auf ihrem Gesicht gesehen hatte. Eine Mischung, vielleicht, aus Zufriedenheit und Müdigkeit, als wäre sie glücklich mit ihrem Los und wünschte sich gleichzeitig weit, weit weg. Als laufe sie ein langes Rennen, zu dem sie sich zwar verpflichtet sah, zu dem sie jedoch lieber erst gar nicht angetreten wäre.

»Komm doch hier rüber, Michael.« Pat Sanchez griff nach seiner Hand. Pat hatte er von Anfang an gut leiden können. Sie hatte sich aus den Latinovierteln von Los Angeles hochgearbeitet, sich abgestrampelt, ihren Doktor in Texas gemacht und war vor etwa zehn Jahren zum Lehrkörper gestoßen. Sie hatten einige Artikel zusammen verfaßt und waren nach Abschluß des ersten, eines späten Freitagabends, auf ihrem Bett gelandet, lachend, nackt, Margaritas in den Händen. Nachdem sie einige Male miteinander ausgewesen waren, hatten sie es per schweigender Übereinkunft dabei belassen. Offensichtlich reichten die mathematischen Aspekte von Infrastrukturen im Transportwesen nicht aus, um eine intime Beziehung am Leben zu halten.

Sie stellte ihm ihren Freund vor, den frischgebackenen Vizepräsidenten des Studentenwerks, aber der kannte Michael noch aus ihren gemeinsamen Tagen im Disziplinarausschuß. Er hatte etwas von einem Therapeuten, ein typisches Merkmal von Leuten, die sich ihr Leben lang mit den chaotischen Freuden von Studentenheimen und sonstigem von der Universität immer noch toleriertem Mist herumschlagen dürfen. Er schüttelte Michael die Hand und sagte: »Ich erinnere mich noch an Sie. Sie waren damals dafür, jeden zu relegieren, der auch nur daran dachte, etwas an die

Wand zu schreiben. Wie haben Sie gleich wieder gesagt? ... Ich habe Sie lange zitiert als Beispiel für genau die Methoden, mit denen Studenten von heute einfach nicht mehr beizukommen ist.«

Michael stieß einen unhörbaren Seufzer aus und erwog kurz, dem Menschenfreund den Kopf in den Hintern zu stecken – in den Hintern oder in den Kamin, je nachdem, ob sein geronnenes Gehirn tiefzufrieren oder hartzukochen war. Er ließ es jedoch gut sein und beugte sich statt dessen vor, um ihm was ins Ohr zu flüstern: »Ich weiß noch ziemlich genau, was ich gesagt habe: ›Wir führen hier weder ein Karrierezentrum noch ein Asyl für Leute mit akutem Hormonüberschuß, sondern eine Universität. Betrüger sind Betrüger, zerstörungswütige Besoffene sind genau das und nichts anderes, und wenn sie zehnmal noch Teenager sind, wir sollten die nichtsnutzigen kleinen Racker entweder zu ihren Müttern zurückschicken oder sie an den Ohren auf die nächste Wache schleifen und anzeigen.‹ *Das* habe ich gesagt. Außerdem erwähnte ich, daß ich den transaktionsanalytischen Blödsinn nicht abkann, an den Leute wie Sie zu glauben scheinen. Das aber erst, nachdem mich einer von der psychologischen Beratung einen Faschisten genannt hat.«

Der Menschenfreund und Vize lief rot an, während Pat, in die Sofakissen gelehnt, sich das Lachen zu verbeißen versuchte, was ihr jedoch nicht gelang; das kühlte ihn etwas ab. Michael war froh, daß sie hier war. Er hatte sein Mütchen an einem kleinen Licht aus der Universitätsverwaltung gekühlt, der keine Ahnung hatte, wie es draußen in den Gossen dieser Welt zuging, und die Geschichte hätte den Bradens glatt das Fest ruinieren können, was natürlich das letzte war, was er wollte.

»Oh, Michael, ob man dich wohl jemals zähmt?« Pat lachte noch immer und hielt sich den Bauch.

In diesem Augenblick kam Jimmy Braden aus der Küche und läutete geziert mit einem kleinen silbernen Glöckchen. »Meine Damen und Herren, es ist angerichtet.«

Die Gäste bummelten in Richtung Eßzimmer. Michael bildete das Schlußlicht und überlegte, wie wohl die Sitzordnung aussehen würde und ob er wohl hin und wieder Gelegenheit hätte, einen Blick auf Jellie zu werfen; er hoffte, nicht nur hin und wieder. Immerhin war er wegen ihr gekommen und nicht, um sich mit verzogenen kleinen Klugscheißern aus der Verwaltung abzugeben.

Die Tafel hatte zwar Tischkarten, aber er entschloß sich, die anderen ihren Platz finden zu lassen und dann durchzugehen, was übrigblieb. Es hatte ganz den Anschein, als hätte man die Gäste mit dem Zufallsgenerator plaziert. Aber andererseits kannte er Jellie zu gut, um auch nur einen Augenblick daran zu zweifeln, daß dahinter die Absicht steckte, gewisse Leute von ihren Gatten, Gattinnen und Freunden zu trennen und neben andere zu setzen. Eine Art Party zum Kennenlernen mit einem Truthahn in der Mitte.

Michael sah zu, wie sich die anderen setzten, bis

kaum noch ein Platz übrig war. Jellie fing seinen Blick auf und deutete auf den zweiten Stuhl von der Küchenseite des Tisches her. Er ging hin und sah, daß auf der Platzkarte *Potentieller Dekan* stand. Auf der Karte daneben stand *Jellie*.

James Lee Braden III. tranchierte, Jellies Mutter verteilte Soße aufs Fleisch, Jellie lief zwischen Küche und Tisch hin und her, und der Rest redete Unsinn. Michael saß da und beobachtete Jellie; zum ersten Mal spürte er etwas, das über Hibiskusblüten und Wasserfälle auf den Seychellen hinausging; vielleicht, so dachte er, gab es in Darwins altem Tänzchen ja doch den einen oder anderen Schritt, den er noch nicht kannte. Die körperliche Anziehung, die sie auf ihn ausübte, mischte sich mit tieferen und ruhigeren Gefühlen höherer Ordnung, eine Wendung im Lauf der Dinge, mit der er nicht gerechnet hatte. Was ihn etwas traurig stimmte, ohne daß er hätte sagen können, warum. Traurig, was Jellie anbelangte, ihn selbst und Jimmy, traurig darüber, wo das alles hinführen würde oder wahrscheinlich doch nicht. Die Stimme des Absoluten hörte sich weniger gewiß an, das Mantra begann an Bestimmtheit zu verlieren. Es gab Dinge, an die man besser nicht rührt, dachte er. Er, und vielleicht auch Jellie, wenn er sie richtig verstand, hatten sich da auf sehr dünnes Eis gewagt; sie hatten dort nicht das geringste zu suchen, an diesem Ort, der bei weitem weniger harmlos war, als er auf den ersten Blick schien. Einen Moment lang war er versucht davonzulaufen, sich auf

seine Shadow zu schwingen und irgendwohin zu fahren, egal wo. Hauptsache, die Sonne schien und die Leute waren unkompliziert.
Der Tanz um den Truthahn dauerte fast zwei Stunden. Wein und noch mehr Wein, Speisen über Speisen. Eleanor Markham erzählte eine lustige Geschichte aus Jellies Kindheit, und alle lachten, vor allem Jellie.
Die Soziologin zu seiner Rechten plapperte über ihr Leben und Gott und die Welt und berührte dabei gelegentlich seinen Arm, wenn sie etwas – ihrer Meinung nach – Wichtiges von sich gab. Er fühlte sich von ihr bedrängt, was ihn ärgerte, da er unter allen Umständen höflich zu sein hatte und dabei Jellie noch nicht einmal aus dem Augenwinkel heraus ansehen konnte, während er sich mit dieser Expertin über den Beitrag der Frau zur frühen amerikanischen Siedlungsgeschichte unterhielt.
Irgend jemand sprach das Footballmatch Dallas gegen Seattle an, das später übertragen werden sollte. Der Sportfanatiker aus der Unternehmensforschung sprang sofort in die Bresche und begann die Yards aufzuzählen, die der eine oder andere Running-back erkämpft hatte, ganz zu schweigen von dem anderen Quatsch, mit denen sich Leute den Kopf vollbliesen, nur um nicht über das nachzudenken, was wirklich zählte. Mrs. Markham brachte Jellies Kenntnisse über ihre einstigen Kameraden von der High-School auf den neuesten Stand.
Und Jimmy tranchierte – er hörte überhaupt nicht

mehr auf zu tranchieren, es wurde zu seinem Lebensinhalt. Jellies Vater unterhielt sich mit dem Vizepräsidenten des Studentenwerks über Bachforellen in Connecticut. Und die Soziologin zu Michaels Rechten fragte, ob er eigentlich nie zu den Bildungskonzerten ging, weil sie immer die einzige dort zu sein schien, obwohl sie so ungern allein gehe. Er sagte, er möge die Konzerte deshalb nicht, weil seiner Meinung nach immer ein und dieselbe Person spiele: ein brillanter neuer (meist pubertierender) koreanischer Violinist, der makellos seine auswendiggelernten Partituren herunterfiedle. Aber die Soziologin war schon in Ordnung, einsam, sicher, wie die meisten von uns, also heuchelte Michael weiter Interesse an Vorträgen, Konzerten und Pioniersfrauen. Ein-, zweimal spürte er Jellies Hüfte an seiner Schulter, wenn sie aufstand, um in der Küche Nachschub zu holen.

Der Unternehmensforscher redete noch immer über das Spiel, das in knapp einer Dreiviertelstunde beginnen würde, und meinte, er hoffe doch, daß niemand etwas dagegen hätte, wenn er es sich ansah. Einige der anderen sagten (wenn auch selbstverständlich nicht wörtlich), sie hätten nichts dagegen, sich anzusehen, wie ein paar junge Schwarze von der einen oder anderen Küste sich im texanischen Flachland die Köpfe einschlugen, womit die Sache erledigt war. Die Soziologin rückte ihre Gläser in eine Reihe und sagte leise zu Michael: »Diese Überbewertung des Sports ist auch nur so ein kapitalistischer Trick, um die Massen zu beschäftigen, finden Sie nicht?«

Darüber wollte er nun wirklich nicht nachdenken. Er wollte überhaupt an nichts anderes denken als an Jellies Hüfte und wann er sie wieder an seiner Schulter spüren würde. Aber er nickte und sagte: »Da haben Sie wahrscheinlich recht. Auf der anderen Seite ist es allemal besser, als wenn das Proletariat draußen Radkappen stiehlt oder an Fahrradsätteln schnüffelt.« Eine Sekunde später schenkte sie ihre Aufmerksamkeit der Wirtschaftsprüfersgattin.

Während einer Pause, in der der Sportexperte sich die Kehle anfeuchtete und sich an weitere Weisheiten aus der *Sportillustrierten* zu erinnern versuchte, sagte Jim Braden: »Michael, Sie waren doch auch mal aktiv, nicht wahr? Jedenfalls habe ich so was läuten hören.«

Jellie zog sofort mit. »Ist das wahr, Michael? Das haben Sie uns ja gar nicht erzählt.«

Er saß in der Falle. Er hoffte, das Thema würde an ihm vorübergehen, was jedoch nicht sein sollte. Jellies Vater bohrte. »Was haben Sie denn gespielt, Michael?« Den Unternehmensforscher, der noch nicht mal in ein Suspensorium gefunden hätte und dem ein Stück Truthahn aus dem Mund hing, verblüffte das offensichtlich völlig, so selten sprach Michael seine Vergangenheit als Sportler an.

Alle starrten ihn an, vor allem die Soziologin – als hätte sie plötzlich den wahren Grund dafür entdeckt, warum er die Bildungskonzertreihe nicht besuchte und überhaupt einen leicht barbarischen Gesamteindruck hinterließ. Er konnte nicht mehr anders. Er hätte gern weiterhin nach Ausflüchten gesucht, aber Jellie sagte: »Erzählen Sie uns doch davon, Michael.« Es schien sie ernsthaft zu interessieren, und Jellie konnte er einfach nichts abschlagen.

Er trank einen Schluck Wein und begann zu erzählen. »Die Kurzversion geht folgendermaßen: Ich bin in einer kleinen Stadt in Süd-Dakota aufgewachsen –«

Die Frau des Wirtschaftsprüfers unterbrach ihn. »Wo denn da?«

»Custer ... direkt vor Rapid City in den Black Hills.«

»Es ist schön dort, nicht wahr?« Ihr Geist war wie Spreu im Wind; sofort war sie bei Reiseberichten.

Die Soziologin kam aus ihrer Ecke und brachte eine harte linke Gerade an: »Wo wir den amerikanischen Ureinwohnern im neunzehnten Jahrhundert das Land gestohlen haben.«

»Ja, es ist ausgesprochen schön dort«, sagte Michael mit einem Blick auf die Wirtschaftsprüfersgattin. »Auch wenn das kleine Häuschen meiner Eltern auf einem Stückchen Land stand, das wir den Lakota-Sioux gestohlen haben.« Er wartete einen Augenblick auf zusätzliche Fragen über die Black Hills. Es kamen keine.

»Als ich in die achte Klasse ging, langweilte mich die Schule und das Leben in der Kleinstadt ganz gewaltig. Also begann ich damit, im Stadtpark Basketball zu spielen. Dann half mir mein Vater, hinter unserem Haus einen Korb aufzuhängen. Er hat mein Interesse ernst genommen und mir sogar eine Lampe in den

Hinterhof montiert, damit ich abends üben konnte. Ich schien ein Talent für den Sprungwurf zu haben und beherrschte ihn bald ziemlich gut. Mein Trainer auf der High-School hatte die staatliche Universität in Wichita besucht und schickte denen Filme von zwei oder drei meiner besseren Spiele. Man bot mir ein Stipendium – die einzige Möglichkeit für mich, überhaupt an ein College zu kommen. Ich spielte dort dreieinhalb Jahre, bis ich mir das Knie ziemlich böse anschlug. Das war's.« Er nahm noch einen Schluck Wein und wartete darauf, daß sich die Gesellschaft Wichtigerem zuwandte, aber sie wollten nicht locker lassen.

»Welche Position haben Sie denn gespielt, Michael?«

»Abwehr.«

»Wie groß sind Sie eigentlich, so um die eins neunzig?«

»Eins achtundachtzig – in Socken.«

»Waren Sie mal in einem All-American-Team?«

»Im ersten Jahr war ich im All-Missouri-Valley-Team.«

Jellie legte ihre Hand auf die seine und drückte sie. »Aber Michael, dann waren Sie ja ein Star!«

Er hätte nicht sagen können, ob das ernst oder leicht ironisch gemeint war. Er hoffte auf letzteres und kam zu dem Schluß, daß es genau das war – mit einer kleinen Prise von ersterem. »So habe ich das nie gesehen. Ich habe mir damit nur Kost und Logis, Bücher und Schulgeld verdient.«

»Ich wette, Ihre Eltern waren mächtig stolz auf Sie. Haben Sie je daran gedacht, Profi zu werden?« Der Unternehmensforscher hatte einen waschechten Veteranen gefunden – aus Kriegen, die nicht das geringste bedeuten –, und das hier am Thanksgivingtisch.
»Mein Papa hat mit den Bildern von mir im *Wichita Eagle* unsere ganze Tankstelle bepflastert. Meine Mutter machte sich eher Gedanken um meine Noten. Sie hielt Sport immer für eine ziemlich dumme Zeitverschwendung.«
Nicht ganz die Antwort, die der Unternehmensforscher erwartet hatte, was ihn beunruhigte. Es war deutlich zu sehen, daß er überlegte, wie eine Mutter ihren Sohn so wenig lieben konnte, daß sie die Heldentaten nicht bejubelte, die er während seiner prägenden Jahre in kurzen Hosen und mehreren hundert Turnhallen vollbrachte. Michael tat ihm leid, da es ihm seiner Meinung nach an mütterlicher Liebe gemangelt hatte.
»Was den Profisport anbelangt, daran hatte ich kein Interesse. Außerdem war ich für die erste Liga nicht flink genug. Jedenfalls hat nie ein Profiverein angerufen, und wenn, ich wäre nicht rangegangen.«
»Fehlt Ihnen das Spielen denn nicht, Michael?« Jellies Mutter sah ihn an.
»Nein, keineswegs, Mrs. Markham. Das nun wirklich nicht. Um ehrlich zu sein, ich konnte es damals schon kaum erwarten, bis alles vorbei war, um endlich mein eigenes Leben leben zu können. Irgendwann im zweiten Collegejahr stellte ich fest, daß ich noch nicht

mal gern spielte. Im Grunde hatte ich nie wirklich Freude daran gehabt. Was mir gefiel, war, mit der Kunst und den physikalischen Aspekten des Sprungwurfs aus der Distanz zu experimentieren. Es war ein Jungenwerkzeug für ein Jungenspiel, und ich habe seit zwanzig Jahren keinen Basketball mehr angerührt.«

Jellie sagte: »Ein interessanter Standpunkt... daß die Kunst und die physikalischen Aspekte des Sprungwurfs aus der Distanz alles gewesen sein sollen, Michael. Sie sollten irgendwann mal einen Artikel darüber schreiben.«

Hätte Jellie in diesem Augenblick noch einmal ihre Hand auf die seine gelegt, er hätte ihr einen Essay über sein schwindendes Interesse am Sprungwurf mit einem Truthahnknochen auf das Leinentischtuch geschrieben. Aber sie tat es nicht. Sie wechselte das Thema, indem sie die Nachspeisen aufzählte. Michael nahm Sauerrahmauflauf mit Rosinen. Jellie hatte ihn nach einem Rezept ihrer Großmutter gemacht, und er war schlicht eine Wucht.

Bei Kaffee und Kognak fragte jemand Jellie nach der Herkunft ihres Namens. Ihre Eltern lachten, und Jellie deutete auf die beiden. Die Aufgabe, dies zu erklären, ging an ihre Mutter.

»Als Jellie so um die sieben Jahre alt war, machte sie eine richtige Babyspeckphase durch. Ihr Vater nannte sie daraufhin immer ›mein kleines Geleetöpfchen‹. Die Kinder aus der Nachbarschaft griffen das auf und riefen sie ›Jelly-Belly‹, ›Jellyroll‹, ›Jellybean‹, jede

Variante, die Sie sich nur vorstellen können. Vom Spielen kam sie immer tränenüberströmt nach Hause. Leonard hat dann sofort aufgehört, sie ›Geleetöpfchen‹ zu nennen, er hatte ein schlechtes Gewissen wegen der ganzen Geschichte. Aber die Kinder gaben den Namen nicht mehr auf.«
Jellie meldete sich. »Mutti hat mir da rausgeholfen. Sie hat mich davon überzeugt, daß man meinen Spitznamen mit *i-e* anstatt mit Ypsilon schreibt und daß es in Wirklichkeit ein französischer Name ist, den man mit einem gesäuselten *dsch* spricht und auf der zweiten Silbe betont: Jeh-*leij*. Aber wir haben's bei der amerikanischen Aussprache belassen. Mir gefiel der Gedanke, und ich wurde langsam, aber sicher stolz auf meinen neuen Namen. Und da er mir blieb, benutze ich ihn seither.«
»Wie heißen Sie denn nun wirklich?«
Um Himmels willen, dachte Michael mit einem Blick auf den Wirtschaftsprüfer, von dem die dämliche Frage stammte. Laß es doch gut sein. Wenn sie ihn dir sagen wollte, hätte sie's längst getan.
»Den sag ich nie jemandem.« Jellie lachte. »Jimmy, die Herrschaften brauchen noch Kognak. Ich hole Kaffee.« Was den Fans Gelegenheit gab, in ihre Suspensorien zu steigen, verkehrtherum, versteht sich, und den Fernseher anzuwerfen: »Dritter Versuch, sechs Yards gegen die fünf von Dallas. Und hier die Abgabe ...«
Die Soziologin hatte Arbeiten zu korrigieren, Pat Sanchez und ihr Freund entschlossen sich zu einem

Spaziergang. Jellie und ihre Mutter machten die Küche sauber. Michael ging auf eine Zigarette nach draußen, und als er wieder hereinkam, sahen sich alle außer Jellie und ihren Eltern das Spiel an. Michael setzte sich mit Leonard Markham an den Eßzimmertisch und fragte ihn über Bachforellen aus. Er erzählte ihm, daß er früher in den Black Hills selbst Forellen geangelt hatte. Mr. Markham war ein interessanter Gesprächspartner, wenn ihn etwas interessierte, und er versorgte Michael mit genau dem richtigen Quantum an Informationen, ohne langweilig zu werden. Er hätte besser daran getan, Lehrer zu werden, statt Kartonagenfabrikant, dachte Michael. Er mochte Leonard Markham.

Später gesellten sich Jellie und ihre Mutter zu ihnen; Jellie setzte sich Michael gegenüber. Genau deswegen war er an diesem kalten Herbsttag im Jahre 1980 gekommen: wegen der Gelegenheit, Jellie Markham Braden einfach nur anzusehen. Er war jedoch vorsichtig, da ihn ihre Mutter ein-, zweimal dabei ertappte, wie er Jellie auf eine Art und Weise anstarrte, die durch die Unterhaltung nicht zu rechtfertigen war. Und Mütter kennen die geheimen Gedanken der Männer, insbesondere dann, wenn sich diese Gedanken um ihre Töchter drehen.

Auf der verzweifelten Suche nach einem Thema sprach Michael Indien an und sah, wie Eleanor Markhams Gesicht sich prompt verdüsterte – kaum merklich, aber immerhin. Jellie lenkte das Gespräch rasch in eine andere Richtung. Das war nun bereits das zweite Mal, daß er das Gefühl hatte, mit ihrer Zeit in Indien müsse es irgend etwas auf sich haben. Etwas, das sie davon abhielt, mehr darüber zu sagen, als daß sie dort gewesen und drei Jahre geblieben war. Michael hielt es seinerzeit immer nur kurz in Jellies unmittelbarer Umgebung aus. Seine Gefühle ihr gegenüber waren einfach zu überwältigend und wurden schließlich so stark, daß er Angst hatte, mit etwas allzu Offensichtlichem und Dummem herauszuplatzen, irgendeiner ungehörigen Bemerkung, mit der er sich ihrem Mann gegenüber oder wem auch immer – Jellie selbst nicht ausgenommen – verriet. Er wollte sie sehen, sicher, so oft wie nur möglich in ihrer Nähe sein, aber ohne sich noch mehr als der Betrüger vorzukommen, für den er sich ohnehin schon hielt. So entschuldigte er sich denn gegen sechs unter dem Vorwand, seine Tiere füttern zu müssen.

Jellie schlang die Arme um den Oberkörper und stand zitternd auf der Treppe vor dem Haus, als sie sich von ihm verabschiedete. »Danke fürs Kommen, Michael. Ich weiß, diese Geschichten liegen Ihnen nicht, aber ich wollte Sie meinen Eltern vorstellen. Sie sind nun mal nicht die Art Leute, mit denen Sie für gewöhnlich zu tun haben ... Nein, das kam nicht ganz richtig raus. Ich wollte damit nicht sagen, daß Sie ein Kuriosum sind, nur eben anders. Gerade eben noch sagte mein Vater: ›Also, dieser Michael Tillman gefällt mir, er hat Charakter.‹ Ich wußte, Sie würden ihm gefallen.«

Michael verstand, was sie sagen wollte. »Ich mag ihn

auch. Danke für die Einladung, es war ein schöner Nachmittag.« Er konnte nicht gehen ohne einen letzten durchdringenden Blick. Er konnte einfach nicht anders; am liebsten hätte er sie in die Arme genommen und gesagt: »Geh nicht wieder rein. Komm mit zu mir, ich werde dich küssen. Ich werde dich in Stücke reißen und wieder zusammensetzen. Und hinterher geht es auf die Straße und weit, weit weg – egal, wohin.«

Jellie sah Michael mit ihren grauen Augen an, vielleicht fünf Sekunden lang; ihr Gesicht war fast ernst geworden. So hatte sie ihn noch nie angesehen – als könne sie einen Teil seiner Gedanken lesen. Sie sagte nichts, starrte ihn nur an, senkte dann die Augen und lächelte verhalten, bevor sie die Tür wieder öffnete und ins Haus zurückging.

Ein Jahr später befand er sich westlich von Madurai und arbeitete sich auf der Suche nach ihr in den Südwesten Indiens vor. Sein Fahrer konnte nur wenige Brocken Englisch, so daß es eine stille Fahrt war. Lediglich das endlose Brausen des Windes war durch die offenen Fenster zu hören. Fünfzig Meilen hinter der Stadt hielt der Fahrer an und ging hinüber zu einer Kultstätte am Straßenrand, um einige Münzen als Opfergabe zu hinterlassen. »Schlimme Geister«, sagte er, als er wieder einstieg. »Böse.« Er legte einen Gang ein und warf noch einen letzten Blick zurück auf den Schrein.

In Virudunagar genehmigte sich sein Fahrer ein

Frühstück und der Wagen einen Platten. Offensichtlich hatte die Gabe an der Kultstätte nicht ausgereicht. Der Ersatzreifen war im Eimer, so daß eine mittlere Expedition durch die Straßen der Stadt nötig war, um eine Werkstatt zu finden. Nach dem obligatorischen Feilschen um den Preis schleppte man den Reifen in die Werkstatt, wo er geflickt wurde. Was wohl für weitere sechzig Meilen halten dürfte, dachte Michael. Ihr Aufenthalt in Virudunagar hatte fast zwei Stunden gedauert.

Michael lehnte sich in den roten Vinylsitz zurück und betrachtete die vorbeiziehenden Dörfer und Äcker. In der Nähe von Rajapalaiyam hielt der Fahrer auf einer Brücke über einen breiten, seichten Fluß. Vor ihnen trieb eine Frau eine Herde Gänse über die Brücke. Auf den Sandbänken unter ihnen waren Frauen mit hochgezurrten Kleidern beim Waschen zu sehen, sie schwangen die Wäsche über den Kopf und schlugen sie gegen die Steine.

Die Gänse waren fast drüben angelangt, aber sie watschelten sehr langsam. Zu langsam für Michaels Fahrer. Er hupte. Die Frau, die die Gänse antrieb, bedachte sie beide mit einem bösen Blick. Nur reiche Leute fuhren im Auto, und sie ließ sich davon nicht beeindrucken. Der Rhythmus des indischen Dorflebens entspricht einem Adagio. Nur reiche Leute von anderswo haben es eilig.

Auf der Brücke kam ihnen eine Frau entgegen. Sie trug einen abgerissenen Sari aus billigstem Stoff, Zehenringe an ihren braunen Füßen, und transportierte eine Ladung Reisig auf dem Kopf. Einen Arm hatte sie angehoben, um die Zweige zu halten, der andere schwang mit klimpernden Armreifen an ihrer Seite. Sie war umwerfend. Schön, nach welchen Maßstäben auch immer. Sie sah aus wie die junge Bardot. Sie blickte Michael durch das Autofenster an, und er lächelte, er konnte nicht anders. Er dachte, sie würde sein Lächeln vielleicht erwidern. Einen Augenblick sah es tatsächlich so aus, dann jedoch, als sie am Wagen vorbeiging, wandte sie den Kopf ab und starrte geradeaus die Straße entlang.

Er beugte sich vor und sah das Sahyadri, die Westghats, vor sich aufsteigen. Irgendwo in diesen Bergen befand sich Jellie, in der Nähe eines Ortes namens Thekkady, oder wenigstens sollte sie dort sein. Was sie dort tat, wußte er nicht; er war sich noch nicht einmal sicher, ob er es überhaupt wissen wollte.

Eine Stunde später befanden sie sich schon in den Ausläufern des Gebirges. Langsam und vorsichtig ging es über die Haarnadelkurven nach oben; vor allem zitterten sie vor den riesigen indischen Überlandbussen, die die Straße für sich beanspruchten und auch nicht einen Zentimeter ausweichen wollten. Es war inzwischen kühler geworden. Sie mochten auf einer Höhe von tausend Metern sein; an den Wagenfenstern zogen Kiefern vorüber. Michael wußte nicht, daß Jellie fünfzehn Jahre zuvor auf dieser Straße um ihr Leben gelaufen war. Und daß sie sich damals anders genannt hatte.

5

Nach ihrem ersten Thanksgiving in Cedar Bend kam Jellie fast zwei Wochen lang nicht in Michaels Büro. Da sie bis dahin wenigstens einmal die Woche auf einen Kaffee und eine Zigarette vorbeigeschaut hatte, kam er zu dem Schluß, daß er es nun tatsächlich vermasselt hatte und Jellie – und vielleicht auch andere – langsam dahinterkam, was er fühlte, und daß sie fest entschlossen war, dergleichen schon im Keim zu erstikken.

Als Jimmy Braden anrief und fragte, ob sie sich wohl ein paar Minuten unterhalten könnten, war er sicher, daß Jellie ihm etwas gesagt hatte. Er saß da und wartete auf die Schläge, wartete darauf zu hören, Jellie könne es nicht leiden, wie Michael sie ansah, und daß sie nicht mehr kommen würde, von einer weiteren Einladung ins Haus Braden ganz zu schweigen.

Aber darum ging es Jimmy gar nicht. In gewisser Hinsicht war seine Nachricht noch weitaus schlimmer. Er hatte die Absicht, im Sommersemester in London zu unterrichten und Jellie mitzunehmen. Er hatte sich im vergangenen Jahr um eine Gastprofessur beworben und sich schon eingangs mit Arthur darauf geeinigt, daß er gehen dürfe, wenn er den Job in London bekam. Seine Bewerbung war zuerst in der britischen Bürokratie untergegangen. Aber schließlich hatte es dann in letzter Minute doch noch geklappt. Jetzt suchte Jimmy die Fakultät nach Kollegen ab, die während seiner Abwesenheit seine Lehraufgaben übernahmen.
Michaels Magen verspannte sich schon bei dem Gedanken daran, Jellie so lange nicht mehr zu sehen; er dachte sofort an ihr schwarzes Haar im Wind, an ihr Lachen und daß sie ins Theater gehen und noch nicht einmal an ihn denken würde, obwohl er keinen besonderen Grund sah, warum sie nicht an ihn denken sollte. Es war die reine Eigensucht, das war ihm klar, aber er erholte sich wieder und sagte Jimmy zu, er würde seinen Einführungskurs in die Ökonometrie übernehmen oder einen Studenten aus den Fachsemestern finden, der das könnte. Jimmy versprach, sich irgendwann zu revanchieren, und Michael hegte nicht den geringsten Zweifel daran.
»Ich bin Ihnen wirklich dankbar, Michael. Damit wäre nun alles geregelt. Wir reisen in zehn Tagen ab, gleich nach Semesterschluß, und sind im August wieder da. Im Sommer wollen wir etwas herumreisen.«

Jellie in Schottland, Jellie vor Rainhecken, Jellie in Paris ... Jellie, wo immer er sie nicht sehen konnte. Eine Stunde später klopfte sie an Michaels Tür. »Hi, Motorradfahrer. Was macht der Krieg?«

»Der Krieg wird eben gewonnen, Jellie. Ich prügle meine Studenten noch den Hügel ›Dezember‹ hinauf, und der Sieg ist mein, oder zumindest wird er es in knapp zwei Wochen sein.« Sie blieb auf der Schwelle stehen, statt hereinzukommen und sich auf einen der Stühle fallen zu lassen wie sonst.

»Tut mir leid, daß ich nicht mehr reingeschaut habe. Ich mußte auf meine Prüfungen büffeln, und Jim sagte, er hätte Ihnen von unserer Reise nach London erzählt. Gott, was für ein Chaos: so kurzfristig jemanden zu finden, der auf das Haus aufpaßt, Rechnungen bezahlen, bei der Bank alles regeln. Seit Tagen bin ich pausenlos auf Trab. Was werden Sie denn über die Feiertage machen? Irgendwelche großen Pläne?«

»Nein, eigentlich gar keine. Es ist viel zu verdammt kalt, um die Maschine anzuwerfen und irgendwohin zu fahren. Wahrscheinlich schreibe ich meinen Aufsatz über den Vergleich komplexer Strukturen zu Ende, damit ich ihn bei den Herbsttagungen vorlegen kann. Dann werde ich mir meinen Quartalshaarschnitt genehmigen und über Weihnachten ein paar Tage bei meiner Mutter in Custer verbringen. Abgesehen davon werde ich wohl zusehen, wie der Schnee fällt, nehme ich an, und mir die Miles-Davis-Cassetten anhören, die ich bestellt habe, während ich mein

Material für Jims Kurs auf Vordermann bringe. Meine Notizen zum Thema sind schon ein bißchen vergilbt. Das Ganze wird ziemlich schnell vorbei sein, wie immer.« Er hätte ihr gern gesagt, daß er jede zweite Minute an sie denke, tat es aber nicht.

»Hört sich ziemlich ereignislos an. Keine besonderen Wünsche an den Weihnachtsmann?«

Er blickte einen Augenblick an die Decke, in dem Versuch, sich aus dem zügellosen Anfall von Trübsinn zu ziehen, in dem er zu versinken drohte. Und ob er Wünsche hatte, aber es waren keine, die er ihr hätte sagen können. Er erholte sich, lehnte sich in seinen Sessel zurück, die Finger hinter dem Kopf verschränkt, und zwang sich zu einem kleinen Lächeln. »Tja, manchmal hätte ich gern einen Gürtel, mit dem Schriftzug *Orville* hinten drauf gestanzt. Wir hatten da einen Typen in Custer, der hatte so einen, und den hielt ich als Kind immer für den Größten.«

Jellie erwiderte sein Grinsen. »Sie sind wirklich der einzige, Michael, von allen Leuten, die ich kenne, der auf solche Ideen kommt. Gott, das ist ja schon fast surrealistisch.«

»Tja, das Leben ist nun mal surrealistisch, Jellie. Außer für Orville. Der machte sich über derlei Dinge keine Gedanken, der fuhr seinen Getreidelaster und pfiff den ganzen Tag vor sich hin.«

»Hört sich ganz so an, als hätte Orville den Bogen rausgehabt. Ich würde gern mehr über ihn hören, aber ich muß leider los. Ich werde versuchen, noch mal reinzuschauen, bevor wir abreisen. Machen Sie's gut, Michael, und grüßen Sie mir Orville, wenn Sie ihn sehen. Fragen Sie ihn, ob er dem Rest der Menschheit nicht ein Selbsthilfebuch schreiben will.«

Er betrachtete ihre Jeans, als sie den Korridor hinunter verschwand, dann stand er auf, um sie noch ein Weilchen länger sehen zu können. Einmal blickte sie zurück, als hätte sie gewußt, daß er da stand, und winkte ihm ein letztes Mal zu, bevor sie um die Ecke ging, auf dem Weg zum Büro ihres soliden und verläßlichen James Braden.

In der Woche darauf lief Michael ihr in dem kleinen Einkaufsviertel in der Nähe des Campus über den Weg. Sie tranken einen Kaffee bei Beano's; mitten am Nachmittag saßen sie in einer Nische ganz hinten. Ihre Prüfungen waren vorbei, und die Vorbereitungen für London liefen gut, so daß sie etwas ruhiger war, jedenfalls schien sie es diesmal nicht eilig zu haben. Sie trug die für sie typische Winterkleidung: Jeans, langärmeliges T-Shirt unter einem Flanellhemd und eine Daunenjacke.

Er lehnte sich an die Wand, einen Fuß auf der Bank, und sah sich die alten Plakate von Veranstaltungen auf dem Campus an, mit denen die Wände bepflastert waren. Die Studenten – sowohl die, die ihre Prüfungen hinter sich hatten, als auch die anderen – tranken Bier. Zwei Männer, aktive Schwulenrechtler aus dem philosophischen Seminar, spielten auf dem Tisch nebenan Schach.

Jellie fragte, ob er in London ein Restaurant empfeh-

len könne. Er erwiderte, daß sich seine Erfahrungen mit London, außer ein, zwei Tagen auf Durchreise, aufs Umsteigen in Heathrow beschränkten und daß er die Stadt selbst kaum kenne. Michael bevorzugte Gesellschaften, die weniger durchorganisiert waren als die westlichen, so daß er denn auch fast ausnahmslos in Südostasien gereist war. Die Frauen in Bangkok mit ihren langen Haaren und ihrem gefügigen Wesen ließ er dabei unerwähnt. Er warf einen Blick auf die Uhr und sagte, er hätte in zweiundzwanzig Minuten seine allerletzte Klausur, dann schickte er sich zum Gehen an.
»Michael, unsere Gespräche bei einer Tasse Kaffee werden mir fehlen, und Sie, Sie werden mir auch fehlen, wirklich.«
Er sah sie eine ganze Weile an. Zum ersten Mal war es ihm völlig egal, was sie oder irgend jemand sonst darüber dachte, wenn er sie auf eine gewisse Weise betrachtete.
Sie holte tief Atem, um etwas zu sagen, hielt aber dann einen Augenblick inne, bevor sie es tat, als versuche sie sich zu entscheiden, ob sie überhaupt etwas sagen sollte. »Ich will das jetzt nicht vertiefen, aber...« Sie zögerte.
Seine Hände zitterten, und er hätte noch nicht einmal sagen können, warum; er behielt sie unter dem Tisch, wo sie sie nicht sehen konnte. Er spürte ein kleines Zucken in seiner Wange, direkt unter dem linken Auge. Es gibt im Leben eines Mannes Augenblicke, in denen der Lauf der Dinge einen anderen Gang

einlegt. Er spürte, daß dies ein solcher Augenblick war.

»Was meinen Sie damit, Jellie? Was wollen Sie jetzt nicht vertiefen?«

»Was ich sagen will ... ist, daß ... daß Sie mir nicht nur fehlen werden. Es wird schwer werden ohne Sie. Ich kenne Ihre Gefühle für so manches besser, als Sie vielleicht glauben ... meine Gefühle ... Oh, gütiger Gott, was richte ich bloß wieder an ...«

Er sorgte dafür, daß seine Hände ruhig wurden, und griff nach einer der ihren. Sie kam ihm auf halbem Weg entgegen. »Kommen Sie schon, Jellie, sagen Sie, was Sie zu sagen haben. Ich möchte es hören, egal, was es ist.«

»Michael, es hört sich so anmaßend an, was ich hier zu sagen versuche. Wenn ich falsch liege, bitte, vergessen Sie's gleich wieder. Versprochen?«

»Versprochen.«

Sie legte nun auch die andere Hand auf seine beiden und starrte darauf, während sie sich räusperte. »Hinter unserem Lachen und all dem lockeren Geplauder läuft doch noch was anderes, nicht wahr?«

Er sagte nichts, sah sie nur an. Die Bühne gehörte ihr, und er hatte im Augenblick nicht die Absicht, zu ihr hinaufzusteigen. Er wollte hören, was sie zu sagen hatte, egal, wo es hinführte. Gut oder schlecht, die Zeit war gekommen. Eine Bedienung ließ auf dem Weg in die Küche einen Stapel Geschirr fallen, und bis auf zwei fuhren alle Köpfe im Beano's herum, um sich die Katastrophe anzusehen. Er sah, wie sich der große Zeiger der Uhr bewegte. Noch fünfzehn Minuten bis zu seiner Klausur auf der anderen Seite des Campus.

»Verdammt noch mal ... stimmt es vielleicht nicht? Da ist doch was zwischen uns, nicht wahr?« Sie drückte seine Hände und schlug sie sachte auf den Tisch.

Er nickte.

»Und zwar seitdem wir uns Ende August auf dem Empfang des Dekans kennengelernt haben, stimmt's?«

Er nickte noch mal und sagte es geradeheraus: »Sie kamen zur Tür herein, und in mir fing etwas zu summen an. Und mittlerweile ist aus dem Summen ein vielstimmiges Kreischen geworden, das sich nicht mehr abstellen läßt.«

»Oh, Michael ... Michael.« Sie wandte den Blick ab und starrte an die Wand, dann zur Decke hinauf. Noch zwölf Minuten bis zur Klausur. Er bewegte sich nicht. Die letzte Fliege eines vergangenen Sommers – Beano's Großzügigkeit hatte sie am Leben gehalten – landete auf seiner Kaffeetasse und machte sich auf einen endlosen Weg um deren Rand.

»Meine Mutter hat es gemerkt, an Thanksgiving; die Art, wie Sie mich angesehen haben und wie ich Ihre Blicke erwidert habe. Oder nein, das ist nicht ganz ehrlich – ich habe Sie genauso angesehen wie Sie mich. Beim Abspülen in der Küche hat sie es angesprochen. ›Paß du mir mal bloß auf, Jellie‹, hat sie gesagt, ›paß mir nur auf.‹«

Zwei Uhr siebenundvierzig. Beano's leerte sich, als etwa die Hälfte der Gäste davonstürzte, um zu den Prüfungen um drei pünktlich zu kommen. »Das wird sich alles legen, Michael, während ich weg bin. Es muß einfach, nicht wahr?«
Er sagte nichts. Er zuckte die Schultern und lächelte sie an.
Sie stand auf und zog ihren Parka an. »Ich komme mir vor wie ein Schulmädchen«, murmelte sie. Sie blickte auf ihn herab. »Ich bin froh, daß ich das jetzt gesagt habe, Michael. Und ich bin froh über das, was Sie gesagt haben und wie Sie sich die letzten Monate über benommen haben. Sie halten sich gern für einen etwas ungehobelten Kerl, aber in Wirklichkeit haben Sie's faustdick hinter den Ohren. Sie sind ein wirklich toller Mann, Michael Tillman, attraktiv, lieb und auch sonst – gibt es denn nicht irgendwo auf der Welt eine Frau für Sie? Ich meine, jemand anderen als . . .«
Sie ließ das *mich* weg – sie brachte es einfach nicht über die Lippen, wünschte jedoch, sie hätte es gesagt –, und ihre Stimme endete in einer Schleife ins Nichts.
»Ich verstehe, was Sie meinen. Wer weiß? Alles, was ich im Augenblick sehe, ist das, was ich Ihnen gegenüber empfinde.« Er nahm seinen Mantel und begann, aus der Nische zu rutschen. Er war völlig konfus und dachte, die Zeit bis zum nächsten August wäre nur in Lichtjahren zu messen.
Sie beugte sich über ihn und drückte ihm einen Kuß auf die Wange. »Passen Sie auf sich auf. Ich schicke

Ihnen eine Karte.« Damit war sie auch schon fort, zwischen den Tischen hindurch und zur Tür hinaus. Er legte zwei Dollar auf den Tisch und machte sich an einen Dauerlauf über den Campus, die Füße auf dem Gehsteig, Gedanken und Herz weiß Gott wo. Auf die andere Seite des Baches, den Ententeich entlang. Er konnte sich schließlich mit nur einer Minute Verspätung daranmachen, das Wissen seiner Studenten zu prüfen.

6

Am 20. Dezember startete die Maschine der Bradens in Richtung England; Michael zensierte an diesem Tag die letzten Abschlußklausuren. Einige starke Leistungen sowohl in seinem Seminar über Entscheidungsstrategien als auch dem über quantitative Methoden vermochten seine Depression über Jellies Abfahrt vorübergehend zu lindern. Von seinen Fachsemestern hatte er natürlich nichts anderes erwartet, aber auch die unteren Semester hatten zu seiner angenehmen Überraschung ihren Examensblues überwunden und waren der Aufgabe gerecht geworden.

In seinem Wohnzimmer stand die alte Shadow und wartete auf die Rückkehr von Schraubenschlüsseln und schönerem Wetter. Michael stapelte die Abschlußklausuren auf dem Sitz und warf den Computer an, der sich seinen Schreibtisch mit öligem Werkzeug und schmutzigen Tassen teilte. Die eine oder andere Taste getippt, und das Benotungsprogramm erschien auf dem Bildschirm. Er trug die Ergebnisse ein, das Programm blubberte dreißig Sekunden lang vor sich hin; dann hatte er die Endergebnisse in Kurven, mit Abweichungen und all den anderen Bonbons, die er bei der Notenvergabe jedoch meist außer acht ließ.

Zwei Stunden später waren die letzten Notenbögen ausgefüllt und unterschrieben. Jeder Bogen wies eine ganze Seite voll Instruktionen auf, die selbst einen Computer hätten stutzen lassen, aber er hatte sie in all den fünfzehn Jahren als Lehrer nicht gelesen, und da sich nie jemand beschwert hatte, waren sie wohl auch in Ordnung gewesen. Er hatte zwanzig Minuten, um die Noten abzugeben, da das Sekretariat um halb fünf schloß. Also den Mantel übergeworfen, wieder zurück auf den Campus und die Bögen eingereicht.

Fertig. Frei. Einen ganzen Monat lang. Fünfzehn Jahre machte er das nun, und zwanzig hatte er noch vor sich, es sei denn, es gelang dem Dekan, ihm berufliche Inkompetenz nachzuweisen, was er nicht konnte, oder moralische Verworfenheit, was er nie tun würde, da man mit Ausnahme der Wirtschaftsprüfer den gesamten Lehrkörper auf die Straße setzen müßte, wollte man diese Standards durchsetzen. Die Überlebensregel Nummer eins hieß: Finger weg von den Studentinnen in den eigenen Seminaren. Der ehemalige Dekan, ein alter Knabe, der Michael direkt von der Uni weg eingestellt hatte, war da unerbittlich gewesen. Schon lange bevor sexuelle Belästigung zum allgegenwärtigen Schlagwort geworden war, hatte der alte Dekan bereits eine berühmte Rede für die jungen Angehörigen seines Lehrkörpers parat gehabt, das heißt, nur für die Männer unter ihnen. Im wesentlichen lautete sie folgendermaßen:

»Meine Herren, ich weiß, Sie sind alle erwachsen, aber lassen Sie mich Ihnen das eine oder andere ins Gedächtnis rufen. Viele der jungen Frauen hier sind traditionsbewußte Mädchen aus dem Mittelwesten; sie erwarten, Sie nach gewissen Aktivitäten im Schlafzimmer am Wochenende Mutter und Vater vorstellen zu können – in der Hoffnung, bald darauf Hochzeitskarten zu verschicken. Lassen Sie sich von ihrem weltklugen Auftreten nicht täuschen. Studentinnen bringen Ärger, und ich meine *großen* Ärger. Die männlichen Studenten der unteren Semester sind größtenteils Esel, und Sie, meine Herren, werden den jungen Damen erfahren und weltmännisch erscheinen. Auf der anderen Seite werden sie Ihnen ziemlich hübsch vorkommen. Da gibt es welche, die sitzen in der ersten Reihe mit einem Rock, so kurz, daß Ihnen das Paradies zuzwinkert. Es werden sich Ihnen jede Menge Gelegenheiten für ein paar hübsche Schäferstündchen bieten – das hier ist ein gottverdammter Selbstbedienungsladen –, aber vergessen Sie's, wenigstens solange sie in einem Ihrer Kurse sind. Aber ich würde Ihnen dringend anraten, die Finger ganz und gar von ihnen zu lassen. Ich habe schon genug Probleme, auch ohne schluchzende junge Frauen in meinem Büro, die behaupten, wegen eines vorehelichen Ringelpietzes bei der Benotung benachteiligt worden zu sein. Mit anderen Worten, machen Sie mir diese Art Ärger, und ich jage Sie nicht nur mit Fußtritten vom akademischen Olymp, sondern sorge obendrein noch dafür, daß Sie nie wieder in dieser Branche arbeiten.«

Ein Vortrag darüber, wie man Ärger aus dem Weg ging; kein Wort davon, Frauen gegenüber Sensibilität zu entwickeln. Michael war sich sicher, letzteres war dem alten Dekan noch nicht einmal in den Sinn gekommen, zumal der Lehrkörper zu neunundneunzig Prozent aus Männern bestand.
Nachdem er seine Rede gehalten hatte, gab der Dekan eine berühmte Anekdote zum besten, die damals schon seit fünfundzwanzig Jahren zum Sagengut der Universität gehört hatte. Allem Anschein nach war eine Studentin in die Sprechstunde eines der Russen im Lehrkörper gekommen. Er hatte ihr, ohne sich in seiner Konzentration stören zu lassen, einen Stuhl angeboten und gemurmelt, er hätte gleich Zeit für sie. Als er schließlich den Kopf hob, stand sie im Evaskostüm vor ihm. Die Umstände waren etwas kompliziert, aber letztlich lief es auf folgendes hinaus: Lassen Sie mich durchkommen, oder ich schreie.
Wollen Sie mal hören, was Kaltblütigkeit ist? Was es heißt, ein richtiger Kerl zu sein? Der Russe war beides. Der Mann hätte Neurochirurg oder Astronaut sein können. Er stand auf, riß die Tür auf, trat auf den

Flur hinaus, deutete auf die junge Frau und schrie mit seinem zum Schneiden dicken Akzent: »Machen Sie, daß Sie aus meinem Büro kommen! Sofort!« Passanten kamen in den Genuß eines Blicks auf den nicht zu verachtenden Körper einer jungen Frau (so jedenfalls will es die Legende, und Michael stellte fest, daß ihre körperlichen Attribute mit dem Reifen der Anekdote geradezu amazonenhafte Proportionen annahmen; ihr Körper reifte sozusagen mit dem Alter der Legende und wurde dabei von Mal zu Mal fülliger).

Er hatte sich seither gefragt, welche Lehre wohl aus dieser Geschichte zu ziehen sei, da schließlich nie geklärt wurde, ob zwischen der jungen Frau und dem Russen nicht doch etwas gelaufen war. Wie auch immer, nachdem er die Geschichte erzählt hatte, scheuchte der Dekan seine jungen Professoren aus dem Büro; die goldene Regel, die ihnen helfen sollte, ihrer Verworfenheit erst gar keine Chance zu lassen, lautete: Hose zu, Bürotür auf.

Etwa zwei Drittel derer, die diesen Vortrag gehört hatten, beherzigten den Rat des Dekans. Das restliche Drittel fuhr wie ein Mähdrescher durch die wogenden Felder mannbarer Studentinnen, ohne irgendwelche Konsequenzen fürchten zu müssen; was wohl zum Teil darauf zurückzuführen war, daß die, die aus dem Glashaus spähten, kein Interesse daran hatten, mit Steinen zu werfen. Michael ließ die Finger von Studentinnen, allein schon deshalb, weil er sie nicht attraktiv genug fand. Sie waren zu jung und zu naiv, und was sollte man zu so einer morgens schon sagen? Etwa: »Wen hast du eigentlich in Sozialkunde?« Nein, das war das letzte, wozu er Lust hatte.

Nachdem Michael die Noten abgegeben hatte, konnte er tun und lassen, was er wollte, bis am 17. Januar alles wieder von vorn begann. Er ging durch die Flure der Universitätsverwaltung, bewunderte die gewachsten Eichenböden und atmete die Ausdünstungen inkompetenter Macht, die aus den Wänden drangen und unter nachgedunkelten Türen hervorquollen wie der Rauch eines brennenden Dorfes, in dem vor langer Zeit einmal Wahrheit und Schönheit zu finden gewesen waren. Die Beschwingtheit, die sich nach der Korrektur einiger Stapel guter Prüfungsklausuren eingestellt hatte, verflüchtigte sich beim Gedanken an Jellie Braden. Er wurde langsam, aber sicher wütend auf sie: einfach nach England abzuhauen und ihn hier seiner Trauer um ihre Abwesenheit zu überlassen!

Irrational? Natürlich war es irrational. Er hatte schließlich keinerlei Rechte, was sie anbelangte – außer auf das, was er bereits hatte, mit anderen Worten: auf nichts. Im Augenblick sitzt sie am Kennedy International, dachte er, und wartet darauf, daß die TWA ihren wunderschönen Körper mitsamt der wunderschönen Seele darin neun ganzen Monaten voll neuer Erfahrungen und neuer Bekanntschaften entgegenträgt. Vielleicht hatte sie recht, vielleicht würde ihre Abwesenheit ja tatsächlich helfen, vielleicht würde er sich abkühlen und auf etwas anderes konzentrieren.

Dann begann er vor sich hinzubrabbeln: »Komm zurück, komm zurück, Jellie Braden. Ich muß dich noch einmal sehen, nur ein einziges Mal. Ich möchte die Unterhaltung weiterführen, die wir angefangen haben. Ich möchte mehr über deine Gefühle für mich hören. Ich möchte, daß zwischen uns alles im reinen ist.« Aber die Post kommt nun mal nicht am Sonntag; James Lee Braden hatte seine Frau mitgenommen, die Wonnen ferner Länder zu kosten, und Michael Tillman hatte das Nachsehen.

Die Tür des Provosts stand offen, da einer der Hausangestellten die Papierkörbe leerte. Michael warf einen Blick ins Büro. Clarice Berenson, die Sekretärin des Provosts, starrte auf den Bildschirm ihres Computers. Außer ihr war niemand da.

Sie kannten sich schon eine geraume Weile, Clarice und Michael. Sie war aus New York nach Cedar Bend gekommen; ihr Gatte, ein Gynäkologe, hatte ihr wegen einer Schwester aus der Psychiatrie den Laufpaß gegeben. Seit dieser schlimmen Geschichte mit ihrem Exmann hatte sie die Männer dick. Trotzdem traf sie sich hin und wieder mit Michael, und wenn sie so richtig in Schwung kamen, brachten sie es auf beachtliche Höhenflüge.

Clarice liebte die Oper und arbeitete nebenbei an einem Magister in Spanisch; zusammen mit ihrem Beruf hatte sie damit alle Hände voll zu tun. Hin und wieder jedoch machte sie gern mal so richtig einen drauf. Und hier kam Michael ins Spiel. Wann immer es darum ging, ordentlich auf den Putz zu hauen, schienen ihre Stundenpläne geradezu aufeinander abgestimmt.

Clarice hob den Kopf und grinste. »Na, wenn das nicht unser Campusrebell ohne ersichtlichen Grund ist. Wie geht's denn so, Michael?«

»Nicht schlecht. Ich habe eben meine Noten abgegeben und die Riemen eingezogen. Was ist mit dir, Clarice?«

»Seit Monsieur le Provost vor zwei Stunden Richtung Los Angeles abgeflogen ist, geht's mir gleich viel besser. Ich mache eben dicht. Was hältst du von einem Bier?«

»Besser noch, was hältst du von Bier und Abendessen?«

»Das läßt sich hören, Michael. Wir könnten sogar noch einen Schritt weitergehen und abends im Beano's das Tanzbein schwingen. Um neun tritt Bobby's Blues Band auf. Wahrscheinlich spielt wegen des Semesterendes alles verrückt, aber das kommt mir gerade recht.«

»Fein. Aber erst muß ich mich etwas zurechtmachen. Wie wär's mit sieben? Wir gehen runter zu Rossetti auf Pasta und dann rüber ins Beano's und amüsieren uns.«

»Perfekt! Ich hol dich ab; ich glaube, ich bin mit Fahren an der Reihe.«

»Okay, also dann bis später.«

Michael trank sein erstes Bier, gleich nachdem er die

Tür hinter sich zugemacht hatte. Ein dunkles Beck's in der Hand, John Coltrane im Kassettendeck, setzte er sich in den Sattel seiner Shadow. Malachi stand auf und legte ihm eine Pfote aufs Bein. Michael kraulte ihn am Ohr, hörte Musik und dachte an Jellie Braden, die sich im Augenblick durch die Dunkelheit fliegend entfernte. Dann kam er zu dem Schluß, daß derlei Gedanken Clarice gegenüber nicht fair waren; zwei weitere Biere rissen ihn aus seiner Einsamkeit und ließen den Abend anlaufen ... mehr oder weniger.

Vom Aussehen her war Clarice keine Jellie Braden. Auf der anderen Seite war auch das ein wenig unfair, da Jellie Michaels Ansicht nach in dieser Hinsicht auf der ganzen Welt nicht ihresgleichen hatte. Dafür verfügte Clarice über jene undefinierbare Qualität, die wir unter dem Begriff »Klasse« zusammenfassen; sie war mehr als nur präsentabel. Und, was nicht weniger wichtig war, sie war nicht auf dem Weg nach London.

Zehn vor sieben klopfte Clarice an seine Tür. Er zog sich eben einen weißen Baumwollrolli über, der sich recht gut zu den ausgewaschenen Jeans machte. Sie kam herein und holte sich ein Bier aus dem Kühlschrank. Er tappte barfuß durch die Wohnung auf der Suche nach einem Paar sauberer Socken. Als er mit seinen Stiefeln in der Hand ins Wohnzimmer kam, saß Clarice auf der Shadow. Sie trug ein maisfarbenes Sweatshirt zu einer moosgrünen Kordsamthose, deren enge Röhren knapp über den Quasten ihrer zierlichen Mokassins endeten.

»Siehst prima aus, Clarice, wirklich gut.« Er sagte das nicht nur so, auch wenn das Kompliment durch die drei Flaschen Bier etwas herzlicher geriet, als das sonst womöglich der Fall gewesen wäre.

»Herzlichen Dank, Professor Tillman. Was macht denn die Winterreparatur an der Maschine? Wie ich sehe, hängt die Kette schon über dem Stuhl.«

»Ach ja, das alte Mädchen braucht dieser Tage ständig Aufmerksamkeit. Ersatzteile sind fast nicht mehr zu kriegen, aber die Kataloge des einen oder anderen Versandhandels halten sie am Leben. Wenn es unbedingt sein muß, dann werde ich mir eben in irgendeiner Werkstatt meine eigenen Teile drehen. Jedenfalls gehören wir fürs Leben zusammen, sie und ich.«

»Na, da bin ich aber froh, daß es so was überhaupt gibt.« Die Scheidung tat noch immer weh, und in Michaels Gegenwart machte Clarice keinen Hehl daraus. »Hast du für den Sommer eine größere Reise geplant?« Sie legte den dunkelblonden Kopf in den Nacken, nahm einen Schluck Bier und bedachte ihn mit einem lüsternen Grinsen. Sie wußten beide, was angesagt war, noch bevor dieser Abend zu Ende ging.

»Ich dachte, ich fahre mal zum Lake Superior hinauf. Ich war schon eine ganze Weile nicht mehr da. Ist recht schön da oben und auch nicht zu voll, wenn man die großen Ferien meidet. Willst du mit?« Er hätte nicht sagen können, warum er ihr das anbot. Für gewöhnlich reiste er allein, aber er fühlte sich einsam,

ausgesetzt, und Clarice sah an diesem Abend besonders gut aus. Er hatte sie wirklich gern.
Sie kannte seine Reisegewohnheiten und machte ein entsprechend überraschtes Gesicht. »Vielleicht«, sagte sie mit einem fragenden Lächeln. »Wann fährst du denn?«
»Eigentlich kann ich fahren, wann ich will, seit ich nicht mehr an der Sommerschule unterrichte. Wenn du interessiert bist, können wir uns ja nach deinem Urlaubsplan richten. Wollen wir losziehen?«
Die Spaghetti waren gut. Sie ließen sich Zeit beim Essen, tranken eine Flasche Wein und unterhielten sich, bevor sie sich in den Hexenkessel stürzten, dem Beano's um halb zehn bereits glich. Bobby hatte seine Blues Band bereits zum Sieden gebracht: »Put on your high-heeled sneakers, Mama, and your wiglet on your head/Put on your high-heeled...« Drummer, Leadgitarre, Baß; Bobby sang und spielte Mundharmonika. Und dann natürlich Molly Never (sie behauptete, ihre Eltern hätten sie so getauft), der absolute Heuler an der elektrischen Violine; breitbeinig stand sie da, schwarze Stiefel, schwarze Strümpfe, schwarzer Minirock, lila Bluse. Sie sah aus wie ein schriller Peter Pan, der auch schon die Schattenseiten des Lebens gesehen hat. Die Band begann mit 115 Dezibel und arbeitete sich langsam nach oben.
Bobby führte die Band in dieser Besetzung schon seit zwölf Jahren, und sie arbeitete mit harter, disziplinierter Präzision. »Hier kommt ein Song«, schrie er

ins Mikrofon, »den drei schwarze Mädels aus Memphis berühmt gemacht haben, damit ihn jetzt drei weiße Jungs aus einigen Nestern im Mittelwesten singen können. Deswegen habt ihr ja Beano's unverschämten Eintrittspreis bezahlt, um dieses Zeug zu hören, stimmt's?« Das Publikum tobte.

Clarice und Michael standen an der Seite und warteten darauf, daß ein Tisch frei wurde, was Stunden dauern konnte. Sie schrie ihn an und er sie, als sie sich über die sengende Leadgitarre eines gewissen Doppler Donovan in Cowboyhut und schwarzen Springerstiefeln hinweg zu unterhalten versuchten. Bobby hatte die schräge Interpretation eines Chuck-Berry-Knallers angestimmt, und als er sich an sein Mundharmonikasolo machte, sah es aus, als käme das Kabel des Mikrofons, das er gegen das Instrument hielt, direkt aus seinem Mund.

Michael sah zur Nische hinüber, in der er vor einer Woche mit Jellie gegessen hatte. Jetzt hockten dort zwei Pärchen, die ihre Biere um die Wette auszutrinken versuchten. Jellies Worte trieben durch den Lärm und den Rauch von Beano's zu ihm herüber: »Da läuft doch noch was anderes zwischen uns, Michael, nicht wahr?«

Clarice legte ihm einen Arm um die Taille und zog ihn, im Rhythmus wippend, an sich. Sie wollte tanzen, und früher oder später würde sie ihn auch auf die Tanzfläche bekommen. Aber Michael fühlte sich nicht wohl auf dem Tanzboden, das war schon immer so gewesen, und so wartete er darauf, daß diese zweite

Runde Bier des Abends ihre Wirkung tat und ihm etwas Mut bescherte.

Ein Student kam auf sie zugestolpert, eine Platinblondine mit Lederjacke im Schlepptau, die wohl nur mit Gleitmittel in ihre Jeans gekommen sein dürfte. Ein grauenhafter Bieratem streifte Michaels Wange, als der Student ihm über die Musik hinweg zuschrie: »Superkurs, Dr. Tillman, absolut spitze. Wie hab ich abgeschnitten?«

Michael machte seine Noten nicht öffentlich bekannt, schon gar nicht im Beano's. Aber was sollte es, der Kleine mit dem Bieratem hatte seine Sache gut gemacht, und außerdem wollten sie ja schließlich feiern. Er hielt eine der speziell für Beano's bedruckten Servietten hoch und deutete grinsend auf das *B* darauf – eine Zwei.

Der Student riß vor Freude beide Arme hoch und taumelte zurück auf die Tanzfläche, wo er, die Luft vor sich mit Fäusten bearbeitend, einen linkischen Boogaloo auf die Bretter legte. Fünf Minuten später schickte er die Bedienung mit zwei gefüllten Biergläsern herüber. Das Semester war zu Ende, man begrub seine Toten und ließ die Lebenden hochleben, die Atmosphäre war die einer ausgelassenen Feier – eine Art Beerdigung à la New Orleans mit zehntausend Watt. Doppler Donovan zog die Band in einen Song, den er den »Drake Neighborhood Slide« nannte, und Clarice zog Michael auf die Tanzfläche.

Der Abend endete wie vorausgesehen: warm, leidenschaftlich und durch und durch befriedigend. Er und

Clarice gaben einfach ein gutes Gespann ab im Bett. Was sie ihm ebenso leidenschaftlich wie unermüdlich kundtat: »Ja, Michael… ja, ja, *ja*!«

7

Die Ungewißheit der Monate, die Jellie in England verbrachte, machte ihm schwer zu schaffen. In Joggingschuhen stapfte er durch die Straßen von Cedar Bend; Eiszapfen bildeten sich an den Haaren, die unter seiner blauen Wollmütze hervorspitzten. Lehrkörper und Studenten lebten in einem klimatischen Fegefeuer irgendwo zwischen den Lichtern der Weihnachtsbäume und der Erwärmung der Erde im April. Ein Grauschleier hing über Bingsley Hall, während innen kalt die Deckenbeleuchtung strahlte. Die Winde aus den kanadischen Prärien ohrfeigten die Nordseite des Gebäudes und fuhren heulend durch die Korridore, wann immer jemand eine Tür nach draußen öffnete. Im Gegensatz zu Wein oder jener legendären Studentin, die im Büro des Russischprofessors aus den Klamotten gestiegen war, wird ein Winter im Mittelwesten mit dem Alter nicht besser.

Michael, der fast unablässig an Jellie dachte, nahm seine Studenten hart ran; an einem Sonntagnachmittag ließ er sie sogar für drei zusätzliche Stunden kommen, versprach ihnen jedoch, diese Zeit bei guter Mitarbeit gegen Ende des Semesters wieder gutzuschreiben. Er wußte, war erst die Wärme wieder da, würde er sie ebenso wieder verlieren wie sich selbst, und so räumten sie erst die schwierigen Dinge aus dem Weg. Unermüdlich arbeiteten sie sich voran. Gegen Ende Februar dachte er schon daran, eine Messe lesen zu lassen oder den gesamten Campus zur Therapie zu schicken, um dem Frust des Spätwinters Herr zu werden. Aber sie hielten durch – wie Seeleute von anno dazumal, die sich bei tosender See an den Mast klammerten, und das sicherlich mit dem gleichen festen Glauben an bessere Zeiten wie sie.

Dann regten sich über den kahlen Bäumen die ersten Zeichen der Hoffnung in Form farbiger Reiseprospekte an den Schwarzen Brettern. In Wort und Bild versprachen sie Sonne, Sand, Frische, Bräune und, wenn auch nur durch die Blume, eine flotte Zeit unter den Palmen Floridas und an der südtexanischen Küste. In den Gesprächen vor Unterrichtsbeginn drehte sich alles um die Schneebedingungen in Colorado und wer welche zwölf Leute in seinem alten Dodge Van nach South Padre Island mitnahm.

Zu diesem Zeitpunkt hatte Michael den schlechteren zwanzig Prozent seines Kurses eine derartige Angst eingejagt, daß sie ausgestiegen waren. Bei denjenigen, die geblieben waren, handelte es sich um eine

eingeschworene Gruppe, die so manche Blessur davongetragen hatte; sie verdienten eine kurze Rast, bevor er sie weiter die Hügel der Bildung hinauf zum Sieg und vielleicht sogar zum Examen trieb. So blieb denn die unausweichliche Frage auch nicht aus: »Professor Tillman, geht es in Ordnung, wenn ich Donnerstag vor den Frühjahrsferien mal nicht komme? Ein paar von uns fahren nach Daytona Beach, und wir wollen am Mittwochabend los.«
Er sah sich die nette junge Frau an, von der die Frage gekommen war – die jedes Frühjahr anders lautete, aber letztlich doch immer auf ein und dasselbe hinauslief –, und sagte: »Warum, glauben Sie, habe ich Sie an einem Sonntagnachmittag für drei Extrastunden hier reingejagt? Ja, Sie dürfen früher weg, aber lassen Sie sich die Notizen über meinen blendenden Vortrag über das Matrizensystem von jemandem kopieren, weil ich nicht ein Wort wiederholen werde.« Er grinste sie an. »Und jetzt verschwinden Sie schon, und stören Sie mich nicht länger. Als Retter einer Welt, die nicht gerettet werden will, habe ich eine Menge wichtigerer Dinge zu tun.«
Der Freitag kam, der letzte Tag vor den Frühjahrsferien. Die Böen der letzten Märztage stellten sich ein, und vor dem Universitätsgebäude bildete sich eine Schlange von Wohnmobilen und Kombis, in denen ungeduldige Gattinnen bei laufendem Motor auf das Ende der Seminare warteten. Die Bibliothek war leer bis auf einige Fachsemester und junge Professoren, die sich mühsam auf eine feste Anstellung vorbereite-

ten. Als er Bingley Hall schließlich um fünf verließ, war der Campus verlassen und still.

Zu Hause lehnte er sich in seinen Sessel und starrte auf ein Polaroidfoto von Jellie, das er auf die Korkplatte über seinem Schreibtisch gepinnt hatte. Sie sah ihn an, vor einer Steinmauer in Irland stehend, in Wanderkleidung, das Haar unter einen runden Tweedhut mit kleinem Schirm gesteckt, eine Ledertasche über der Schulter. Sie hatte ihm Ende Januar eine Karte geschickt, mit kaum mehr als Grüßen darauf. Das Foto kam einen Monat später, dazu ein neutraler kurzer Brief in ihrer kleinen, sauberen Handschrift:

> Hi, Michael. 21.2.
>
> Wir haben uns ein langes Wochenende gegönnt, um nach Irland zu fahren, wo wir die Lage für einen längeren Trip in diesem Sommer peilen. Ich hoffe, Sie haben einen schönen Frühling. Sehne mich nach unserem Kaffeeplausch. Sie fehlen mir.
> Jellie.

Ihm fiel auf, daß sie *fehlen* nicht hervorgehoben hatte wie damals im Beano's vor ihrer Abreise. Vielleicht suchte er zu sehr nach etwas, das gar nicht da war. Sich zu zieren, war nicht Jellies Art, und vielleicht funktionierte ja, was sie über das Abkühlen gesagt hatte – bei ihr wenigstens. Bei Michael funktionierte es jedenfalls nicht, und das Foto machte alles nur noch schlimmer. Er saß stundenlang da und starrte es an, dachte an sie, sehnte sich nach ihr. Er sah einfach nicht, wie er weiterleben sollte, ohne Jellie Braden an seiner Seite zu wissen. Noch fünf Monate, dann war sie wieder da. Er konnte es nicht erwarten und wollte sie gleichzeitig nie wiedersehen. Er überlegte sich, wie er seine Psyche gegen ihre ungewollten Angriffe wappnen könnte, aber da ihm das nicht gelang, saß er da und wartete auf den August.

Der denn schließlich auch kam. Der Sommer war in einer Art stillem Dunst verstrichen. Die Universität sah sich von einer der periodisch auftretenden Budgetkrisen gepackt, so daß man im Büro des Provosts alle Hände voll zu tun hatte und Clarice ihren Urlaub auf den Herbst verschieben mußte. Aus irgendeinem Grund hatte Michael keine Lust mehr auf den Lake Superior; statt dessen befuhr er mit der Shadow die hübschen und abgelegenen Straßen der Smokies und erfreute sich an dem gleichmäßigen Brummen der Maschine, die er bereits zwanzig Mal wieder aufgepäppelt hatte, seit sein Vater sie ihm geschenkt hatte.

Im ersten Morgenlicht, noch bevor die Hitze einsetzte, joggte er durch die Straßen von Cedar Bend, um in Form zu bleiben; auf diese Weise kämpfte er gegen die Jahre an, auch wenn es immer schwieriger wurde. Langsam, aber sicher spürte er, daß seine Beine Schwäche zeigten, und an Regentagen muckte die alte Knieverletzung wieder auf, die ihn an die Narreteien seiner Jugend erinnerte. Manchmal lief er an dem zweigeschossigen Haus der Bradens vorbei. Das heißt: eigentlich ziemlich oft. Er kam gelaufen, blieb einen Augenblick stehen und warf einen Blick auf die Stufen vor der Haustür, auf denen er letztes Thanksgiving mit Jellie gestanden hatte. Die subtilen, unausgesprochenen Signale kamen ihm in den Sinn, die sie an jenem Abend ausgetauscht hatten, ohne sicher zu sein, daß der andere sie auch empfing.

Im Juni schrieb er einen Artikel über die Rolle steuerlicher Anreize bei der Bewältigung großer sozialer Probleme und brachte ihn zu seiner Überraschung beim *Atlantic* unter, der ihm dafür einen Scheck über zwölfhundert Dollar schickte – worauf er eine schwergewichtige akademische Version des Artikels für das *Journal für Gesellschaftliche Fragen* schuf und auch diese verkaufte; kommendes Frühjahr sollte sie erscheinen. Michael war klar, sein Chef würde die erste Zeitschrift mit dem Argument der Populärwissenschaftlichkeit abtun und letztere damit, daß sie auf ökonomischem Gebiet kaum einen Namen hätte, selbstverständlich ohne der Zeitschrift einen gewissen Rang auf ihrem eigenen kleinen Gebiet absprechen zu wollen. Aber Michael war es relativ egal, was die Angehörigen der Verwaltung von seiner Arbeit hielten, so daß ihn das nicht weiter berührte.

Mitte August war er ein einziges Nervenbündel. Irgendwo östlich von ihm, in Heathrow, wurde dieser Tage eine 747 beladen; Jellie würde es sich mit einem Buch auf einem der Sitze bequem machen, während

Jimmy Braden die Kabine nach Kissen und Decken absuchte. Sie hatte ihm mal erzählt, Jimmy sei ein Meister darin, in Flugzeugen zu schlafen, aber ohne Kissen und Decken gerate er völlig in Panik. So suche er sich immer gleich nach dem An-Bord-Gehen als erstes seine Schlafzimmerausrüstung zusammen. Michael konnte sich Jellie vorstellen, die seriöse Lesebrille mit dem Drahtgestell auf der Nase, den Blick auf ein Buch gerichtet, bevor sie aus dem Fenster sah, wenn die große Maschine abhob, um sie zurück nach Cedar Bend zu bringen.

In einer knappen Woche fing der Unterricht wieder an. Michael schusselte in seinem Büro herum in der Hoffnung, Jimmy Braden zu sehen: das Signal, daß Jellie wieder da wäre. Das Telefon klingelte.

»Hallo, Michael, wie geht's?« Ihre Stimme war warm, weich, ihr Ton klar und forsch wie eh und je – mit Ausnahme jenes Tages im Beano's, an dem sie einem Mann von den geheimen Gefühlen in ihr erzählt hatte, die sie auch in ihm vermutete.

»Jellie – sind Sie wieder da, ja?« Ihm fiel auf, daß seine Stimme etwas zittrig klang, was ihm gar nicht gefiel. Immerhin hat man als amerikanischer Mann gewisse Standards zu wahren.

»Ja, wir sind gestern spät abends angekommen. Jimmy schläft noch, aber mein Zeitgefühl ist total durcheinander, und so bin ich schon seit vier Uhr auf und laufe durch die Gegend. Haben Sie das Foto bekommen, das ich Ihnen geschickt habe?«

»Habe ich, ja. Danke schön. Sie sehen gut drauf aus,

und glücklich.« Davon, daß er es an die Wand gehängt hatte, sagte er nichts. Ein komplizierter Tanz durch die Korridore der Vieldeutigkeit; Michael ertastete sich seinen Weg, er wollte nicht zu rasch vorgehen.

»Ja, mir geht es auch gut. In London in der U-Bahn ist mir eine alte Freundin aus Indien über den Weg gelaufen. Sie hat mich dazu überredet, wieder mit Yoga anzufangen. Das wirkt wahre Wunder – geistig wie körperlich.«

Ach, Jellie, Jellie, dachte er, sag bitte nichts über deinen Körper. Laß einem armen Mann etwas Raum zum Atmen, gib ihm Gelegenheit, weniger verworfen zu sein, als du ihn ohnehin schon gemacht hast – in seinen Gedanken.

»Was meinen Sie, Michael, könnten wir uns irgendwo treffen? Ich würde mich gern unterhalten, aber ich möchte nicht zu Ihnen ins Büro kommen, weil ich vermute, daß Jimmy sofort an die Uni geht, wenn er aufwacht.«

»Sicher, wo immer Sie wollen. Sie brauchen es nur zu sagen.«

»Wie wär's mit der Bar im Ramada draußen am Einkaufszentrum?«

»Schön. Wann?«

»Wie spät ist es denn?«

Er warf einen Blick auf seine Uhr. »Zwanzig vor elf.«

Einige Sekunden lang herrschte Schweigen am anderen Ende der Leitung. »Wäre Ihnen elf zu früh? Ich möchte gern aus dem Haus sein, wenn Jimmy aufwacht, damit ich mir keine Ausrede einfallen lassen muß.«

»Nein, das paßt prima. Ich habe die Shadow unten stehen. Also um elf?«

»Ja ... Michael?«

»Ich höre.« Zu kühl. Viel zu kühl.

»Ich freue mich darauf, Sie zu sehen.«

»Ich auch, Jellie. In zwanzig Minuten also.«

Zum Ramada waren es nur zehn Minuten, also ging er hinunter zu den Briefkästen, holte einen Stapel Prospekte für Bücher heraus, dazu eine ausgesprochen nette Aufforderung vom Chefredakteur des *Atlantic*, doch weitere Artikel einzuschicken. Was ihn einen Augenblick lang nachdenken ließ: Vielleicht konnte er sich ja als freier Schriftsteller durchschlagen. Wahrscheinlich schaute dabei nicht genug heraus, um ihn über Wasser zu halten, aber wenn er vorzeitig in Ruhestand ging und sich zu seiner Pension zehn-, fünfzehntausend im Jahr dazuverdiente, indem er an seinem Computer herumspielte, konnte es funktionieren.

Außerdem fand er einen Brief vom Wirtschaftswissenschaftlichen Institut der Universität Kalifornien vor, das ihre promovierten Ehemaligen zu einem Empfang anläßlich des Wintertreffens in Las Vegas einlud. Das Übliche, Michael bekam die Einladung jedes Jahr. Aber er ging nie hin, obwohl er dankbar für seinen Titel war und jedesmal Geld schickte, wenn man ihn darum bat.

Er fädelte sich mit seiner Shadow in den fließenden Verkehr ein, der wieder dichter wurde, seit die Studenten zum Herbstsemester zurückkehrten. Er fuhr die 32. Straße hinauf, die ihn zehn Blocks weiter auf die Route 81 brachte. Der Highway schlängelte sich durch einige der hübscheren Viertel von Cedar Bend. Als er sich in die Kurven legte, hörte er ein leises Klappern der Ventile, um das er sich bei Gelegenheit kümmern müßte.

Jellie saß bereits, als er kam. Es war dunkel in der Bar, so daß er sie erst gar nicht sah, was freilich auch daran lag, daß sie in einer der Ecknischen rechts von ihm saß.

»Hier, Michael.«

Jellie. Nach all den Monaten hatte er sie nun vor sich, und sie rief nach ihm. Das schwarze Haar hochgesteckt, große silberne Ringe an den Ohren, ein leichtes Sommerkleid und Sandalen. Als er auf sie zuging, kam er sich linkisch vor, er war sich selbst fremd. Sie streckte ihm eine Hand entgegen, und Michael nahm sie und rutschte neben ihr auf die Bank. Sie hauchte ihm einen Kuß auf die Wange und lehnte sich dann rasch wie ein Schmetterling zurück, um ihn anzusehen. Sie neben sich zu spüren, machte ihn völlig fertig, er war hin und weg, seine Hände wurden feucht, die Ventile seines Herzens klapperten wie die seiner Black Shadow.

»Sie sind ja richtig braun, Michael. Sie sehen großartig aus, einfach toll. Und noch ohne Semesterhaarschnitt!«

»Den habe ich aufgeschoben. Ich gehe so furchtbar ungern zum Friseur. Wahrscheinlich liegt es daran, daß mir als kleiner Junge der einzige Friseur in Custer gedroht hat, er würde mir die Ohren abschneiden, wenn ich nicht stillhalte.«

Sie lachte. »Wirklich? Ist das wahr?«

»Allerdings. Meine Kindheit war danach eine einzige Hetzjagd durch die Dornen der Angst. Sie sehen wunderbar aus, Jellie. Ich habe viel an Sie gedacht.«

Sie senkte den Blick, hob ihn wieder, sah ihn an, nur um dann wieder die Augen niederzuschlagen. Die Barfrau kam hinter dem Tresen hervor, zündete eine kleine Kerze auf dem Tisch an und fragte, was sie ihnen bringen dürfe. Jellie bestellte ein Club Soda mit Limettensaft. Michael bat um ein St. Pauli Girl, und da man das nicht führte, begnügte er sich mit einem Miller.

Während sie auf ihre Getränke warteten, fragte Jellie ihn, wie bei ihm Frühling und Sommer verlaufen waren. Er erzählte ihr von den beiden Artikeln, und als er den *Atlantic* erwähnte, bekam sie große Augen. »He, da kommen Sie ja ganz groß raus. Gratuliere.«

Die Barkeeperin kam zurück. Jellie bestand darauf, ihn einzuladen, also ließ er ihr ihren Willen.

Michael hob sein Glas, und sie stieß mit ihm an. »Worauf sollen wir trinken, Michael?«

»Wie wär's mit dem Überleben? Oder auf den Ruhestand.«

»Michael, Sie sind noch immer der alte.« Ihr Tadel war mild. »Warum trinken wir nicht auf einen schönen Sommertag und Ihren Erfolg als Autor?«

»Und auf Ihre sichere Rückkehr«, sagte er.

»Wie läuft denn die Shadow?«

»Alles in allem gut. Es ist ein ewiger Kampf, aber sie läuft. Ich war diesen Sommer mit ihr unten in Tennessee, bin aber nicht lang geblieben. Die Smokies sind ein Alptraum. Man denkt schon daran, ein Besucherlimit für Touristen einzuführen. Dann war ich draußen in Custer und habe eine Woche mit meiner Mutter verbracht.«

»Wie geht's ihr denn?«

»Sie wird alt und von Tag zu Tag gebrechlicher. Ich fürchte, in zwei Jahren ist sie reif für ein Pflegeheim oder etwas in der Richtung.«

Jellie sagte eine Weile nichts. Er trank sein Bier, sie trank ihr Club Soda mit Limettensaft. Er holte seine Zigaretten hervor und bot ihr eine an. Sie lehnte ab. »Hab ich mir abgewöhnt. Wenn man Yoga macht, geht das automatisch, ich weiß auch nicht, warum.«

Er nickte, steckte sich die seine an und lehnte sich dann gegen die gepolsterte Bank. Sie rutschte etwas weiter weg, um sich umdrehen und ihn richtig ansehen zu können.

Michael hatte das Herumgerede satt. »Wo stehen wir, Jellie, wir beide? Für mich waren diese neun Monate wie eine Ewigkeit.« Nachdem es heraus war, wünschte er sich, er wäre es etwas langsamer angegangen. Typisch männlich – kein Vorspiel.

Einen Augenblick lang sagte sie gar nichts. Er hatte ganz vergessen wie unheimlich grau ihre Augen waren, bis sie ihn wenigstens zehn Sekunden lang ansah.

»Ich habe viel nachgedacht, Michael.« Diese Worte bedeuteten nichts Gutes, soviel konnte er schon mal sagen. Was nicht nur an den Worten lag, sondern auch an der Art und Weise, wie sie sie aussprach. Über das, was sie füreinander empfanden, brauchte man doch nicht groß nachzudenken. Hier hieß es handeln, nicht denken. Er spürte, wie sich die Freude über das Wiedersehen langsam verflüchtigte.

Sie legte eine Pause ein, dann fuhr sie fort. »Ich hatte mir alles so schön zurechtgelegt, aber es ist viel schwerer, als ich dachte. Ich hatte mir eingeredet, was ich dir gegenüber empfinde, sei nichts weiter als ein mädchenhaftes Verknalltsein in einen Typ Mann, wie ich ihm bisher noch nie begegnet bin – oder wenigstens schon seit langem nicht mehr. Aber jetzt, wo du hier sitzt, mit deinen warmen braunen Augen, das Haar so über dem Kragen, da ist das schon schwieriger ... viel schwieriger.«

»Dann sprich es doch aus, Jellie. Ich weiß ohnehin, was kommt.«

»Das nehme ich an, und deshalb sage ich, was ich zu sagen habe, bevor ich es nicht mehr kann. Wir müssen dieser Geschichte ein sauberes Ende machen, bevor der Ärger richtig losgeht.« Er war darauf vorbereitet, was nichts daran änderte, daß ihm ein Speer durch die Brust fuhr. »Jimmy hat mich während unserer letzten Tage in England mehrmals gefragt, ob etwas mit mir los wäre. Er meinte, ich wäre irgendwie komisch. Das war wegen dir, Michael – nein, wegen uns. Ich dachte an uns. Ich hatte Phantasien über Dinge, über die ich noch nicht mal sprechen will.«

»Das ist schon in Ordnung, Jellie. Ich hatte die gleichen Bilder von dir im Kopf, und das vom ersten Tag an. Dir würde die Spucke wegbleiben, wenn ich dir davon erzählte.«

»Frauen haben auch solche Gedanken. Laß mich ausreden. In gewisser Weise – ich möchte darauf nicht näher eingehen – verdanke ich Jimmy sehr viel. Schau, wir kennen Jimmy beide. In mancher Hinsicht ist er ein ziemlicher Dussel, aber er ist sehr, sehr lieb zu mir.

Jimmy war völlig am Boden zerstört, als ihn keine der Elite-Unis als Doktorand nehmen wollte. Seine Noten waren gut, aber nur, weil er sich so reinkniete. Gott, seine Eltern machten ihm die Hölle heiß mit ihrem ewigen Erfolg, Erfolg und noch mal Erfolg. Aber Jimmy ist nun mal nicht der große Denker. Er weiß das und hat sich damit abgefunden, obwohl es ihm zu schaffen macht, schließlich hat er sich dazu entschlossen, seine Brötchen in einer Welt zu verdienen, in der er ständig an seine Grenzen erinnert wird – allein schon dadurch, mit Leuten wie dir zusammenzusein, Michael.«

»Ach was, Jellie...« Er schickte sich an, sich mit Bescheidenheit zu zieren, ein kleiner Tanz, der auch

in Süd-Dakota nicht ganz unbekannt war. Aber sie wollte davon nichts hören und fiel ihm ins Wort.
»Michael Tillman, spiel mir bitte nicht den Jungen vom Land vor, ja? Das steht dir nicht, und ich kenne dich besser. Du machst Jimmy angst. Er weiß, daß er nicht in deiner Klasse spielt. Er könnte sein Leben lang schreiben und würde doch keinen Artikel in einer der Zeitschriften unterbringen, in denen du veröffentlicht hast. Ich will damit nicht sagen, daß du nicht hart arbeitest, ich weiß, daß du's tust, trotz der lässigen Art, mit der du alles zu erledigen scheinst. Und Jimmy mag dich. Er mag dich sehr, und er weiß die guten Ideen wirklich zu schätzen, die du ihm schenkst. Wenn er je eine volle Professorenstelle bekommt, dann hat er das zu einem Gutteil auch dir zu verdanken.«
»Jimmy ist schon in Ordnung, Jellie. Er ist in vielerlei Hinsicht anders als ich, aber ich respektiere ihn für die Unermüdlichkeit, mit der er sich hinter seinen Computer klemmt. Also, ich könnte das nicht.«
Er steckte sich eine zweite Zigarette an und nahm einen Schluck Bier. Das Treffen wurde langsam etwas unangenehm, und das letzte, was er wollte, war, daß ihm das mit Jellie passierte. Sie trieb ihm davon. Sie warf ihre Loyalität, Jimmys Unzulänglichkeiten und ihre eigenen Gefühle in einen Topf und schuf daraus ein Chaos. In gewisser Hinsicht hackte sie nur deshalb Stückchen aus ihm heraus, um sich vor ihren eigenen Gefühlen zu schützen.
»Jellie, laß mich mal versuchen, zusammenzufassen,

was du mir da meiner Ansicht nach sagen willst. Deine Gefühle Jimmy gegenüber sind gut, es ist wenigstens so eine Art Liebe darunter, da bin ich sicher. Du bist ein Mensch voll Liebe. Und du bist ihm dankbar – ich weiß nicht, wofür, und werde auch nicht danach fragen. Obwohl ich eine Ahnung habe, daß es irgendwie mit Indien zu tun hat. Ich nehme an, du würdest es mir sagen, wenn du wolltest, obwohl es keinerlei Einfluß auf meine Gefühle dir gegenüber haben würde, egal, was es ist. Und du willst sicherstellen, daß es bei unseren Gefühlen füreinander genau dabei bleibt – bei Gefühlen. Habe ich das richtig verstanden?«
Sie nickte, Tränen in den Augen.
Er war gerade so schön in Schwung, also machte er weiter. »Jetzt sage ich dir mal, was Sache ist, Jellie Markham Braden: Ich liebe dich, aufrichtig und wie verrückt. Ich glaube, ich habe das bereits in dem Augenblick gewußt, in dem du vor einem Jahr in die Küche des Dekans gekommen bist – in deinem blauen Kostüm und den schwarzen Stiefeln. Jedenfalls wußte ich es, als wir uns am selben Abend auf die Treppe setzten. Großer Gott, mit dir im Park zu schaukeln! Kannst du dir eigentlich vorstellen, wie sehr ich dich wollte, mit Haut und Haaren, mit allem, was dich ausmacht, egal, ob es anzufassen ist oder nicht? Ich will alles. Jedenfalls soviel ich in den Jahren, die ich noch habe, kriegen kann. Und ich bin nicht mehr der Jüngste. Verstehst du das, Jellie? Wie stark meine Gefühle sind?«

»Michael ... nicht.« Sie griff in ihre Handtasche und holte ein Tuch hervor, das sie sich einen Augenblick gegen die Augen preßte. Die Barkeeperin war nicht aus Holz; sie spürte, was da vor sich ging, und stellte den Fernseher lauter, um ihre Unterhaltung zu übertönen. Michael nickte ihr dankbar zu, und sie winkte fast unmerklich.

Er legte Jellie eine Hand in den Nacken, das erste Mal, daß er sie auf diese Weise berührte. Ihre Haut fühlte sich genauso an, wie er vermutet hatte; das Gefühl schoß ihm den Arm hinauf, senkte sich irgendwo in ihm und stieß einen leisen, traurigen Laut aus – für all die Male, die er dieses Gefühl nicht mehr haben würde. »Ist schon in Ordnung, Jellie. Wir werden einen Weg finden. Wir bandagieren die Wunden und versprechen einander, nie wieder darunterzuschauen. Ich weiß nicht, ob ich in ein und derselben Stadt mit dir leben kann, aber ich werde es versuchen. Ehrlich, Jellie, ich werde es versuchen. Vielleicht können wir ja sogar hin und wieder auf einen Kaffee ins Beano's gehen. Vielleicht legt sich das alles ja wieder.«

Sie stopfte ihr Taschentuch in die Handtasche zurück und griff nach seiner Linken, um sie fest in beide Hände zu nehmen. »Du hast recht, Michael, mit jedem Wort. Verdammt, ich weiß, warum du die Leute manchmal frustrierst und sie insgeheim Angst vor dir haben. Dein Verstand ist wie eine Pistolenkugel, wenn du ihn mal von der Leine läßt, und das macht einem angst. Carolyn, die Frau des Dekans, hat das schon an dem Tag gesagt, an dem ich dich kennenlernte. Sie sagte: ›Arthur hat eine panische Angst vor Michael Tillman, für die er sich auf eine miese, kleinliche Art an ihm rächt.‹ Das war auch der Grund dafür, daß er dir die volle Professorenstelle verweigern wollte, obwohl du doppelt soviel gearbeitet hattest, als für die Qualifikation nötig gewesen wäre. Aber Carolyn hat zu ihm gesagt: ›Arthur, wenn du Michael auf diese miese Tour kommst, dann winke ich dir aus dem erstbesten Zug zu, der Cedar Bend verläßt.‹«

Jetzt hatten sie auch noch Carolyn und Arthur mit hineingezogen. Jellie lenkte vom Thema ab, aber er verstand, warum. Hinter ihnen schloß sich eine Tür, und sie wollte sie offenhalten, während sie sie gleichzeitig zuzog.

»Jellie, lassen wir es doch, wie es ist. Du weißt, wo du mich finden kannst. Komm vorbei, wenn du meinst, daß es geht. Verdammt, ich will dich einfach um mich haben, dein Parfum riechen, wenn ich dir nahekomme, was ja nun wirklich selten genug passiert ist.«

»Ich glaube nicht, daß das gut wäre. Wenn wir zusammen sind, dann ist da etwas, das einfach zu stark für mich ist – für uns beide. Als ich aus der Maschine stieg, hatte ich einen völlig klaren Kopf, ich war bereit, dir zu sagen, was ich fühle und vorhabe. Und jetzt werde ich wieder weich. Ich muß mein Leben in den Griff kriegen. Ich werde diesen Herbst wieder ein Seminar belegen, so daß ich drei Tage die Woche an der Uni sein werde. Wenn es mir richtig scheint,

schaue ich bei dir vorbei. Wenn nicht, was wahrscheinlicher ist, dann nicht etwa, weil ich nicht an dich denke. Das verstehst du doch, oder?«
»Ja. Ich verstehe dich, Jellie. Es schmeckt mir nicht, aber ich verstehe es. Und ich werde auch an dich denken. Ich habe ohnehin den Eindruck, nichts anderes mehr zu tun.«
Als sie die Bar des Ramada verließen, zog Jellie ein kleines Päckchen aus ihrer Handtasche und reichte es ihm. »Ich habe vergessen, dir das zu geben.«
Er riß die Verpackung auf und fand darin einen Gürtel aus englischem Sattelleder mit einem handgepunzten *Orville* auf dem Rücken.
Michael lenkte die Shadow aus der Stadt, ließ die Zügel schießen und fuhr bis nach Des Moines, wo er kehrtmachte und im weichen Zwielicht des August wieder nach Cedar Bend zurückbrauste. Als er am Campus vorbeikam, hörte er die Marschkapelle, die sich auf das kommende Footballmatch vorbereitete. Sie spielte ein altes Lied aus einem alten Film. Michael Tillman wollte weder der Titel des Liedes noch der des Films einfallen. Zu sehr war er mit Jellie Braden beschäftigt: Wie sollte er die kommenden Jahre ohne sie überstehen?

Flackernd gingen in Bingley Hall die Lichter an, der Sturm auf den Dezember begann. Jimmy Braden kam in Michaels Büro vorbei, um sich neue Ideen zu holen; das Footballteam machte sich gut. Wenn man zu Hause spielte, wimmelte es samstags in den Straßen von Cadillacs und Lincolns mit übergewichtigen Männern am Steuer, die dem Sportseminar dicke Schecks ausstellten und deren Töchter den ersten Studentenverbindungen am Platz angehörten.

Ein Stück Kreide in der Rechten, das er hochwarf und wieder fing, ging Michael im Klassenzimmer auf und ab. »Denken Sie mal einen Augenblick über das Wesen der methodologischen Problematik nach, über die Elemente eines scheinbar unlösbaren Problems und deren feine und komplexe Beziehungen untereinander. Wir müssen lernen, mit etwas fertig zu werden, was ich schon vor vielen Jahren das Dilemma des Archimedes getauft habe.« An dieser Stelle legte er jedesmal eine Pause ein und warf einen Blick auf die Klasse. »Und wo wir gerade dabei sind, wer war Archimedes?« Einer wie der andere konzentrierten sie sich auf ihren Block und gaben vor, beschäftigt zu sein.

Er ließ nicht locker, und schließlich sagte ein junger Mann (erste Reihe, ungesunde Gesichtsfarbe) zögernd: »War das nicht irgendso'n Wissenschaftler oder was?«

Michael beglückte sie mit einem zweiminütigen Abriß über Leben und Werk des griechischen Mathematikers. Danach griff er den Faden wieder auf. »Archimedes sagte folgendes: ›Gebt mir einen Hebel und einen festen Punkt, und ich hebe die Welt aus den Angeln.‹ Das ist auch das Prinzip von Strukturmodellen – einen Hebel zu finden, einen festen Stand und einen Ansatzpunkt in die Komplexität.« Er legte eine

Pause ein, dachte an Jellie, während die Studenten sich Notizen machten. Er überlegte, ob er sie in der ersten Klausur nach Archimedes fragen sollte.
In der zweiten Woche sah er zum Fenster hinaus, während er sich über ein diffiziles Problem der Booleschen Algebra verbreitete. Er beobachtete das Zittern des Laubs im Septemberwind; es begann eben die Farbe zu wechseln. Dann sah er sie. Im ersten Augenblick war es ihm gar nicht bewußt, da er voll und ganz damit beschäftigt war, seinen Studenten die geistige Hinterlassenschaft eines gewissen George Boole nahezubringen, eines englischen Mathematikers aus dem neunzehnten Jahrhundert, der die formelle Logik auf ein völlig neues Niveau gehoben hat. Aber schließlich erregten der Gang dieser langen Beine und die Tweedmütze denn doch seine Aufmerksamkeit – Jellie. Er hielt inne, er hätte nicht sagen können, für wie lange, und sah ihr zu, wie sie, ihre Mappe über der Schulter, den Gehsteig entlanglief. Jellie aus der Ferne, immer nur aus der Ferne. Als er sie aus den Augen verloren hatte, wandte er sich wieder seiner Klasse zu. Sie sahen ihn ziemlich merkwürdig an. Vielleicht lag es an seinem Gesicht, vielleicht auch an seinem Körper. Jedenfalls sahen sie etwas, in seinen Augen, vielleicht auch ein momentanes Sinken der Schultern, und wußten, daß sie es noch nie gesehen hatten. Michael warf einen Blick auf die Wanduhr. Noch fünf Minuten. »Das wär's dann für heute«, sagte er. Während er auf dem Schreibtisch vor der Klasse seine Notizen zusammenpackte, gingen seine

Studenten hinaus, einige von ihnen starrten ihn aus den Augenwinkeln heraus an; sie unterhielten sich dabei. Eine junge Frau flüsterte: »Hast du gesehen, wie er geschaut hat? Was hatte er denn auf einmal?« Michael war nicht klar gewesen, daß man es ihm dermaßen ansah. Jellie hatte ganz recht gehabt, wenn sie glaubte, daß sie einander nicht sehen sollten. Abgesehen davon, daß sie sich voreinander schützen mußten, würden die Menschen um sie herum ihre Gefühle füreinander bald mitbekommen, selbst wenn sie nur zufällig in ein und demselben Raum zusammenwaren. Er hatte schon die Stellenausschreibungen für Dozenten im *Chronicle* durchgesehen, aber bei seinem Gehalt und seinem akademischen Status wäre ein Wechsel alles andere als einfach. Darüber hinaus fühlte er sich angesichts des sich verschlechternden Gesundheitszustands seiner Mutter verpflichtet, hier in der Nähe zu bleiben. Doch irgendwo gab es ja vielleicht eine Stelle, die seinen Erfordernissen entsprach und ihm Gelegenheit gab, Jellie Bradens Stadt zu verlassen.

Schwer zu sagen, wo das Ganze hingeführt hätte, wären da nicht die Enten gewesen. Womöglich wäre es auf dasselbe hinausgelaufen, nur auf einem anderen Weg. Die Situation jedenfalls entwickelte sich folgendermaßen: Universitätspräsidenten haben eine Schwäche für Neubauten, das gleiche gilt für städtische Schulbehörden. Bingley Hall genügte allen Ansprüchen; die Uni war alt, aber sie verströmte den ehrwürdigen Duft von Bildung und Schweiß in allen Korridoren; man konnte es förmlich riechen. Trotzdem kam der Präsident zu dem Schluß, daß eines seiner besten Colleges ein neues Gebäude brauchte. Präsidenten geben weder Wissen weiter noch erzeugen sie dankbare Studenten; ihre Hinterlassenschaft besteht aus Backsteinen und Beton. Ob dies nun tatsächlich vonnöten ist, sei dahingestellt. Wichtig ist, das Geld aufzutreiben und einen Bau hinzustellen, der entweder die Namen schwerreicher Gönner oder die der Mitglieder der Universitätsverwaltung trägt, die der Anstalt loyal, wenn auch nicht notwendigerweise brillant gedient haben. Das *Arthur J. Wilcox College für Wirtschaftswissenschaften* – die Lettern standen dem Dekan auf die Stirn geschrieben, wann immer er mit zusammengerollten Blaupausen in den schweißnassen Pranken durch Bingley Hall flitzte. Aber das konnte er vergessen.

Das Geld hätte man besser für die Gehälter des Lehrkörpers und für Stipendien genutzt, aber derlei steht von vornherein nie zur Debatte. Wie der Präsident – privat, versteht sich – gern sagte: »Es ist weitaus einfacher, Geld für Neubauten aufzutreiben als für Dozentengehälter.« Trotz der schweren Zeiten für den Staat nahm die Schulbehörde eine Anleihe auf und spuckte achtzehn Millionen Dollar für einen Neubau aus. Das war bereits letzten Winter passiert, und im Augenblick war man dabei, letzte Hand an die Konstruktionspläne zu legen.

Arthur schlug die neuen Pläne im Aufenthaltsraum

an, um allen den Mund wässrig zu machen. Als Michael vor den Blaupausen stand, mußte er feststellen, daß man den Bau um fünfzig Meter verlegt hatte. »Die stellen das verdammte Ding ja direkt auf den Ententeich«, sagte er, ohne jemanden direkt anzusprechen. Seine Dozentenkollegen sahen ihn an, als wollten sie sagen: »Na und?«

Michael ging zu Arthur und erklärte ihm die ebenso hübsche wie wichtige Rolle, die der Teich in der Universitätstradition spielte. Als Gewässer selbst machte er nicht viel her, das Oval maß vielleicht dreißig mal zwanzig Meter. Aber es war das Zuhause einiger wundersamer Geschöpfe mit orangefarbenen Füßen, die Michael ansahen und »quack« machten, wenn er ihnen grinsend guten Tag sagte.

Außerdem war es ein Ort für Spaziergänge im Mondschein und zärtliche Gedanken, ein Ort, an dem man sich im Lauf der Jahre Zehntausende von Verlobungsringen an bebende Finger gesteckt hatte, ganz zu schweigen von diversen anderen nächtlichen Rendezvous, bei denen es etwas wollüstiger zuging. Wenn Michael zum Fenster seines Büros hinausblickte, sah er die Enten im Teich, der nur eine Häuserzeile weit weg war, und nicht selten hatte er Trost darin gefunden, wenn er sich wieder einmal über eine außer Rand und Band geratene Bildungspolitik ärgerte.

Aber Leute wie Arthur J. Wilcox haben nun mal keinen Sinn für Traditionen, sie sind ihnen nicht greifbar genug. Michael redete sich um Kopf und

Kragen, doch es fruchtete nicht. Arthur sagte nur immer wieder: »Aber Michael, wir brauchen einen Neubau!«

»Und was ist mit den Enten?« Michael war wütend. »Wo sollen sie hin? Bauen wir denen etwa einen neuen 18-Millionen-Dollar-Teich?«

Auch für die Sache der Enten mangelte es Arthur an Verständnis. Man sah es ihm an. Das und den deutlichen Wunsch, Michael würde endlich gehen und ihn mit seinen Blaupausen allein lassen.

Michael war ziemlich sicher, er hätte kein solches Theater wegen des Ententeichs gemacht, hätte ihn der Fehlschlag seiner Bemühungen, mit seinen Gefühlen klarzukommen und Jellie aus seinen Gedanken zu verbannen, nicht halb wahnsinnig gemacht. Er arbeitete sich bis zum Provost hinauf, der von Enten nicht mehr Ahnung hatte als Arthur. Als er auf dem Weg aus dem Büro des Provosts an Clarices Schreibtisch vorbeistampfte, wandte er sich noch einmal um, und die beiden unterhielten sich einen Augenblick.

Als nächstes vereinbarte er einen Termin mit dem Präsidenten. Michael trug seinen Fall vor: Verlegen Sie den Neubau, erhalten Sie den Ententeich. Der Präsident war aalglatt. All die Jahre mit geistesgestörten Dozenten und widerspenstigen Ehemaligen, die schon mal Heftklammern durch ihre Scheckhefte trieben, wenn sie ihn kommen sahen, hatten ihm eine Fassade und einen Stil beschert, die selbst dem öligsten aller PR-Manager zur Ehre gereicht hätten.

»Professor Tillman, ich verstehe Ihre Sorge. Traditionen sind wichtig, da bin ich ganz Ihrer Meinung. Aber in Zeiten der Entwicklung gilt es hin und wieder eine alte Tradition um einer neuen willen abzustoßen. Auch ich habe Enten gern. Um genau zu sein, ich gehöre sogar dem Verein für die Freigabe der Enten an und gehe jeden Herbst auf die Jagd.«
Michael überlegte, ob neben beruflicher Inkompetenz und moralischer Verworfenheit auch das Zerlegen eines Universitätspräsidenten Grund genug für den Verlust einer Professur war.
Einer von Michaels besten Studenten hatte nach seinem Studium bei ihm anschließend noch Jura studiert und sich nach dem Examen in Cedar Bend niedergelassen. Michael rief ihn an. »Gene, was könnte man tun, um diese Clowns davon abzuhalten, die Enten mitsamt der Tradition zuzubetonieren?«
Gene hatte schon immer eine Schwäche für radikale Anliegen gehabt, und so nahm er das Problem unter die Lupe. Nach zwei Tagen rief er wieder an und erklärte Michael geradeheraus, daß der Neubau durch rechtliche Mätzchen nicht zu stoppen sei. Staatsgesetze und ein Investitionsplan der Schulbehörde für herrschaftliche Neubauten stünden dem ebenso entgegen wie das Heranwachsen einer neuen Herrenrasse.
»Auf die pfeif ich, Gene. Ich stelle mich mitten in diesen Teich. Dann müssen sie mich mit Ketten herausziehen.«
»Michael, ich werde Sie unentgeltlich verteidigen,

falls Sie das wirklich tun. Aber Sie werden verlieren. Sie täten besser daran, sich schon mal nach einem neuen Zuhause für die Enten umzusehen.«
In dem Wissen, daß es für einen Bürokraten nichts Schlimmeres gibt als schlechte Publicity, schrieb Michael einen langen Artikel für die Universitätszeitung – ein ebenso kraftvoller wie wortgewandter Aufruf zur Rettung des Ententeichs. Was zu einer ausgedehnten Debatte über die ganze Geschichte führte, die Arthur schier in den Wahnsinn trieb.
Den letzten Rest gaben ihm die Langhaarigen von der Sozialistischen Studentenfront, die mit Schildern wie »Rettet die Enten« in ihren Birkenstocksandalen vor Bingley Hall aufmarschierten. Einige Unternehmensberater aus den höchsten Gefilden der Industrie, die sich auf dem Campus nach gewitztem Nachwuchs umsahen, erklärten Arthur, sie bräuchten Bürger, die sich in einen Konzern einzufügen wüßten, und keine Radikalen. Er nahm sie auf einige Cocktails mit hinüber in den Club des Lehrkörpers und versicherte ihnen, es handle sich lediglich um einen jener periodischen Ausbrüche, die man der Tatsache verdanke, daß man in den sechziger Jahren zu nachsichtig gewesen sei, aber das würde sich rasch wieder legen. Hinterher nahm er die Headhunter mit in sein Büro, rollte seine Blaupausen aus und zeigte ihnen, wie herrlich viel Platz man im Neubau hätte – man könnte sogar eigens Räume für ihre Einstellungsgespräche einrichten. Das wiederum gefiel ihnen.
Tagelang sah sich die Unizeitung mit Leserbriefen

voll Argumenten und Gegenargumenten überschwemmt. Eine der Buchhandlungen am Campus ließ ein T-Shirt mit der Aufschrift *Enten statt Beton* bedrucken und verkaufte es für zwölf Dollar das Stück, womit einmal mehr bewiesen war, daß der Kapitalismus selbst aus den Sorgen seiner Feinde Profit zu schlagen weiß. Zu Michaels Überraschung schrieb auch Jellie einen Leserbrief an die Zeitung, in dem sie sich hinter ihn stellte. Es war ein netter Brief. Und er wußte, daß er wahrscheinlich den häuslichen Frieden störte, da Jimmy bei ihm vorbeigekommen war, um das Thema zu diskutieren; er schien völlig überrascht, um nicht zu sagen verwirrt, daß Michael sich wegen neun oder zehn Enten derart aufregen konnte.

Aber im Grunde war Michael der einzige, der sich etwas aus den Enten machte. Die Langhaarigen marschierten, Arthur ärgerte sich, und die ganze Zeit über karrte man auf großen, schlammverdreckten Tiefladern die Maschinerie für die Erdarbeiten heran. Die Bauunternehmer, die auf einen milden Winter setzten, wollten kommenden Montag zu graben anfangen. Da Michael sicher war, daß die zahmen Enten nichts gegen das Auffüllen ihres Teichs unternehmen würden, setzte er sich mit dem Tierschutzverein in Verbindung. Zusammen schalteten sie eine Annonce in der Zeitung, in der es hieß, man suche für Samstagmorgen einige Leute, die keine Angst davor hätten, naß zu werden, um den Enten beim Umzug zu helfen.

Dünner Reif lag auf dem herbstlichen Gras, als Michael die Shadow durch das erste Licht des Tages steuerte, um schließlich vor dem Teich zu parken. Er saß noch im Sattel und warf einen letzten Blick auf die drolligen kleinen Gesellen, die auf orangefarbenen Plattfüßen herumwatschelten, als er jemanden die Straße herunter auf den Teich zukommen sah. Jellie. Jellie am frühen Morgen, Jellie am Ententeich. Sie trug alte Jeans und ihre Wanderschuhe, einen schweren Pullover und eine rote Wollmütze mit der Aufschrift *Erwachsener*. Das Haar hatte sie zu einem Pferdeschwanz gebunden, und sie lächelte, als sie auf ihn zuschlenderte.

»Hallo, Michael. Ich wollte mithelfen, den Enten ein neues Zuhause zu suchen.«

In diesem Augenblick liebte er sie mehr denn je.

»Jellie ... danke fürs Kommen. Wird eine ziemliche Sauerei werden, fürchte ich. Aber schließlich müssen die kleinen Kerle ja irgendwohin.«

Sie kam auf ihn zu, schlang beide Arme um einen der seinen, lehnte sich an die Shadow und legte den Kopf an seine Schulter. Der Körperkontakt war entnervend, was ihn überraschte, aber er dachte: Vielleicht finden wir einen Weg und können Freunde sein, weiter nichts. Die Hoffnung hielt nur einen Augenblick vor. Nichts weiter als Jellies Freund zu sein, wäre unmöglich.

Die Leute vom Tierschutzverein trafen ein, und mit ihnen ein Biologieprofessor. Er hatte Käfige und ein Netz mitgebracht, das sich mit kleinen Raketen über den Teich schießen ließ; es dauerte etwa zwanzig Minuten, dann war alles aufgebaut. Jellie sagte nicht viel, sie sah nur dem Professor und seinen Helfern vom Tierschutzverein zu, die allesamt brusthohe Wasserstiefel trugen. Sie spannten das Netz am Ufer entlang, während die Enten langsam aufwachten und im Kreis herumschwammen; sie waren in heller Aufregung und sagten jedem, der es hören wollte, wie sie sich fühlten.

Jellie und Michael traten ans Ufer, wo der Professor kauerte, um letzte Hand an seine Gerätschaften zu legen. Er richtete sich auf und sagte: »Fertig.« Alle traten zurück, während er Brotkrümel ins Wasser streute. Aufregung ist eine Sache, Brotkrümel jedoch eine andere, und so kamen die Enten schnatternd auf sie zugeschwommen. Als sie in Reichweite waren, feuerte der Biologe seine Rakete ab, was die Vögel in einen heillosen Schrecken versetzte. Aber das Netz fiel in hohem Bogen über den Teich und landete im Licht der aufsteigenden Sonne über zehn zu Tode erschrockenen Enten.

Der Biologe watete ins Wasser und gab den Leuten vom Tierschutzbund Zeichen, ihm zu folgen. Sie gingen um das Netz herum und schoben es dann sachte mitsamt den Enten aufs Ufer zu. Der Professor machte das offensichtlich nicht zum erstenmal. Er sah zu Jellie und Michael herüber. »Wir reichen Ihnen die Vögel rauf. Sie beide können sie dann in die Käfige setzen, aber ganz vorsichtig, bitte.« Gesagt, getan. Er rollte die Ärmel hoch und griff unter das

Netz, das jetzt einen Halbkreis am Ufer bildete. Es lief alles wie am Schnürchen und erwies sich als viel einfacher, als Michael gedacht hatte. Er und Jellie steckten die Enten in die Käfige. Jellie streichelte sie und redete mit süßer, tiefer Stimme auf die verängstigten Vögel ein.

Die Operation dauerte weniger als zehn Minuten. Der Biologe rollte sein Netz ein, während Michael und Jellie drei der Käfige zum Laster des Tierschutzvereins hinüberbrachten und hinten aufluden. Eine Frau in einem braunen Hemd, mit dem Abzeichen des Amerikanischen Tierschutzbundes darauf, sagte: »Wir bringen sie hinaus zum Reihersee nördlich der Stadt. Wissen Sie, wo das liegt?«

Michael nickte. »Ich folge Ihnen mit dem Motorrad.« Er sah Jellie an. »Willst du mitkommen? Es ist noch Platz auf dem Laster, oder du fährst mit mir.«

Sie wandte sich an die Frau vom Tierschutzbund. »Wir treffen Sie dann draußen.« In diesem Augenblick hatte Michael das Gefühl, als wäre eine Entscheidung gefallen, die weit über das Transportproblem hinausging.

Er trat auf den Starter der Shadow und half Jellie, hinter ihm aufzusitzen. Da sie noch nie im Leben auf einem Motorrad gefahren war, hielt er ihr einen Zwanzig-Sekunden-Vortrag darüber, wo sie die Füße hinzustellen und wie sie sich zusammen mit ihm in die Kurven zu legen hatte. Sie schlang ihm die Arme um die Taille und sagte: »Das macht ja richtig Spaß, Michael«, als er hinter dem Laster herfuhr.

Auf dem Campus war es ziemlich still an diesem frühen Samstagmorgen; von einer dicken roten Sonne angestachelt, erwärmte sich die Luft rasch. Die Shadow schnurrte durch die Straßen von Cedar Bend hinaus aufs Land mit seinen Tunneln aus rotem und gelbem Laub. Jellies Arme schlangen sich fester um Michael. Er spürte ihren Körper an seinem Rükken. Am Abend könnten sie schon halb Minnesota durchquert haben, wenn er die Shadow laufen ließ, wo immer der Highway hinführte.

Sie bogen in den Naturschutzpark ein, immer noch direkt hinter dem Laster vom Tierschutzbund mit seiner kleinen Fracht. Dann ging es durch den Park an den Reihersee, der an diesem windlosen Morgen kühl und still vor ihnen lag. Man zeigte den Enten das Wasser, und sie wußten prompt etwas damit anzufangen, jedenfalls watschelten sie aus ihren Käfigen und begannen auf der Suche nach Futter herumzupaddeln. Der Biologe meinte: »Sie werden ein Weilchen brauchen, um sich einzugewöhnen. Bei all den Leuten, die sie an der Universität gefüttert haben, sind sie es nicht gewöhnt, sich selbst etwas zu suchen. Aber ich werde alle paar Tage nach ihnen sehen. Früher oder später gewöhnen sie sich schon an das Leben hier draußen. Der See bleibt im Winter teilweise offen.«

Genau so, wie es sein sollte, dachte Michael, als sie in die Stadt zurückfuhren: Jellie und er und die Shadow, ein strahlender Herbstmorgen, die Straße vor ihnen. Statt dessen fuhr er sie nach Hause zu James Lee

Braden III., der wahrscheinlich Karten für das Footballspiel am Nachmittag hatte. Er warf einen Blick auf die Uhr – acht Uhr fünfzehn; es würde ein langer Tag und ein langes Leben werden.
Jellie versuchte etwas zu sagen, aber Wind und Motorengeräusche verhinderten, daß Michael sie hörte. Er nahm das Gas zurück, ließ die Shadow im Leerlauf rollen und neigte den Kopf nach hinten. Sie legte die Finger seitlich an seinen Hals und sagte es ihm leise ins Ohr: »Michael, können wir zu dir in die Wohnung?« Er wandte sich einen Augenblick lang um und sah ihr in die grauen Augen. Sie lächelte halb, halb auch nicht. Ein merkwürdiger, warmer, liebevoller Blick lag in ihren Augen.
Er nickte und begann ein wenig zu zittern. Sie legte die Wange an seinen Rücken und schob ihm eine Hand unter Jacke und Hemd, wo sie ihm sachte über Brust und Bauch zu streicheln begann. Die Shadow brachte ihn nach Hause wie schon so oft im Lauf der Jahre. Und sie lenkte Jellie Braden und ihn in eine Zukunft, die er schon vor langer Zeit abgeschrieben hatte. Als sie vor seiner Wohnung von der Maschine stiegen, trieb der Rauch brennenden Laubs durch das Viertel. In der Ferne sangen einige Sportfans auf einem morgendlichen Umzug das Schlachtlied der Universität, um sich Mut für das Spiel zu machen.
Er hielt ihr die Tür auf, und sie gingen hinein, mitten in die Welt eines Mannes, der allein lebte und so gut wie keine Freunde hatte. Geschirr in der Spüle, eine Jeans auf dem Boden, Dreck auf den Fenstern.

Kleine Küche, großes Wohnzimmer, von dem aus das Schlafzimmer zu erreichen war. In einer Ecke des Wohnzimmers, in der Nähe der Küche, stand ein ramponierter Ahorntisch, auf dem er seine Mahlzeiten einnahm. Von den drei Stühlen am Tisch glich keiner dem anderen, und alle drei waren herzhaft rustikal. Auf dem Tisch, neben einem Stapel Papierservietten, lagen einfache Salz- und Pfefferstreuer aus Keramik.

Neben dem Tisch die Wand entlang hatte er seinen Arbeitsplatz. Sein Schreibtisch bestand aus einer riesigen, unfertigen Tür, die er über einige Sägeböcke gelegt hatte. Bücherregale aus Ziegeln und Brettern flankierten den Arbeitsbereich, ein langes Brett führte darüber hinweg; darauf hatte er seine Nachschlagewerke stehen. In der Mitte des Schreibtisches thronte ein Computer, der eingeschaltet war; Michael hatte einige Wörter auf den Bildschirm getippt, und der Cursor blinkte. Auf dem hinteren Ende der Tür fand sich eine Stereoanlage, darauf und daneben unordentliche Kassettenstapel.

Jellie nahm die Mütze ab und legte ihren Mantel über eine Stuhllehne. Als sie sich umsah, fiel ihr auf, daß sie eigentlich so gut wie gar nichts über Michael Tillman wußte; sie war noch nie wirklich allein mit ihm gewesen. »Ich glaube, ich brauche was zu trinken«, sagte sie. »Hast du etwas mit Alkohol drin?«

»Bier, Wein und vielleicht« – er öffnete die Schranktür und schaute hinein – »etwas Whiskey.« Er nahm die Whiskeyflasche heraus und hielt sie hoch. Sie war

zu einem Drittel voll. Clarice war Whiskey manchmal lieber, wenn die Nächte lang waren und wilder wurden.
»Zirka zwei Fingerbreit Jack Daniel's mit Eis mit etwas Wasser« – Jellie holte tief Atem – »sollten wohl reichen.«
Michael stand einen Augenblick lang da, die Flasche in der Hand, und sah sie an. »Bist du in Ordnung?«
»Ja.« Sie lächelte und wischte sich einige lose Strähnen aus dem Gesicht. »Wenigstens zu achtzig Prozent.«
»Ich kann dich nach Hause fahren, wenn du willst.«
Sie schüttelte den Kopf und die kleinen silbernen Ohrringe aus ihren Tagen in Indien gerieten heftig ins Schaukeln. »Probieren wir's erst mit Jack Daniel's.«
Er besaß vier Gläser. Sie standen allesamt schmutzig in der Spüle. Er wusch eines ab und holte die Eisschale aus dem Kühlschrank.
Jellie ging langsam den Schreibtisch entlang und strich dabei mit einem Finger über die Kante. Auf dem Tisch lagen Notizen und zwei Schnappschüsse. Eines der Bilder zeigte sie an der steinernen Mauer in Irland. Das andere war ein vergilbtes Foto in Schwarzweiß mit aufgerollten Ecken, auf dem eine junge Frau in einem langen Kleid und ein bärtiger Mann in dunklem Rollkragenpullover, Jeans und Sandalen zu sehen waren. Sie starrte dieses zweite Foto an und erkannte die Augen. »Bist du das?«
Er hob den Kopf. »Ja. Vor langer Zeit. In Berkeley.«

Er goß Jack Daniel's ins Glas und reichte es ihr. »Die Frau hieß Nadia. Heute ist sie eine unversöhnliche Feministin – was damals übrigens gerade anfing – und beim Nationalen Frauenrat. Wir schreiben uns zu Weihnachten.«
Jellie sagte nichts. Sie las die Worte, die er auf den Bildschirm getippt hatte: *Hier höre ich das leise Raspeln der Dinge, wie sie früher einmal waren. Ich komme im Morgengrauen, ich komme in der Dämmerung und zu jeder Stunde dazwischen. Ich komme, im Zwielicht der Dämmerung das Rascheln der Gewänder und die Lieder aus der Zeit Gregors zu hören. Ich komme, weil hier alte Dinge leben, Dinge, die ich verstehe, ohne zu wissen, warum.*
»Schreibst du an etwas?« Sie nippte an ihrem Whiskey und deutete auf den Bildschirm.
»Ja, ich spiele so ein bißchen herum, weil ich mir einbilde, einen Roman in mir zu haben.« Er stellte seine Flasche Bier auf der Anrichte ab.
»Und? Hast du?«
»Vielleicht. Es ist schwieriger, als ich dachte. Wenn man etwas Akademisches schreibt, dann hat man sich an die Realität zu halten. Ich habe noch immer meine Schwierigkeiten, mit der Freiheit fertigzuwerden, einfach etwas erfinden zu können. Es ist merkwürdig – in Romanen darf man lügen wie gedruckt, und die Leute klatschen auch noch Beifall.«
»Gerechtfertigte Lügen«, sagte sie. »Ich denke doch, daß das auch im richtigen Leben bisweilen vorkommt.«

»Für einen Relativisten, ja. Und vielleicht hin und wieder, wenn es gar nicht anders geht, um jemanden vor einer Welt zu schützen, die zu hart und bitter geworden ist.«

In der hinteren Ecke des Raums stand eine Staffelei, zusammengeklappt und gegen ein Fenster gelehnt.

»Malst du?« fragte Jellie.

Michael grinste und schob die Hände in die Taschen seiner Jeans. »Ich versuche mich daran. Ich kenne da einen Kunsterzieher hier an der Uni, Wayne Regenson. Er und seine Frau streiten sich in regelmäßigen Abständen, daß die Fetzen fliegen. Und dann kommt er immer vorbei, um sich männlichen Zuspruch zu holen. Ich bin darin zwar nicht besonders gut, aber es ist besser als nichts, nehme ich an. Dafür versucht er, mir die Ölmalerei beizubringen. Es geht ziemlich zäh voran. Und damit meine ich wirklich zäh. In gewisser Hinsicht freilich kann es durchaus wie Mathematik sein – wahre Mathematik –, man hat die gleichen Gedanken im Kopf. Die Eleganz, mit wenigen Mitteln viel zu sagen, die Technik der linken Hirnhälfte mit den Formen der rechten zu verbinden.«

»Wie der Sprungwurf aus der Distanz?«

Er überlegte einen Augenblick. »Ja, der auch.«

»Ist das eines von dir?« Sie hatte das Ölgemälde im Auge, das gerahmt an der Wand hing. Es zeigte eine Reihe vertikaler schwarzer Linien, sprießende grüne Striche und ein gelbes Band, das sich in einer Schlangenlinie vom Betrachter entfernte und in die vertikalen Striche führte. Das gelbe Band schlängelte sich immer weiter, bis es schließlich in einem roten Klecks verschwand.

»Ja, es ist das einzige, das ich sehen kann. Ehrlich gesagt, mag ich es sogar irgendwie.«

»Ich auch. Hat es einen Namen?«

»Ich nenne es *Verschwundener Schmetterling*.«

Jellie führte ihr Glas zum Mund und nahm einen ordentlichen Schluck Jack Daniel's. Sie wandte sich ihm zu und sah ihn an, dann wieder zum Fenster hinaus. Im harten Südlicht des Novembers bemerkte er zum erstenmal die Vorboten der Altersfältchen in ihrem Gesicht.

»Das kommt mir alles so merkwürdig vor, Michael. Unsere Gespräche, unsere Entscheidungen, was gut ist und was falsch ... überhaupt alles.« Die Universitätskapelle kam die Straße entlangmarschiert. Sie spielte das Schlachtlied *»Unerschrocken zieh'n wir aus, hört den Ruf, hört den Ruf.«* Jellie Braden beobachtete das dunkle, gerollte Laub, das in der Herbstluft zitterte und bei der leisesten Brise aus dem Westen aufs Gras zu tanzen begann.

Michael sollte nie vergessen, wie sie an jenem Morgen in Cedar Bend aussah, als sie auf die Boten des Herbstes hinausblickte. Ohne den Blick vom Fenster zu nehmen, faßte sie sich an den Kopf, löste das Gummiband, das ihren Pferdeschwanz hielt, und schüttelte das volle, lange schwarze Haar. Dann blickte sie ihn an, die grauen Augen nicht länger ein Pfeil im Flug, sondern weich. »Mir ist etwas schwind-

lig«, sagte sie, »es ist schon so lange her, daß ich . . . na ja, es ist eben lange her.«
»Wann mußt du denn zu Hause sein?«
»Ich habe den ganzen Tag Zeit, Jimmy ist auf einem Treffen seiner Verbindung auf dem Campus. Sie sehen sich alle zusammen das Spiel an und gehen danach essen. Den ganzen Tag zuzuschauen, wie die sich auf die Schultern hauen und in ihrer Männerkumpanei schwelgen, das hätte ich nicht ausgehalten. Und außerdem« – sie lächelte – »waren da ja noch die Enten.«
In der Mitte des Nachmittags drang das Gebrüll der Zuschauer aus dem Stadion zu ihnen herüber. Der Lärm mischte sich mit den Balladen von Cleo Lane aus dem Kassettenrecorder und unverständlichen bengalischen Koseworten, die Jellie Braden an diesem Herbsttag in anderen Breitengraden flüsterte.
»Falls es überhaupt einen Gott gibt, dann lebt er in Augenblicken wie diesen«, hatte ihr mal jemand gesagt. Und sie hatte es Michael Tillman erzählt, auf Englisch; dabei hatte sie zu ihm aufgesehen, sein Gesicht mit den Händen berührt, ihn geliebt und dabei jenen anderen vermißt. Hin und wieder waren ihr die beiden auch durcheinandergeraten, obwohl sie das an jenem Nachmittag gar nicht wollte.
Michael beobachtete das Pulsieren des Blutes an ihrem Hals und musterte ihre Augen, die größer wurden, als sie sich ihm entgegenwölbte; Augen, die zuerst ihn sahen und dann geradewegs nach oben, als Indien über ihr zusammenschlug und die Zeit auf das

Hochland jenes weitaus älteren Kontinents zurückeilte, wo dunklere Hände über diese Brüste gestrichen und eine Stimme ihr befohlen hatte: »Weiter, Jellie, noch weiter, alles, Jellie. Gib mir alles, was du hast. Ich schenke dich dir wieder, wenn wir fertig sind.« Geschrien hatte sie dort im Hochland, laut, aus Angst und Lust. Nur ein einziges Mal hatte sie das später gemacht, in einem Bett in Illinois, aber der Schrei war zu einem ungewollten und kläglichen Hilferuf geraten, einem Ruf nach all dem, was sie einmal gespürt hatte und jetzt wieder spürte in den Armen eines anderen Fremden, der in seinen eigenen unzugänglichen Regionen lebte.

Michael spürte, daß sie an jenem Tag vieles fühlte und tat, was mit ihrem Leben mit Jimmy Braden nicht das geringste zu tun hatte. Es war offensichtlich, daß diese Frau sexuelle Grenzen überschritten hatte, an die Jimmy Braden sich nie herangewagt hätte. Er merkte das an der Art, wie ihre Nacktheit sie nicht kümmerte. An der freien, hemmungslosen Weise, in der sie sich unter ihm bewegte, in der sie ihn berührte. An ihren Händen, die wußten, was sie taten, und sie taten Überraschendes. An ihrer Direktheit, nachdem sie sich aufs Bett gelegt hatten, in Kleidern; lächelnd hatte sie sich ihm entzogen. »Soweit ich mich erinnere, sollte ich meine Jeans ausziehen, wenn das hier wirklich etwas werden soll.«

Später, als sich nach dem Spiel die unvermeidliche Blechlawine durch die Straßen schob, holte er Bier für sie aus dem Kühlschrank. Als er zurückkam, hockte Jellie mit untergeschlagenen Beinen auf den Knien. Sie grinste ihn an, das Haar hing ihr zerzaust über die Schultern. Er warf sich neben sie, und sie legte ihm eine Hand auf die Brust. »Es war das Warten wert«, sagte sie leise. Malachi ruhte auf der Schwelle, den Kopf auf die Pfoten gelegt, den Blick der braunen Augen auf das Bett gerichtet. Casserole saß auf der Kommode und leckte sich eine Pfote.

Michael ließ seine Hand über Jellies Körper gleiten. »*Jetzt* scheint es das Warten wert gewesen zu sein. Als wir noch gewartet haben, sah es nicht danach aus.« Er stützte sich auf den Ellbogen. »Eine meiner vielen Eigenheiten ist, daß ich auf Sex einen Wahnsinnshunger bekomme. Was hältst du von einem Käsetoast? Mehr kann ich nicht bieten.«

»Mach drei, dann haben wir jeder einen und einen zum Teilen.« Sie beugte sich über ihn und küßte ihn. »Meine heimliche Leidenschaft sind Bratkartoffeln mit etwas Zwiebeln. Hast du Kartoffeln, mein Motorradfahrer, große, frische?« Sie lächelte.

»Ich habe Kartoffeln, meine Jellie. Und ich habe auch Zwiebeln und jede Menge Bier.«

»Das ist ja der reinste Festschmaus. Du machst die Sandwiches. Ich kümmere mich um die Kartoffeln. Einverstanden?«

»Einverstanden. Müssen wir uns dazu unbedingt anziehen? Ich seh dich so gern nackt.«

»Gott, nein. Wenn wir, wie ich schwer vermute – oder hoffe –, nachher weitermachen, wäre das doch die reine Zeitverschwendung.« Sie sprang vom Bett. »Na dann, auf in die nackte Küche zu einem nackten Lunch. Wer war das gleich wieder mit dem *naked lunch*? Sollte ich eigentlich wissen. William –«

»Burroughs. Der wüste, alte William S. Eines seiner Bücher heißt so.«

»Nun hol schon das Brot und zeig mir, wo die Kartoffeln sind, Käpt'n America. Ich bin schon am Verhungern.«

Zwei Wochen später war sie fort. Sie hatte schwere Gewissensbisse wegen Jimmy gehabt, und Michael war es nicht anders gegangen. Einmal hatte sie beim Gedanken an Jimmy geweint. »Wie kann ich nur derart gefühllos sein? Und es ist mir auch noch egal! Ich will dich so sehr, daß mir alles andere gleichgültig ist. Ich fühle mich weder schuldig noch sonst was!«

Aber irgend etwas war schief gelaufen in ihrer Ehe. Und das nicht erst in letzter Zeit oder seit dem Semester in England, das alles nur deutlicher gemacht hatte; jetzt war es nicht mehr zu übersehen. Michael fragte sie, ob es sich dabei nicht nur um Rationalisierungen handelte, die beschönigen sollten, was sie beide da machten.

Sie schüttelte den Kopf. »Ich muß immer wieder an das Wort *Trägheit* denken. Manchmal, glaube ich, bleiben Menschen nur aus Trägheit zusammen, nichts weiter. Ich habe das Gefühl, Jimmy und ich, wir sitzen auf einem müden Pferd und reiten nur noch weiter, weil uns nichts Besseres einfällt. Jimmy würde gern in die Universitätsverwaltung gehen, er wäre gern Dekan oder so was, und ich kann mich für den Gedanken einfach nicht begeistern, das nette Frauchen eines Verwaltungsbeamten zu sein. Ich habe ihm gesagt, ich würde gern meinen Magister fertig machen und dann auf den Doktor hinarbeiten, mir eine Dozentenstelle suchen. Alles, was er darauf gesagt hat, ist, daß wir uns schwer tun würden, die Stellen, die uns vorschweben, an derselben Uni zu finden. Wir haben uns in England ein paarmal schlimm gestritten deswegen.«

Michael ließ sie erzählen, sich durch all die komplizierten Regungen hindurcharbeiten, die sie fühlte. In gewisser Hinsicht war Jellie eine ganz traditionelle Frau. In manch anderer Hinsicht war sie die neue, emanzipierte Frau, die vorhatte, sich ihren Platz in der Welt zu suchen. Und als wäre das nicht schon genug, kam jetzt auch noch Michael dazu und komplizierte die ganze Geschichte. Trotzdem, als Michael das aussprach, war sie so nett zu sagen, er hätte mit diesem Chaos nicht das geringste zu tun. Aber das hatte er sehr wohl.

An Thanksgiving mußte Jellie nach Syracuse. Das Jahr zuvor waren ihre Eltern nach Cedar Bend gekommen, also war es jetzt an ihr, sie zu besuchen. Jimmys Eltern kamen von Rhode Island angereist. Jellie und Michael verbrachten am Tag vor ihrer Abreise den ganzen Nachmittag zusammen. Zu diesem Zeitpunkt spürte er etwas Neues in ihrem Verhalten, etwas, das ihn sofort zu verfolgen begann.

»Ist irgendwas, Jellie?«

Sie sah ihn liebevoll an. Keine Frage, was sie für ihn empfand – soweit er das beurteilen konnte. »Nein, eigentlich nichts.« Er ließ es gut sein damit, da er dachte, es würde sich wieder geben.

Das lange Thanksgivingwochenende verbummelte er; er zählte die Stunden, bis sie wieder bei ihm wäre. An dem Tag, an dem sich alle anderen ihrem Truthahn widmeten, machte er sich ein Thunfischsandwich und aß es, während er das Polaroid von Jellie an der Mauer in Irland betrachtete. Auf der Tastatur seines Computers sammelte sich der Staub, die Shadow hätte eine Wartung vertragen, aber er konnte sich zu nichts anderem aufraffen, als morgens zu joggen und an Jellie zu denken.

Am Sonntag abend rief der Leiter des Seminars an und fragte, ob Michael am folgenden Tag Jimmys Ökonometriekurs übernehmen könne. Jimmy sei in Syracuse aufgehalten worden, irgendein familiärer Notfall, mehr wisse er nicht. Michael drehte durch, lief in der Wohnung auf und ab, schlug gegen die Wände; Malachi und Casserole sahen ihm völlig verwundert zu.

Montag abend und noch immer kein Wort. Er ließ sich von der Auskunft die Nummer der Markhams geben und wählte. Eleanor Markham meldete sich. Herr im Himmel, ausgerechnet sie. Michael benutzte sein Einspringen für Jimmy als Vorwand und erkundigte sich, wie lange er wohl wegbleiben würde. Es war seicht und leicht zu durchschauen, aber er konnte einfach nicht klar denken.

Mrs. Markham gab sich kühl, ausgesprochen kühl – schneidend, um die Wahrheit zu sagen –, und erklärte ihm, Jimmy sei bereits auf dem Weg nach Cedar Bend. Sie hatte damals schon erkannt, daß zwischen Jellie und dem Mann mit dem Motorrad etwas war. Michael hatte so eine Ahnung, daß sie jetzt noch weit mehr wußte. *Jimmy*, so hatte sie gesagt, *Jimmy* sei auf dem Rückweg. Sie hatte weder beider Namen benutzt, noch im Plural gesprochen, um auszudrücken, daß beide zurückkämen. Alles in Michael schrie danach, sie nach Jellie zu fragen, aber sein Gefühl machte ihm nur allzu deutlich, daß Eleanor Markham keinerlei Interesse an einer Unterhaltung mit ihm hatte.
Er legte auf und drehte völlig durch. Eine Viertelstunde später klingelte das Telefon. Es war Jimmy. Er sei wieder da und würde gern vorbeischauen. Michael sagte: »Ja, kommen Sie gleich rüber, kein Problem, kommen Sie, sobald Sie wollen.« Er trug viel zu dick auf, aber für derlei Feinheiten hatte Jimmy im Augenblick kein Gespür.
Fünf Minuten darauf klopfte er an Michaels Tür. Michael brauchte ihn nur anzusehen, um zu wissen, daß etwas Ernstes passiert war. Keine Krawatte, zerknitterte Kleidung, zerzauste Frisur. Nicht eben der Jimmy Braden aus Newport, den Michael kannte.
»Michael, es ist etwas Schreckliches passiert, und ich habe niemanden, mit dem ich darüber reden könnte. Ich stehe kurz vor dem Zusammenbruch.«
Eine Stimme in Michaels Kopf schrie: »Jimmy Bra-

den, du kleiner Bastard, was ist los? Wo ist Jellie?« Sie schrie so laut, daß Jimmy es hätte merken müssen, aber der hörte gar nicht hin. Er setzte sich auf einen der Küchenstühle, legte den Kopf in die Hände und heulte. Michael setzte sich ihm gegenüber – ruhig jetzt, ganz ruhig! Beruhige dich, und stell ihm die richtigen Fragen.

»Nun reden Sie schon, Jimmy, was ist passiert? Hat es was mit Jellie zu tun?«

Schluchzend bewegte er den Kopf auf und ab. Ein Ja. Nur keine Panik, jetzt heißt es, an die Informationen zu kommen, der Sache auf den Grund zu gehen, alle Nebensächlichkeiten wegzulassen. »Wo ist Jellie?«

Jimmy hob den Kopf, er heulte herzzerreißend; dann rückte er damit heraus: »Sie ist nach Indien.«

»Was?« Michael hätte fast geschrien. »Indien? Wieso, zum Teufel? Was ist los? Nun kriegen Sie sich mal wieder ein, Jimmy, und reden Sie mit mir. Ich kann Ihnen schließlich nicht helfen, wenn Sie den Mund nicht aufmachen. Wieso ist sie nach Indien?«

»Ich weiß es nicht. Es ist nicht so, daß wir uns gestritten hätten. Samstag morgen sagte sie, sie habe über Verschiedenes nachzudenken, und daß sie nach Indien wolle. Großer Gott, Michael, ich habe sie angefleht, auf den Knien bin ich vor ihr herumgerutscht, ich habe ihr gesagt, egal, was es ist, wir würden eine Lösung finden, aber sie wollte nicht darüber sprechen. Nicht, daß sie bösartig oder kalt gewesen wäre, nichts dergleichen, nur so schrecklich distanziert. Als gehe ihr irgend etwas durch den Kopf. Es war eine grauenhafte Szene, die absolute Hölle. Ihre Eltern schrien, meine Eltern schrien. Ich bin durchs Haus gestolpert, und Jellie packte ihren Koffer.«

»Okay«, sagte Michael. »Wir wissen nicht, *warum* sie weg ist, aber wissen Sie wenigstens, *wohin* sie ist? Sie hat einmal Pondicherry erwähnt, eine Stadt im Südosten. Ist sie da wieder hin?«

»Ich weiß es nicht.«

Jimmy schluchzte wieder. Michael suchte nach einer Packung Papiertücher, und als er keine fand, ging er aufs Klo und brachte eine frische Rolle Toilettenpapier mit. Jimmy riß eine Hand voll Blätter ab und bearbeitete sich damit die Augen; seine Stimme war verheult, sein Hals völlig belegt. Er schneuzte sich und sagte: »Ich habe herauszufinden versucht, wo sie hin ist, aber die Fluglinien geben einem keine Informationen über Passagiere. So riesig wie dieses Indien ist, kann man schwer sagen, wo sie steckt. Sie war mal eine Zeitlang in Pondicherry, das stimmt, als sie das erste Mal drüben war.«

Jimmy trank weder Kaffee noch Bier. Also goß Michael ihm ein Glas Orangensaft ein, steckte sich eine Zigarette an und ging hinüber zur Shadow. Er setzte sich in den Sattel und verschränkte die Arme. Er sah Jellies Bild an der Wand und dachte bei sich, daß es wohl nicht sehr gut wäre, wenn Jimmy es derart auffällig aufgehängt sah. Als Jimmy sich wieder mal die Augen wischte, nahm Michael es ab und steckte es unter einen Stapel Papiere auf dem Schreibtisch. Jimmy Braden hockte vornübergebeugt da, die Ellbogen auf den Knien, an eben jenem Küchentisch, an dem Michael noch vor einer Woche mit seiner Frau gesessen hatte. Damals hatte sie gelacht.

»Wann ist sie abgereist, Jimmy? Mit welcher Linie ist sie von New York abgeflogen?«

»Samstag abend. Sie ist Samstag abend weggegangen. Sie flog von Syracuse zum Kennedy Airport. Noch nicht einmal zum Flughafen durften wir sie begleiten. Und sie wollte partout nicht sagen, mit welcher Linie sie von New York aus weiterflog.«

»Hört sich irgendwie gar nicht nach Jellie an«, sagte Michael. Die lächelnde, warmherzige, fürsorgliche Jellie.

»Ich weiß. Das macht das Ganze ja so merkwürdig, Michael. Es scheint so gar nicht zu ihr zu passen.«

Vielleicht aber doch, dachte Michael. Vielleicht hatte Jellie Braden Seiten, die keiner von ihnen kannte, oder wenigstens er und Jimmy nicht.

»Jimmy, ich möchte Sie mal was fragen. Sie brauchen mir natürlich nicht zu antworten. Ich muß es nicht unbedingt wissen, aber irgendwie habe ich das Gefühl, daß Jellie nicht gern über ihre Zeit in Indien redet. Ist ihr da drüben etwas passiert?«

Jimmy hob den Kopf. »Michael, darüber kann ich nicht sprechen. Ich würde es Ihnen sagen, wenn ich könnte, aber es geht einfach nicht. Ich kann nicht. Verstehen Sie das bitte.«

Michael rechnete ihm diese Einstellung hoch an und mehr noch, daß er daran festhielt. Nichts wäre einfacher gewesen, als die Geschichte in einem Augen-

blick wie diesem auszuplaudern, aber er tat es nicht. Michael kam zu dem Schluß, daß in Jimmy Braden womöglich mehr steckte, als er ihm zugetraut hatte.
»Na schön, dann frage ich mal so: Glauben Sie, daß das, was ihr in Indien zugestoßen ist, irgend etwas damit zu tun hat, daß sie jetzt wieder rüber ist?«
»Ich weiß nicht. Ich kann mir nicht vorstellen, warum, falls sie in diesem Punkt die Wahrheit gesagt hat. Ich kann darüber nicht sprechen, aber ich denke, ich kann doch sagen, daß das, was in Indien passiert ist, längst vorbei war, oder wenigstens habe ich das gedacht.«
Michael brauchte Zeit zum Nachdenken; er mußte allein sein, um seine Möglichkeiten auszuarbeiten. Andererseits wollte er Jimmy in diesem Zustand nicht allein nach Hause gehen lassen.
»Jimmy, wollen Sie, daß ich jemanden finde, der für eine Weile Ihre Kurse übernimmt, bis Sie sich wieder im Griff haben?«
»Nein, ich muß jetzt was tun. Im Herumsitzen und Grübeln war ich noch nie sehr gut. Nabelschau liegt mir nicht. Ich muß damit irgendwie fertig werden, und vielleicht hilft es mir ja, meine Kurse zu halten. Jellie braucht einfach Zeit zum Nachdenken, da bin ich sicher.«
Jimmy sank in Michaels Achtung weit mehr, als er eben noch gestiegen war. Herr im Himmel, dachte er, wie kannst du dir so was nur bieten lassen. Pfeif auf deine Kurse. Setz dich in die nächste Maschine nach Indien und mach dich auf die Suche nach deiner

Frau. Rede mit ihr, versuch das zu klären. Aber das war nicht Jimmy Bradens Art. Er legte sich hin, steckte ein, was kam, und gab die Hoffnung nicht auf.

Aber Jimmy Braden hatte eben nie das Öl im Wagen eines Bankiers gewechselt. Im Hochsommer, wenn der heiße Westwind einem die feuchten Klamotten an den Leib klebte. Er hatte seinen Kopf noch nie unter die Haube eines Autos gesteckt und auf das Drehen der Maschine gelauscht, während sein Vater torkelnd, eine Flasche in der Tasche, auf ihn einschrie. Ebensowenig wie Jimmy Braden noch nie einen scharfen Haken nach rechts geschlagen hatte, um dann mit einem geschwollenen Knie in die Luft zu schießen, während zwölftausend außer Rand und Band geratene Arschlöcher ihn anfeuerten oder niederbrüllten.

Jimmy hatte auf den Schwung vertraut, den Abstammung und Geld ihm mit auf den Weg gegeben hatten. Er war nie im Zwischendeck gereist, wo ein starkes Auftreten gefragt gewesen wäre – wenn man nicht mehr zu klettern braucht, dann hat man auch keinen Grund, es zu lernen. Aber Jimmy war nun mal so, und Michael verstand das.

Michael war anders. Und so empfand er in diesem Augenblick eine tiefe Traurigkeit für Jimmy Braden. Irgendwo in Jimmy mußte sie doch stecken, die zupackende Art, die wir vor vierzigtausend Jahren mitbekommen haben, draußen auf den Steppen, als wir vor der Wahl standen, für unser Eigentum zu kämp-

fen oder es uns von der Böswilligkeit um uns herum stehlen zu lassen. Die Zivilisation hatte seine Vorteile, aber sie hatte Jimmy und viele andere ihrer elementaren Instinkte beraubt.
Als sich die Dinge einigermaßen stabilisiert hatten, und Michael sicher sein konnte, daß Jellie Bradens Gatte die nächtliche Heimfahrt überstand, setzte er ihn in seinen Buick und schickte ihn auf den Weg. Jimmy meinte, allein davon gesprochen zu haben, sich wieder an die Arbeit zu machen, hätte ihm geholfen; immerhin, seine Arbeit hätte er ja noch, und vielleicht könnten sie sich ja tags darauf noch etwas unterhalten.
Außerdem rutschte ihm etwas Merkwürdiges heraus. Seiner Meinung nach, so sagte er, sei sein Schmerz vor allem eine Sache des verletzten Stolzes. So hatte er denn offensichtlich doch noch den einen oder anderen Rest der alten Instinkte aus den Steppen in sich; er vermochte nur den nächsten Schritt nicht zu tun. Noch bevor Jimmys Wagen um die Ecke verschwunden war, suchte Michael schon in den Gelben Seiten nach den Nummern der Fluggesellschaften.

8

Hat man es eilig, nach Indien zu kommen, geht man am besten zur Air India. Es ist die staatliche Fluglinie, und eine gute obendrein. Jeden Abend um halb neun startet Flug 102 vom Kennedy Airport, um tags darauf für einen zweistündigen Zwischenstop in London zu landen. Danach geht es nonstop entweder nach Delhi oder Bombay, je nach dem Tag, an dem man fliegt.

Nachdem er sich mit Hilfe seines Atlas vergewissert hatte, daß er auch tatsächlich wußte, wo Pondicherry lag, rief Michael Air India an. Man war für die nächsten vierzehn Abende völlig ausgebucht, erst am 11. Dezember wären zwei Plätze, am 13. einer zu haben, dann war man wieder voll belegt bis nach Weihnachten. Bedenkt man die Zahl unfreiwilliger Exilanten und ausgewanderter Inder überall auf der Welt, so verfügt Indien über relativ karge internationale Flugverbindungen, und da die Inder um die

Weihnachtszeit alle nach Hause wollen, wird es nach Thanksgiving ziemlich eng.
Er durchwühlte seine Bücherregale, bis er einen Weltflugplan gefunden hatte, der bereits drei Jahre abgelaufen war. British Airways bot einen Nonstopflug von Chicago nach London und von dort eine Anschlußmaschine direkt nach Madras an der Ostküste. Pondicherry lag etwa 150 Kilometer südlich von Madras am Golf von Bengalen. Um dieses letzte Stück machte Michael sich keine Sorgen; wenn er nach Madras kam, kam er auch nach Pondicherry. Das einzige echte Problem war, auf den indischen Subkontinent zu gelangen. Gemessen an der Zahl der Züge von hier nach da, hat Indien das beste Eisenbahnnetz der Welt. Und wo der Zug nicht hinfuhr, gab es den Bus. Wo es keinen Bus gab, fand man einen Wagen mit Fahrer. Und wenn es überhaupt nichts mehr gab, dann würde er eben laufen. Es spielte keine Rolle. Ihm ging es einzig und allein um Jellie Braden, die irgendwo unter Massen von Indern steckte. Falls sie nicht in Pondicherry war, war er natürlich aufgeschmissen. Sollte sie sich entschlossen haben, dort drüben unterzutauchen, war es so gut wie unmöglich, sie aufzuspüren. Aber, bei Gott, er würde es versuchen.
Er rief den gebührenfreien Anschluß der British Airways an. Ja, sagte die ausgesprochen angenehme, ausgesprochen britische und ausgesprochen weibliche Stimme am Buchungsschalter, den Flug gebe es noch, nur habe man die nächsten drei Wochen nichts

mehr frei. Ob Mr. Tillman auf die Warteliste gesetzt zu werden wünsche? Ja. Er rief noch einmal Air India an und ließ sich auch dort auf die Warteliste setzen; das Datum hielt er offen. Jederzeit, sagte er den Leuten, jederzeit.

Es gab viel zu tun. Zuerst seine Mutter. Er rief sie an, und sie unterhielten sich ausgiebig. Zwanzig Jahre lang hatte er nicht ein Weihnachtsfest mit ihr versäumt, aber er erklärte ihr, er müsse sofort nach Indien, und daß er nicht wisse, wann er wieder zurück wäre.

Ihre Ohren mochten nicht mehr so recht mitmachen, aber die Eindringlichkeit, mit der er sprach, machte ihr klar, daß es dringend war. »Michael, sag mir jetzt bloß nicht, daß du endlich die Richtige für dich gefunden hast? Ich habe deine Stimme noch nie so gehört. Ist es das?«

»Hör mal, Mama, die Antwort ist: vielleicht. Mehr kann ich nicht sagen. Es ist nur einfach schrecklich wichtig, daß ich nach Indien gehe, so ungern ich auch ein Weihnachten mit dir versäume, falls es dazu kommen sollte.«

»Michael, ich danke dir dafür, daß dir das nicht egal ist und daß du mich fragst. Ich bin schon froh, daß wir uns im Lauf der Jahre so oft gesehen haben. Geh du nur nach Indien und finde deine Frau, wer immer sie ist. Ich habe die Hoffnung noch nicht aufgegeben, eines Tages Enkelkinder zu haben, weißt du.«

»Mama, ich verspreche dir, ich komme raus zu dir

nach Custer, sobald ich wieder zurück bin, obwohl ich nicht sagen kann, wann.«

»Flieg du nur, Michael. Wenn das dein Augenblick ist, dann halt ihn fest. Hör auf, dich noch länger mit mir zu unterhalten, und geh nach Indien.«

Die Fachbereichssekretärin war ein Schatz; sie kannte das System nicht nur, sie wußte es auch zu umgehen. Michael schenkte ihr immer eine Flasche Wein zu Weihnachten und Blumen zum Ende des akademischen Jahrs. Sie erklärte sich bereit, seine Notenbögen für ihn auszufüllen und seine Unterschrift darauf zu fälschen. Sie fragte noch nicht einmal, warum. Er bat sie, niemandem etwas zu sagen, und sie erwiderte: »Keine Bange, Sie und ich, wir verstehen einander. Aber wo immer Sie so schnell hin müssen, da wäre ich gern Mäuschen.« Sie beendete ihren Satz mit einem wissenden kleinen Lächeln.

Jimmy Braden war am Montag abend wiedergekommen. Am Dienstag hatte Michael seinen Kursteilnehmern mitgeteilt, daß dies die letzte Stunde sei. Da er keine Abschlußklausuren halte, würde er jedem pro forma eine Note geben, die einen halben Grad besser sei als die derzeitige. Was soll's, jeder hatte ein Recht darauf, hin und wieder mal unzuverlässig zu sein. Mützen flogen durch die Luft, und aus der Tiefe des Klassenzimmers kam die Stimme einer jungen Frau: »Wir lieben Sie, Professor Tillman. Fröhliche Weihnachten.« Er schenkte einem seiner Fachstudenten für Betriebswirtschaftslehre hundert

Dollar, um sicherzugehen, daß Malachi und Casserole auch gut versorgt waren.
Er reiste gern mit möglichst wenig Gepäck. Er hatte einen Flug nach New York gebucht, darüber hinaus jedoch keine Reservierungen getroffen, so daß es gut möglich war, irgendwo auf dem Weg nach Indien hängenzubleiben. New York, Moskau, London, Kairo, Athen. Überall. Womöglich brauchte er eine ganze Woche bis nach Indien. Seinetwegen sollte Jimmy Braden in Cedar Bend sitzen bleiben und beten und Trübsal blasen, soviel er wollte. Jimmy hatte sein Leid mittlerweile wenigstens fünf anderen geklagt, so daß er mit Mitgefühl geradezu überschüttet wurde.
Michael dagegen ging nach Indien, um Jellie zu finden, und zwar sofort. Sie mußte doch einen Grund dafür haben, einfach so abzuhauen, und er konnte sich des Gefühls nicht erwehren, daß es etwas mit ihm zu tun hatte. Vielleicht auch nicht, aber er vermutete es stark. In Indien konnte man verlorengehen. Für viele ein guter Grund, nach Indien zu fliehen. Er mußte Jellie finden, bevor sie verschwand, aus welchem Grund auch immer, bevor sie sich in eine Bergkommune oder einen Ashram hinter dem Mond flüchtete, wo er sie niemals finden würde.
Der alte L.-L.-Bean-Rucksack. Drei Hemden, nur eines davon sauber. Ein Jeanshemd, das würde er anziehen. Jeans, eine zum Tragen, die andere kam ins Gepäck. Das Buschhemd würde er ebenfalls anziehen. Einen weiten, marineblauen Baumwollpulli.

Schuhe? Am besten, er zog die alten Armeestiefel an und packte auch die Sandalen ein. Wenn er noch etwas zum Anziehen brauchte, konnte er sich das auch in Indien kaufen; er hatte nichts gegen *khurtas*, die langen Hemden mit den schlafanzugartigen Hosen darunter. Weitere wichtige Dinge, einschließlich einer guten Karte des indischen Subkontinents, die er bei seinem letzten Besuch gekauft hatte und die die Eisenbahnstrecken und Inlandsfluglinien zeigte. Eine kleine Taschenlampe, ein alter Baumwollhut mit breiter Krempe.

Verdammt, keine Malariapillen. Geh das Risiko ein. Nein, er ließ den Arzt in der Apotheke anrufen und wollte sie auf dem Weg zum Flughafen abholen, obwohl er mit der Einnahme schon vor einer Woche hätte beginnen müssen. Er legte sich ordentlich ins Zeug, warf Kleidungsstücke durchs Schlafzimmer, faltete Hemden, rollte Jeans und Khakihemden um Unterwäsche und Socken; Malachi und Casserole sahen ihm zu. Obenauf quetschte er noch die Sandalen in den Rucksack; dann schloß er die Schnallen. Der Sack hatte einen Bauch. Er prüfte sein Gewicht – gar nicht so schlecht. Sonst noch was? Eine kleine Feldflasche. Man konnte in Indien lange unterwegs sein, bis man wieder an trinkbares Wasser kam.

Um acht Uhr morgens am Donnerstag kam das Taxi. Sechzig Stunden waren vergangen, seit Jimmy sich an Michaels Küchentisch die Augen ausgeheult hatte. Es war schon merkwürdig. Jimmy Braden schlich durch Bingley Hall und erzählte den Leuten in allen Einzelheiten, was Jellie ihm angetan hatte, indem sie ihm so einfach davongelaufen war. Und Michael war unterwegs, um sie zu suchen, was Jimmy freilich nicht wußte. Ein Halt an der Apotheke, ein weiterer an der Bank. Dreitausend Dollar in Reiseschecks, fünfhundert in bar.

Während er am Flughafen auf den Pendlerjet nach Chicago wartete, fiel Michael etwas ein, worum er sich nicht gekümmert hatte, und er rief seine Sekretärin an. Nachdem er auch das erledigt hatte, sagte sie: »Michael, für Sie ist eben ein Telegramm angekommen, per Boten.«

Er überlegte einen Augenblick. Eine heikle Geschichte, falls es von Jellie kam, und er hatte das Gefühl, daß das gar nicht so abwegig war. »Betty, lesen Sie's mir vor, aber Sie schwören mir, nie einer Menschenseele etwas über den Inhalt zu sagen. Abgemacht?«

»Wenn ich alles ausplaudern würde, was ich über die Vorgänge hier weiß, würde Bingley Hall in der größten Staubwolke implodieren, die die Welt je gesehen hat. Außerdem habe ich so eine Ahnung, was hier vor sich geht. Ich habe doch gesehen, wie sich Ihr Gesicht in den letzten Monaten verändert hat. Ist noch gar nicht so lange her, da habe ich Sie früh morgens auf Ihrem Motorrad draußen am Reihersee gesehen – und auch, wer hinten draufsaß. Aber ich habe niemandem was gesagt, und werde es auch nicht tun. Also, wenn ich jetzt noch das Geheule in Jimmy Bradens Büro – ach was, im ganzen Haus – dazunehme, dann braucht es kein Mathematikgenie wie Sie, um eins und eins zusammenzuzählen.«

»Betty, Betty, Betty... Sie werden noch als eine der großen Lieben meines Lebens enden. Lesen Sie mir das Telegramm vor.«

»Okay. Also, dann mach ich den Umschlag jetzt auf. Dreizehn Uhr steht darauf. Lassen Sie mal sehen, das ist –«

»Das ist ein Uhr mittags, Betty. Wann wurde es abgeschickt.«

»Heute. Wie ist das möglich?«

»Durch den Zeitunterschied. Es wurde gegen halb zwei diesen Morgen abgeschickt, unserer Zeit nach. Was steht drin?«

»Es lautet: ›M. Bitte versuche zu verstehen. Gefühle in mir sind so stark, daß ich Zeit und Freiraum brauche, um mir über sie klarzuwerden. Melde mich irgendwann wieder. Ich verspreche es. J.‹«

Zum Teufel mit Zeit und Freiraum, dachte Michael Tillman. Manchmal mußte man den Umständen ihren Lauf lassen, so wie Jimmy das machte; manchmal jedoch galt es mitten hineinzuspringen und die Sache selbst in die Hand zu nehmen. Er hatte das Gefühl, daß Jellie ziemlich verwirrt war, und er hatte nicht die Absicht, sie, blind wie sie war, untergehen zu lassen. Falls er ihr Leben ruinierte, indem er nach Indien ging, um sie zu suchen, so würde sie damit leben müssen, genauso wie er. Auf keinen Fall würde er tatenlos in Cedar Bend herumsitzen und auf bessere Zeiten warten.

»Betty, wo kommt das Telegramm her, aus welcher Stadt?«
»Madras. Spreche ich das richtig aus?«
»Nein, aber es ist okay. Ganz Amerika spricht es falsch aus. Betty, laß das Telegramm bitte durch den Aktenvernichter laufen, ja?«
»Mach ich. Keine Bange. Und, Michael?«
»Ja?«
»Ich drücke Ihnen beide Daumen. Suchen Sie sie.«
»Danke, Betty. Was mögen Sie lieber, Kettchen oder Armreifen?«
»Sie wissen, daß das nicht nötig ist. Aber es wäre schön, mal einen Armreif aus irgendeinem exotischen Winkel der Welt zu bekommen, wenn Sie schon darauf bestehen.«
»Wird gemacht. Dann auf Wiedersehen und nochmals danke. Ich muß jetzt an Bord.«
»Tschüß, Michael. Viel Glück.«

Vom O'Hare aus rief er bei Air India an und ließ bei British Airways nachsehen, ob ein Platz frei geworden war. Nichts. »Wie ist es, wenn ich an den Flugsteig gehe und nachsehe, ob jemand nicht gekommen ist?« fragte er die Frau am Schalter von British Airways.
»Versuchen können Sie's.« Sie sah sich sein Ticket an. »Ihre Maschine nach New York startet aber noch vor unserer nach London. Wenn Sie warten, verpassen Sie also Ihren Flug nach New York.«
»Ich riskier's. Irgendwie habe ich das Gefühl, daß heute mein Glückstag ist.«

Sie zuckte die Schultern und tippte seinen Namen in die Warteliste des Computers. »Wir fliegen vom neuen United-Terminal ab, ganz hinten. Viel Glück.«
Er kaufte Zigaretten und Kaffee und ging dann zum United-Terminal. Noch eineinviertel Stunden bis zum Start von British Airways, Flug 42 nach London. Die Passagiere standen bereits in einer langen Schlange an der Wand entlang. Das Gepäck ... Er hatte noch nie verstanden, wie Leute nur so viel mitschleppen konnten. Riesige, mit Schnüren zusammengebundene Koffer, Weihnachtsgeschenke, Bettrollen, müde Kinder mit Erkältungen und laufenden Nasen, die heulend an den Händen ihrer Eltern zerrten.
Die Schlange bewegte sich langsam. Noch fünfundzwanzig Minuten bis zum Abflug. Dann zwanzig. Nur noch zwei Leute fehlten. »Mr. Tillman, Mr. Michael Tillman, kommen Sie bitte in die Abfertigungshalle von British Airways.«
Er brauchte nur vier Sekunden.
»Mr. Tillman, wir haben einen Platz für Sie in der Maschine nach London, in etwa fünfzehn Minuten. Wir können Ihnen jedoch keinen Platz für den Flug 34 nach Madras bestätigen. Wollen Sie trotzdem heute abend mit uns fliegen?«
»Ja. Ich bezahle das Ticket mit meiner American-Express-Karte.«
Sechs Stunden später, im ersten Morgenlicht, blickte er auf Irland hinab und mußte an Jellie vor der Mauer

aus Feldsteinen denken, die irgendwo da unten sein mußte; an Jellie, die sich für ein Polaroid in Pose stellte, das schließlich an einer Pinnwand in Iowa gelandet war. Das heißt, im Augenblick hatte er es in der Tasche seines Buschhemds. Wenn man nach jemandem sucht, der verschwunden ist, kann sich ein Foto immer als nützlich erweisen. Er hatte im letzten Augenblick daran gedacht und das Foto mitgenommen.

Heathrow war wie immer ein einziges Chaos. Michael lief durch die Transit-Lounge hinaus in die Haupthalle, wo er den Leuten an den Schaltern in die Augen sehen konnte. Kein Problem. Eine der Frauen hinter dem Schalter sagte ihm, viele Leute buchten unter verschiedenen Namen mehr als nur einen Flug, so daß man bereits mehrere Absagen hätte.

»Wollen Sie auch gleich den Rückflug buchen, Mr. Tillman?«

Er erklärte ihr, sie solle ihn für den 12. Januar vormerken, einige Tage vor Beginn des Frühjahrssemesters. Indische Beamte sehen es ausgesprochen gern, wenn man ein Ticket für den Rückflug dabei hat, bevor sie einem ein Visum ausstellen. Eine Vorsichtsmaßnahme, die zum Teil noch auf die Zeit der Hippies zurückging, als die Kinder aus dem Westen auf der Suche nach Wahrheit und Erleuchtung ins Land strömten, um schließlich als kiffende Sozialfälle zum Problem für die indischen Behörden zu werden.

Michael holte seine American-Express-Karte heraus, erhielt sein Ticket und fand die U-Bahn Richtung

London. Er sagte einem Beamten, er brauche ein Visum für Indien, und man verwies ihn an die entsprechende Stelle. Drei Stunden später war er wieder in Heathrow, hatte die Kontrollen passiert und saß nun in der Transit-Lounge. Fünf Stunden noch bis zu seinem Abflug nach Madras.

Auf großen Flughäfen verging die Zeit ziemlich schnell. Michael sah sich gern das Kommen und Gehen der Leute an, las ein bißchen, hielt ein Nickerchen. Nachdem er sich auf der Toilette das Gesicht gewaschen hatte, kaufte er sich eine Londoner *Times*, mit der er es sich, die Füße auf seinem Rucksack, in einem Sessel bequem machte. Er konnte sich jedoch nicht auf die Zeitung konzentrieren und holte das Foto von Jellie aus der Tasche. So saß er da und sah es sich an, während die Lautsprecher die Leute zu ihren Flügen in ferne Länder riefen. Und irgendwo in den unendlichen Weiten da draußen war eine Frau namens Jellie Braden. Irgendwo da draußen... irgendwo... irgendwo.

9 Trotz der cleveren Bemerkung, die Michael einmal gegenüber Jellie gemacht hatte, war er alles andere als abgestumpft. Ein bißchen zynisch vielleicht, womöglich sogar mehr, als ihm zustand, aber nicht abgestumpft. Und er war es auch nie gewesen. Das war einer der Vorteile, die mit einer Kindheit wie der seinen einhergingen. Man wächst auf, ohne allzuviel zu erwarten, und wenn einem wirklich mal etwas Gutes widerfährt, kann man nur staunen, daß es so etwas überhaupt gibt. Bei großen Reisen zum Beispiel. Als der Pilot sich über den Lautsprecher meldete und sagte, sie überflögen eben Bagdad, blickte er von seinem Fensterplatz aus hinab und sah vierzigtausend Fuß unter sich eine braune Stadt in der Wüste.

Schon auf seinem ersten Flug nach Indien hatte er sich gedacht: Bagdad – ich hätte nie geglaubt, jemals über Bagdad zu fliegen. Dann holte er aus und zog die

Erinnerungen hervor: sah sich vor dreißig Jahren in der Werkstatt seines Vaters, bei der Arbeit an der Shadow.

Zwei Stunden vor Madras nahm Michael sein Rasierzeug aus dem Rucksack und ging in eine der winzigen Toiletten. Diese Art zu reisen hinterließ einen Schmierfilm auf Körper und Geist, so daß er es sich zur Gewohnheit gemacht hatte, sich vor der Landung zu waschen und rasieren. Und irgendwie reinigte das auch ein wenig den Geist.

Die Kabine lag noch immer im Dunkeln; die meisten Leute schliefen oder versuchten es wenigstens, hier und da brannte eine Leselampe. Die Stewardessen unterhielten sich leise in der Küche in der Maschinenmitte. Er steckte den Kopf durch die Tür und bat um eine Tasse Tee. Er erhielt sie und ging, die dampfende Tasse in der Hand, auf seinen Platz zurück; er fühlte sich im großen und ganzen ausgezeichnet, hatte jedoch jenen speziellen Knoten im Magen, der sich jedesmal einstellte, wenn er sich einem fernen Land, vor allem aber Indien, näherte.

Er hob die Jalousie und sah hinaus. Langsam tauchte unter ihm Indien auf, wie eine Frau beim Sonnenbad. Tageslicht, zerklüftete braune Hügel, Flecken grünen Dschungels. Das Kabinenlicht ging an, das Frühstück wurde angekündigt. Er hatte keinen rechten Appetit, aß jedoch etwas Obst und Toast, weil er wußte, daß es ein Weilchen dauern könnte, bevor er wieder etwas bekam.

Die Maschine senkte sich über dem weitläufigen

Chaos von Madras, der Hafenstadt am Golf von Bengalen. Geschätzte Einwohnerzahl: vier Millionen. Indien nimmt derlei Statistiken freilich nicht allzu ernst, da bei einem so rastlosen Volk in den Städten ein stetes Kommen und Gehen herrscht, vor allem ein Kommen. Indien befindet sich auf Wanderschaft, das war von jeher Michaels stärkster Eindruck gewesen. Egal, wo man hinsah, ob auf dem Land oder in der Stadt, überall waren Leute unterwegs, zu Fuß, auf dem Fahrrad, sie hingen an röhrenden Bussen oder lehnten sich aus dem Zug. Bewegung, wo man hinsah... das war Indien.

Nach dem Aussteigen ging es an Männern mit Gewehren vorbei in die Halle. Vor dem Schalter für Passagiere mit ausländischen Pässen stand eine lange Schlange. Michael zwang sich zur Ruhe. In Indien beeilte man sich nicht. Indien hatte seinen eigenen Stil, seinen eigenen Rhythmus, und hypernervöse Besucher aus dem Abendland, die alles auf der Stelle und mit zackiger Effizienz erledigt sehen wollten, kamen hier nicht sehr weit. Es war warm und feucht, und Michael war froh, so wenig Gepäck dabeizuhaben. Das braune Gesicht über der dunkelgrünen Uniform warf einen Blick auf seinen Paß, prüfte das Neunzig-Tage-Visum und knallte seinen Stempel darauf.

Der Zoll war kein Problem, da Michael außer Bargeld und Reiseschecks nichts von Wert bei sich hatte. Da er jedoch mehr als tausend US-Dollar einführte, mußte er ein Formular ausfüllen. Indien liebte Formulare, obwohl Michael etwas skeptisch war, was deren Verbleib anging. Es schien ihm herzlich unwahrscheinlich, daß irgendwo ein für Währungen zuständiger Beamter saß, der die Millionen von handgeschriebenen Dokumenten aus den Federn fremder Reisender tatsächlich las: »Hmmm, wie ich sehe, hat Michael Tillman aus Cedar Bend, USA, am 2. Dezember dreieinhalbtausend Dollar mitgebracht. Den müssen wir unbedingt im Auge behalten – in diesem Land mit nahezu einer Milliarde Einwohnern und einem Telefonnetz, das günstigstenfalls so über die Runden kommt.«

Außerhalb des Schutzes, den ein großer indischer Flughafen bot, war Schluß mit den Regeln. Schlepper, Hunderte von Schleppern, die einem alles anzudrehen versuchten, was man sich nur vorzustellen vermochte. Vielleicht konnte man den langen Weißen mit dem Rucksack ja um ein paar Rupien melken. Aber er sah aus wie einer, der sich auskannte in der Welt, kein Gepäck; er sah aus wie einer, der viel reiste. Vielleicht doch besser, sich einen anderen zu suchen, einen, mit etwas mehr Speck auf dem Bauch. Tausende von Leuten bewegten sich scheinbar ziellos um ihn herum, sie kamen und gingen, und viele von ihnen waren nur wegen des Unterhaltungswerts gekommen, den ein so großer Flughafen bot. Die Polizei sorgte dafür, daß die meisten von ihnen draußen blieben, wo sie die Nasen gegen die staubigen Scheiben preßten und auf die herausdrängenden Passagiere warteten.

In der Lobby war doch tatsächlich ein Touristenschalter geöffnet, was nun wirklich etwas Neues war. Offensichtlich bemühte sich Indien, Weiße ins Land zu locken, die auf ihrer Durchreise etwas ausländische Währung daließen. Bei seinen ersten Besuchen hatte Michael eindeutig das Gefühl gehabt, daß sich kein Mensch darum scherte, ob man kam oder nicht, ob man in der Schlange vor der Zollabfertigung tot umfiel oder wieder nach Hause fuhr.

Der Mann am Schalter sprach ein verständliches Englisch. Michael sagte ihm, er wolle nach Pondicherry. Der Mann erwiderte, die Fahrt dauere drei Stunden mit dem Auto, wenn nicht allzuviel Verkehr herrsche, und daß er sich glücklich schätzen würde, Michael einen Wagen nebst Fahrer zu besorgen. Er sprach von dreißig US-Dollar. Michael fand das übertrieben für Indien, was er ihm auch erklärte.

»Oooh, aber Sie müssen verstehen, das sind hin und zurück sechs Stunden für den Fahrer, da er ja von Pondicherry leer zurückfahren muß. Also müssen Sie hin und zurück bezahlen.«

Doch Michael wußte Bescheid. Er ahnte, der Fahrer würde in Pondicherry herumlungern und vielleicht auch eine Fuhre zurück nach Madras finden. Was war mit den Taxis draußen?

»Oooh, ja, Sir, die sagen Ihnen, Sie fahren für einen viel niedrigeren Preis. Aber, Sir, sie sind nicht sehr zuverlässig, kann sein, daß sie Ihnen unterwegs das Geld abnehmen und Sie aussetzen.« Michael wußte, daß der Mann da nicht ganz unrecht hatte.

Wie es denn mit Bussen sei? Zügen? Der Touristenberater redete und redete, fuhr mit dem Finger ebenso schmierige wie komplizierte Fahrpläne ab, bis Michael sich dachte: Jetzt reicht es, Tillman. Was, um Himmels willen, soll das? Du fliegst in heller Aufregung hier herüber, um Jellie Braden zu finden, und dann stehst du rum und feilscht um ein paar lumpige Dollar. Einen Augenblick lang hatte der dumme Händlerstolz, der in den männlichen Genen zu lauern schien, ihn vom Weg abgebracht.

Der Berater besorgte ihm also einen Wagen nebst Fahrer und bat Michael, neben dem Touristenschalter zu warten. Michael fragte ihn, ob er einen Führer für Pondicherry hätte, Karten, irgend etwas. Der Mann brachte ein zerlesenes kleines Heft zum Vorschein, das er unter der Theke liegen hatte. Er behauptete, es sei sein einziges Exemplar (was Michael ihm glaubte), und begann es durchzublättern. Dann folgte ein Vortrag über Pondicherrys berühmten Ashram, den der Mystiker, Philosoph, Poet und Patriot Sri Aurobindo gegründet hatte, über die Hotels und Restaurants sowie über die Schönheit der Uferpromenade.

Gab es in dem Heft auch einen Stadtplan? Ja, es gab einen, in der Tat, Sir, einen sehr schönen sogar. Michael legte eine Fünf-Dollar-Note auf den Tisch, behielt sie aber unter der flachen Hand und sagte, er würde den Führer für Pondicherry gern mitnehmen. In kaum einer Sekunde hatte das Heft den Besitzer gewechselt, dann kam auch schon, lächelnd und in schmuddeliger weißer Kleidung, sein Fahrer auf den Schalter zu.

Die Sonne vor dem Gebäude wirkte wie ein Hammer. Andere Taxifahrer rissen die Türen auf und sagten Michael, sie würden ihn für die Hälfte dessen fahren, was der Typ in der schmuddeligen weißen Uniform verlangte, egal, wohin. Michael lehnte dankend ab: er habe bereits einen Wagen. Worauf ihr Lächeln verschwand und er seine Freunde auf der Stelle wieder verlor.

Als Michaels Wagen losfuhr, rieb der Fahrer Daumen und Zeigefinger gegeneinander, das universelle Symbol für Zahlungsmittel, und deutete auf die Tankuhr, dazu sagte er mehrmals »Benzin«. Indische Taxifahrer fuhren grundsätzlich mit so gut wie leerem Tank, und jetzt brauchte er einen Vorschuß. Bei Michaels letzter Reise war gleich zweien seiner Fahrer das Benzin ausgegangen.

Ungeduldig tappte Michael mit dem Fuß, während der Tank gefüllt wurde. Er entdeckte einen Obststand in der Nähe und kaufte drei Bananen und zwei Orangen, die er in die Seitentaschen seines Rucksacks stopfte. Als er wieder im Wagen saß, bückte sich ein zerlumpter Mann, sah zum Fenster herein und zeigte ihm den grausigen Stumpf eines knapp über dem Ellbogen abgetrennten Arms. Michael gab ihm fünf Rupien, und der Bettler berührte seine Stirn und machte sich rückwärts davon.

Schließlich rollten sie durch den Lärm, den Rauch und den Staub, die Indien ausmachten und immer ausmachen würden. Michaels Nase war noch immer damit beschäftigt, sich an die zum Schneiden dicken Gerüche zu gewöhnen – den Rauch aus Fabriken und offenen Herden, verbleites Benzin, Exkremente von Mensch und Tier; das alles zusammengenommen machte den dicken, penetranten Atem aus, der Indien definierte. Er war den Geruch nie wieder ganz losgeworden. Zu Hause in Cedar Bend, während eines Reiseberichts über Indien im Fernsehen, war ihm aufgefallen, daß sein Gehirn die alten indischen Düfte hervorgeholt hatte, von wo auch immer die Erinnerung solche Dinge speichern mag. Die Gerüche keines anderen Landes hatte sich ihm so nachhaltig eingeprägt wie die Indiens.

Die Frauen. Er hatte vorübergehend vergessen, wie schön die indischen Frauen waren, selbst die ärmsten. Man konnte sich mit Leichtigkeit alle paar Sekunden aufs neue verlieben. Orangefarbene Saris, grüne Saris, rote und blaue, dazu Gold am Körper, Reifen an den Armen, Kämme im Haar. Die Frauen waren geschmeidig, und man hätte meinen können, sie schwebten über der Erde. Bei einigen führten goldene oder silberne Kettchen von der Nase zum Ohr.

Er beobachtete sie, während der Fahrer auf seinem Zickzackkurs durch den Verkehr auf Ziegen, Rinder und Menschen einhupte. An den verkehrsreicheren Kreuzungen sahen sie sich von Polizisten auf kleinen Podesten weitergewunken. Auf einer zweispurigen Straße mit einer löchrigen Asphaltdecke fuhren sie

hinaus aufs Land. Lastwagen mit Arbeitern auf der Ladefläche; ihre Kopftücher wehten im Wind. Busse schwankten um die Kurven, Ochsenkarren folgten; auf der anderen Spur trat eine Frau in einer Art Rollstuhl in die Pedale, andere waren zu Fuß unterwegs, Ziegenherden schoben sich über die Straße.
Der Fahrer machte das Radio an, und Michael und er hörten eine Flöte über einem Teppich komplexer Tablarhythmen. Der Fahrer schlug auf die Hupe und kündigte anderen Fahrern gestikulierend an, was er vorhatte. Indien ... Alles war in Bewegung, alles war Bewegung ... Tablas, Flöten, Staub; die Straße vor ihnen sah aus wie eine bunt zusammengewürfelte Karawane aus sämtlichen Reisenden und Fahrzeugen der letzten fünfhundert Jahre.
Michael reichte seinem Fahrer eine Banane. Der nahm sie und schenkte Michael einen Blick auf seine blitzend weißen Zähne, legte sich auf die Hupe und schälte dabei die Banane. Durch die offenen Fenster drang brüllend heiße Luft. Sie kamen in eine Stadt, und Michael breitete seine Indienkarte aus. Mußte wohl Chengalpatu sein. Von hier aus sollte es in südwestlicher Richtung nach Madurantakam gehen, in Tindivanam würden sie südostwärts abbiegen, von dort aus führte eine kleine blaue Linie hinüber nach Pondicherry am Golf von Bengalen.
Michael blätterte den Führer von Pondicherry durch, der ihn fünf Dollar gekostet hatte. Er sah sich die verwirrenden Ausschnitte des Stadtplans an, las die Geschichte der Stadt. Die Stadt war Bundesterrain,

ein Stadtstaat, ähnlich der amerikanischen Hauptstadt. Im Westen grenzte der Bundesstaat Tamil Nadu an, im Osten lag der Golf. Französische Händler hatten dort im siebzehnten Jahrhundert gesiedelt, 1954 ging die Stadt zurück an Indien. Jellie, bist du dort? Irgendwo auf den Straßen von Pondicherry? Auf die unwahrscheinliche Möglichkeit hoffend, sie könnte mit demselben Chauffeur gefahren sein, falls sie überhaupt in Pondicherry war, holte Michael ihr Foto heraus und reichte es dem Fahrer.

Der sah es sich an, wandte ihm den Kopf zu, grinste und rief über Flötenmusik und Wind hinweg: »Schöne Frau. Sie sie in Pondy besuchen?«

Michael kramte sein Pidginenglisch hervor. »Frau mit das Auto hier fahren?« Er deutete auf die Jellie auf dem Foto, dann auf den Fahrer und das Innere des Autos, Michael wiederholte: »Schöne Frau mit das Auto hier fahren?«

Der Fahrer brauchte einen Augenblick, aber er kapierte und schüttelte den Kopf. »Nein, ich Frau nicht sehen.« Michael nickte und steckte das Foto in sein Buschhemd zurück.

Laut Stadtführer hatte Pondicherry 150 000 Einwohner, aber Michael wußte, daß das bestenfalls geschätzt war und weit unter der tatsächlichen Zahl lag. Wo sollte er anfangen? Wie alle indischen Städte würde sich auch Pondy als Irrgarten kleiner Sträßchen und weitläufiger, durch Übergänge und Gassen verbundener Gebäude entpuppen. Selbst wenn Jellie sich dort aufhielte, leicht würde es nicht sein. Der

Ashram zog Leute aus der ganzen Welt an, man studierte hier die Lehren Sri Aurobindos und seiner Lebensgefährtin, einer Französin, die man nur als »die Mutter« kannte. Beide lebten nicht mehr. Laut Führer jedoch blühte der Ashram. Vor der Stadtgrenze Pondicherrys hatte sich, angeblich auf der Basis der Lehren Aurobindos und der »Mutter«, seit über einem Jahrzehnt eine Siedlung von Visionären namens Auroville entwickelt. Man kannte sie auch unter dem Namen »Stadt der Morgendämmerung«. Der Führer zitierte die »Mutter«: »Auroville wird ein Ort der materiellen und spirituellen Forschung für die lebende Verkörperung echter menschlicher Einheit sein.«

Hörte sich ganz nach Jellie an. Anthropologen, wenn schon nicht alle, so doch viele von ihnen, haben einen starken Hang zu spirituellen Dingen, was wohl mit ihrem Metier zu tun haben mußte. Falls Jellie vor etwas davongelaufen war und nach geistiger Führung suchte, so wären der Ashram und Auroville ein guter Ausgangspunkt für seine Suche.

Da er eine Übernachtungsmöglichkeit brauchte, sah er sich in seinem Führer die Anzeigen an, während der Chauffeur weiter hupend und gestikulierend seinen Zickzackkurs fuhr.

> Anjantha-Gasthaus – Eine Oase des Luxus
> Hotel Aristo – Ein Hauch von Klasse, ein wahrhaft aristokratisches Erlebnis
> Hotel Ram International – Eine ganz neue Welt

Für westliche Augen und Ohren neigt der Inder dazu, etwas dick aufzutragen, von schlichten Übertreibungen ganz zu schweigen, und so machte Michael bei seiner Lektüre tüchtig Abstriche. Nicht, daß er pingelig gewesen wäre. Er hatte viele Nächte in kleinen indischen Hotels zugebracht, wo ein Loch im Boden als Toilette diente und man, falls es überhaupt eine Dusche gab, nur kaltes Wasser bekam. Nach einigen Nächten jedoch vergaß er, daß es etwas anderes gab als kalte Duschen und Löcher im Boden, und die Sache war erledigt. Eine heiße Dusche würde in traditioneller südindischer Blumigkeit die Behauptung »ein wahrhaft aristokratisches Erlebnis« rechtfertigen.

Er konzentrierte sich auf Jellie und versuchte sich ins Gedächtnis zu rufen, wie sie war und was sie bevorzugte. Wo würde sie absteigen? Das Park Guest House gehörte zum Ashram und vertrat somit eine unerbittliche Haltung gegenüber Tabak, Alkohol und menschlichen Schwächen im allgemeinen. Wenn man ihrem Telegramm Glauben schenken durfte, war Jellie zum Nachdenken hergekommen; ein Gästehaus mit Gärten, vegetarischem Restaurant und meditativen Untertönen würde sich für ein solches Unterfangen durchaus anbieten.

Anfänglich war Michael davon ausgegangen, daß Jellie problemlos zu finden wäre, falls sie in Pondicherry war. Weiße Haut fiel einem in fast ganz Indien sofort auf. Aber die Stadt war viel größer, als er sich das vorgestellt hatte, und wie es im Führer hieß, kamen viele Menschen aus dem Westen, um im erhabenen Geiste Sri Aurobindos und der »Mutter« zu baden. Und dann, wie Michael bereits überlegt hatte, war es in Indien besonders leicht unterzutauchen, falls man darauf aus war. Indien konnte einem ein schweigendes, undurchdringliches Gesicht bieten, so daß man davor stand, ohne zu sehen, was sich in seinem Inneren abspielte. Jellie kannte sich in Indien aus, offensichtlich hatte sie gute Verbindungen; sie würde schon wissen, wie sie sich zu verstecken hätte, falls sie es sich in den Kopf gesetzt hatte.

War man in Eile, konnte Indien einen zur Weißglut treiben. In Madurantakam kam der Fahrer zu dem Schluß, hier wäre eine Mahlzeit angebracht, und hielt vor einem Lebensmittelstand. Michael hatte keinen Hunger, trank jedoch eine Tasse Tee und aß einen der Schokoriegel, die er in Heathrow gekauft hatte. Die Leute scharten sich um ihn, jedoch in respektvoller Distanz, und starrten ihn an; die übliche Neugierde, weiter nichts.

Die Sonne stand mittags hoch und war unerbittlich. Er zog sich den alten Baumwollhut über und erwehrte sich der Kinder, die weniger besonnen waren als die Erwachsenen und irgend etwas – egal, was – von ihm wollten. Er kaufte noch einige Orangen und verteilte sie, obwohl sich die Kinder größere Wunder erhofft hatten – einen billigen Kugelschreiber aus Amerika zum Beispiel. Schweiß tränkte sein Hemd und lief ihm über Brust und Rücken. Michael wischte sich Gesicht und Nacken mit einem roten Halstuch ab, als sein Fahrer ihm Zeichen machte, daß es Zeit zum Weiterfahren war.

Eine Dreiviertelstunde später erreichten sie die Abzweigung, dann ging es südostwärts nach Pondicherry. Der Belag der neuen Straße war in noch schlechterem Zustand als jener, die sie eben verlassen hatten. Es handelte sich um eine Halbwüstenregion, und Palmen neigten sich über die Straße. Die Leute breiteten Getreidehalme auf der Straße aus, wo sie trockneten und die Reifen der Fahrzeuge als eine Art primitive Dreschmaschine dienten.

Endlich. Die Randbezirke von Pondicherry. Glaubte man der Karte, die hinten in seinem Stadtführer klebte, kamen sie auf der Jawaharlal-Nehru-Straße in die Stadt, offensichtlich eine der Hauptverkehrsadern. Michael entschied sich gegen das Gästehaus des Ashram, vor allem deshalb, weil er nicht sicher sein konnte, wie Jellie reagieren würde, wenn er plötzlich dort aufkreuzte. Falls sie ihn als erstes sah, zog sie sich womöglich mitsamt den Geheimnissen, die sie mit sich herumtrug, zurück; wußte sie erst einmal, daß er nach ihr suchte, würde er sie womöglich nie mehr finden.

Das Grand Hotel D'Europe, Rue Suffren 12, lag in der Gegend, in der der Ashram seine Werkstätten hatte, nicht weit vom Gästehaus. Ein alter Franzose führte es, ein gewisser Monsieur Maigrit, wie es im Führer hieß. Michael ging davon aus, daß die Verpflegung europäisch sein würde, was ihm nur recht sein konnte, da er bei einer rein indischen Ernäh-

rung für gewöhnlich rasch vom Fleisch zu fallen begann.
Michael machte seinem Fahrer Zeichen, anzuhalten, und zeigte ihm die Karte. Der Mann hatte Schwierigkeiten, sie zu lesen; er deutete nach vorn. Michael ließ ihn weiterfahren, und sie hielten an einer stark befahrenen Kreuzung, an der gut zweihundert Fahrräder an der Ampel auf Grün warteten. Der Fahrer nahm die Karte, stieg aus und sprach mit einigen Männern vor einem Teehaus. Es wurde gefuchtelt und gedeutet, Köpfe wurden geschüttelt. Das dauerte eine, zwei Minuten, dann kam der Fahrer wieder zurück. Er sagte etwas, das Michael nicht verstand, und machte dabei eine Zickzackgeste mit der Hand, was Michael als Zeichen dafür deutete, daß sie sich durch die Stadt arbeiten und dann nach rechts abbiegen sollten.
Ging man nach dem Stadtplan, schien das durchaus richtig. Also pflügten sie sich einen Weg die geschäftige Hauptverkehrsstraße von Pondy hinauf, bis sie in einer Rue St. Louis landeten, wo es nicht mehr weiterging. Der Fahrer stieg aus, die Szene mit den Armen, Händen und Köpfen wiederholte sich, dann kam er wieder. Einmal rechts, dann an einem großen Park vorbei, auf dessen Bänken, ihren Mützen nach zu urteilen, indische und französische Legionäre saßen. Noch einmal rechts, dann einige Blocks weiter, dann links. Auf einem Haus an der Ecke stand es gepinselt: *Rue Suffren.* Die Nummer 12 folgte einen halben Block später.
Michael klopfte an ein hohes Holztor. Ein alter Inder

in braunen Shorts und weißem Turban spähte heraus. »Zimmer?« fragte Michael.
Der Pförtner sah sich Auto und Fahrer an, dann wieder den großen und bis auf den Rucksack gepäcklosen Amerikaner in der zerknitterten Kleidung. Zögernd öffnete er das Tor und deutete Michael an, in den Hof zu kommen. Es war ein altes Haus voller Reben und Bougainvilleen. Maigrit, wenigstens hielt Michael den Mann dafür, erschien in der Tür. Michael verbeugte sich leicht. »Haben Sie ein Zimmer für einen müden Reisenden?«
Maigrit sah ihn an, antwortete jedoch nicht. Michael war gekommen, ohne zu reservieren, was er wahrscheinlich als schwerwiegenden Verstoß gegen die Etikette empfand. Michael konnte nur einige Brokken Französisch; was er als Voraussetzung für sein Doktorandenstudium hatte lernen müssen, war längst so gut wie vergessen. Aber er brachte ein ordentliches Lächeln aus dem mittleren Westen zustande, das ihn fast auf der ganzen Welt weiterzubringen schien, und machte einen weiteren Versuch: »Je voudrais une chambre?«
Maigrit erwiderte sein Lächeln; er erkannte Michaels Inkompetenz, honorierte jedoch seine Bemühungen. Ja, er habe ein Zimmer für 150 Rupien, etwa neun Dollar, die Nacht. Michaels Ansicht nach, hätte er mit einer Reservierung und etwas Gefeilsche ein Drittel oder gar die Hälfte weniger zu zahlen brauchen, aber er war müde, und das Haus sagte ihm zu.
Maigrit ließ ihn wissen, daß er mitten während der

täglichen Wassersperre gekommen sei, so daß er nicht baden könne, aber der *Boy*, der um die fünfundsiebzig war, würde ihm gern einen kleinen Eimer voll bringen, falls Monsieur Tillman sich frisch zu machen wünsche. Michael dankte ihm und sagte, das wäre ihm ausgesprochen lieb. Ob er etwas waschen lassen könne? Hemden könnten innerhalb von vier Stunden gewaschen und gebügelt werden, allerdings zum doppelten Preis. Der reguläre Preis sei achtzehn Cent pro Hemd.

Der *Boy* brachte Wasser, nahm die Hemden mit, und Michael wusch sich das Gesicht. Dann legte er sich auf das Bett und begann zu überlegen. Er war nun seit sechsundvierzig Stunden unterwegs, obwohl ihm sein eingebauter Abakus die Lüge auftischte, es wären weit mehr, einige Jahre vielleicht. Noch eine Woche zuvor war er in seiner Wohnung gesessen und hatte auf Jellies Rückkehr aus Syracuse gewartet. Noch vor zehn Tagen hatte sie nackt in seinem Bett gelegen. »Jellie, bist du irgendwo hinter diesen Mauern? Irgendwo in der Nähe – und lebst aus, was ich nie wissen durfte?«

10

Michael wachte kurz vor sechs auf, der alte Mann hatte ihn durch sein Klopfen geweckt. Er hatte fast vier Stunden geschlafen und stand steif, schwitzend und völlig erschlagen auf. Er öffnete dem Alten, nahm die Hemden entgegen und gab ihm ein Trinkgeld. Der alte Mann verbeugte sich und ging, sah Michael jedoch noch mit einem Blick über die Schulter nach.

Michael probierte die Wasserhähne aus. Das Wasser war wieder da, und er stellte zu seiner Überraschung fest, daß es aus dem linken Hahn warm tröpfelte. Er ließ die kleine Wanne vollaufen, rasierte sich und machte sich präsentabel: sauberer Körper, sauberes Hemd, frische Jeans.

Der Inhaber des Hotels saß auf der Veranda und las eine französische Zeitung. Was Michael als erstes brauchte, war ein flexibles Transportmittel. Ein Motorrad. Er hatte auf der Fahrt durch die Stadt einige kleinere Maschinen gesehen. Ja, ein kleines Motorrad könne er mieten, in einer Werkstatt an der Mahatma-Ghandi-Straße. Maigrit ließ den Pförtner eine Fahrradrikscha besorgen. Er sprach *tamil* mit dem Fahrer und gab ihm die Adresse. Maigrit erklärte ihm, die Fahrt werde einen Vierteldollar kosten, zehn Cent Trinkgeld seien angemessen.

Michael betrachtete die Muskelpakete an den Beinen des Mannes, der ihn durch die Straßen von Pondicherry radelte. Im Gegensatz zu so manchem aus der westlichen Hemisphäre, der nie in solchen Ländern gereist war und Rikschas mißbilligend fast mit Sklaverei gleichsetzte, sah Michael das anders. Würde man einen Rikschafahrer fragen, wie er darüber denke, er würde noch nicht einmal die Frage verstehen. Er verdiente damit seinen Lebensunterhalt, und solange man ihn bezahlte, fuhr er einen durchaus gern. Er hatte damit seinen Anteil am Wirtschaftsleben eines Ortes. Wie Michael einmal einem Kollegen erklärt hatte, dem derlei kolonialistisches Gebaren zuwider war: »Dann geben Sie doch dem Rikschamann, was Sie in New York für ein Taxi bezahlen müßten, vielleicht haben Sie dann das Gefühl, sich politisch korrekt zu verhalten.«

Indien ist in vielerlei Hinsicht ein »Abendland«. Gegen Ende des Tages legten sich Hitze und Staub, und die Straßen füllten sich. Die Geschäfte hatten bis in den späten Abend hinein geöffnet. Mit dem Einsetzen der Dämmerung begann die Zeit langer, gemächlicher Mahlzeiten und herzhaften Lachens in den Cafés. In der Sastry Street bog der Rikschafahrer nach links ab und radelte dann schnurstracks auf die Gandhi Road zu. Michael fühlte sich ungeschützt; er wollte nicht, daß Jellie ihn vielleicht dabei sah, wie er durch die Straßen von Pondicherry rollte.

Herrgott, dachte er, wenn das nicht merkwürdig ist. Da suche ich nach einer Frau, mit der ich geschlafen habe, einer Frau, die mir zahllose Male gesagt hat, wie sehr sie mich liebt. Und trotzdem mache ich mir Sorgen, sie könnte mich sehen. Ist schon eine komische Welt, Michael Tillman.

Die Firma, die die Motorräder vermietete, befand sich in einer kleinen Garage gleich neben der Cool-Cat-Coffee-Bar; alles war voll Schmierfett, überall lagen Ersatzteile herum. Michael fühlte sich gleich wie zu Hause. An der Tür lehnten zwei Maschinen, zwei weitere hatte man drinnen zerlegt. Michael konnte eine der beiden an der Tür nehmen. Er sah sie sich an. Sie warem vom selben Holz wie die Straßen, auf denen sie fuhren, mit anderen Worten: ziemlich ramponiert. Die alte Kawasaki sah aus, als würde sie's tun, und nach einigen Versuchen sprang sie auch an. Der Inhaber stand dabei und sah ihm, die Hände in die Hüften gestützt, zu. Ein Lächeln gab es nicht. Michael deutete auf die Werkzeuge, die herumlagen.

Zehn Minuten später hatte er die Kette angezogen und den Vergaser nachgestellt. Der Mann von der Garage grinste. Technische Kompetenz verschaffte einem immer Respekt. Michael bezahlte eine Kaution von fünfzig Dollar und stellte sich geistig schon mal auf den Linksverkehr ein. Dann schob er die Kawasaki hinaus in den Abendverkehr; es fuhr sich gut, nur daß er rasch das Gefühl hatte, ständig in die falsche Richtung zu fahren.

Er nahm dieselbe Strecke zurück zum Hotel, die er gekommen war, kaufte auf dem Weg zwei Plastikflaschen voll Wasser und parkte die Maschine im Hof des Hotels. An diesem ersten Abend wollte er zu Fuß gehen. Wenn er die Suche ausweiten mußte oder wenn er es eilig hatte, würde er das Motorrad nehmen.

Maigrit begrüßte ihn und machte ihm ein Kompliment für die schöne Maschine, die Michael sich ausgesucht habe. Michael holte Jellies Foto hervor und sagte, er sei auf der Suche nach ihr.

Maigrit sah sie sich an, dann wieder Michael und fragte schließlich: *»L'amour?«* Michael nickte lächelnd. Maigrit sagte, es tue ihm leid, aber er habe sie noch nie gesehen. »Es gibt hier viele Frauen aus dem Westen. Sie kommen in den Ashram. Auf der Suche nach Trost und innerem Frieden, vielleicht nach einer anderen Lebensweise.«

Der Franzose unterhielt zwar kein Restaurant mehr im Hotel, aber falls Michael europäische Küche wünsche, das Alliance Française sei nicht weit weg, gleich gegenüber dem Park Guest House. Es sei zwar ein Club, aber man nehme es mit den Regeln nicht allzu genau. Er solle einfach durchs Tor gehen, über den Hof und die Treppe hinauf.

Michael überlegte es sich zweimal, ob er hingehen sollte. Nicht, daß er sich allzu große Sorgen darum gemacht hätte, dort Jellie über den Weg zu laufen; schließlich dachte er ja, sie wolle wieder indisch leben und werde somit indisch essen oder, was noch wahrscheinlicher war, selbst kochen. Aber so schnell, wie sich in einer indischen Stadt etwas herumsprach, konnte er sich des Gefühls nicht erwehren, daß unter den Leuten aus dem Westen hier sofort die Nachricht die Runde machen würde, ein Mann in Jeans und Sandalen sei aufgetaucht, der jemanden zu suchen schien.

Aber da er Hunger hatte und auf die indische Küche noch nicht eingestellt war, ging er durch die ruhigen Straßen in die Richtung, die der Franzose ihm gewiesen hatte. In diesem Stadtteil saßen einige Leute auf den Stufen, aber die meisten Häuser waren von hohen Mauern umgeben. Zwei Weiße mit rasierten Köpfen und safranfarbenen Togen, die Beine von den Schenkeln abwärts bloß, kamen ihm entgegen und gingen vorüber, ohne auf ihn zu achten.

Als zwei weiße Frauen in indischer Kleidung den Bürgersteig entlangliefen, wandte er sich ab und ging die Straße zurück, die er eben gekommen war; er fühlte sich merkwürdig, gerade so, als sei er in eine internationale Spionageaffäre verwickelt. Jellie, was hast du nur aus mir gemacht? Ich war zufrieden, wenn auch nicht gerade im siebten Himmel, bevor wir uns kennenlernten, und jetzt laufe ich durch die Nebenstraßen Indiens auf der Suche nach dir, und

ein kleiner Teil von mir will dich noch nicht mal finden – aus Angst vor dem, was du sagen könntest, Angst vor den Plänen für den Rest deines Lebens.
Vor dem Tor der Alliance Française stand ein Posten. Michael deutete auf seine Brust, dann nach innen und sagte: »Restaurant?«
Der Posten nickte und wies ihn durch das Tor. Im Hof gab es Bäume und Blumen. Auf der einen Seite sah er eine gemauerte Plattform, auf der eine Inderin zum Rhythmus eines Trommlers tanzte, der mit gekreuzten Beinen im Schatten hinter ihr saß.
Außer den beiden war niemand im Hof, aber aus dem Haus vor ihm hörte er ein Akkordeon, das eine französische Melodie spielte. Michael sah der Tänzerin einen Augenblick lang zu. Sie war sich seiner Anwesenheit nicht bewußt, hielt einen Augenblick später inne und sprach mit dem Trommler, der daraufhin einen etwas anderen Rhythmus anschlug.
Im Erdgeschoß des Hauses gab es eine Toilette und eine Ausstellung von Schwarzweißfotos an den grauen Wänden. Aus der Etage darüber kamen Musik und Gelächter, also ging er hinauf und gelangte ins Restaurant. Es war zur Hälfte überdacht, die andere Hälfte lag unter dem Abendhimmel. Kellner in weißen Uniformen sausten herum, ein junger Inder in dunklen Hosen und lila Hemd kam auf Michael zu und sprach ihn auf Französisch an. Michael lächelte und sagte: »Dinner, please?«
»Eine einzelne Person?« Sein Englisch war ausgezeichnet.

Michael nickte.
»Ziehen Sie innen oder außen vor?«
»Außen, bitte.«
Der Oberkellner plazierte Michael an einem kleinen Tisch in der Ecke. Michaels Ankunft hatte dafür gesorgt, daß einige Neugierige den Kopf wandten, aber man nahm sowohl das Lachen, als auch das Essen und Trinken rasch wieder auf. Er bestellte sich ein Bier und einen Hähnchenspieß von dem offenen Grill auf der anderen Seite des Raums. Die Sterne waren aufgetaucht, und mit dem Nachtwind kam der Duft des Jasmins; er saß allein da und starrte auf seine Hände.
Das Essen war exzellent, es gab dazu Reis und französisches Brot. Danach Schokoladenkuchen mit einem guten, starken Kaffee. Er fühlte sich langsam wieder wie ein richtiger Mensch. Als er hinausging, hatte ein älterer Mann die Schicht des Oberkellners übernommen. Als Michael auf ihn zuging, lächelte er herzlich.
»Hat Ihnen das Essen geschmeckt?«
Michael sagte ihm, es sei ausgezeichnet gewesen, dann zeigte er ihm das Foto von Jellie. Der Oberkellner sah es an, dann Michael, wiederholte das Ganze und hörte auf zu lächeln.
»Haben Sie sie gesehen?« fragte Michael.
Der Oberkellner starrte ihn an, antwortete jedoch nicht.
»Ich suche nach ihr; es ist sehr wichtig, daß ich sie finde.«

Der Mann zündete sich eine Zigarette an, warf einen weiteren Blick auf das Bild und gab es Michael dann zurück. »Vor langer Zeit, vielleicht.«
»Wie lang? Eine Woche? Wie lang?«
»Lange. Zehn, fünfzehn Jahre. Schwer zu sagen. Die Frau, an die ich denke, war viel jünger. Entschuldigen Sie, ich habe zu tun.«
Michael holte tief Luft. Er überlegte. Der Mann hatte ihn und das Foto angesehen, und sofort war aus der Freundlichkeit eine kurz angebundene Abfuhr geworden, fast als hätte der Oberkellner Jellie erkannt und Michael so rasch wie möglich loswerden wollen. Als Michael durch die dunklen, stillen Straßen zu seinem Hotel zurückging, war er immer noch am Überlegen.
Zwei Tage lang wanderte er in Pondicherry umher, ohne einen Plan für seine Suche zu haben. Am dritten Tag fuhr er mit dem Motorrad hinaus nach Auroville, das jedoch aus kleinen Siedlungen und einzelnen Häusern bestand, die über viele Kilometer verstreut waren. Falls sie hier war, würde er sie niemals finden. An den frühen Abenden setzte er sich in der Nähe vom Hotel des Ashrams auf den Kai und beobachtete die Leute, die zum Essen kamen. Er versuchte mit der strengen Frau an der Rezeption des Gästehauses ins Gespräch zu kommen, aber es hatte keinen Sinn. Die Leute, die sich hier einmieteten, waren auf der Flucht, sie wollten ihre Ruhe haben. Als Michael ihr Jellies Foto zeigte, schüttelte die Frau den Kopf und widmete sich wieder ihren Kladden.

Er kam nicht weiter und bat Maigrit um den Weg zum College, von dem er in seinem Führer gelesen hatte. Maigrit fuhr mit dem Finger über den Stadtplan, zeigte Michael, wo es lag und wie er hinkam. Michael schob die Kawasaki aus dem Hof des Hotels, trat auf den Starter und fuhr in Richtung Norden davon.

Das College lag in einem schäbigen Viertel von Pondicherry. Als er auf dem kleinen Campus herumfuhr, erspähte Michael ein verwittertes Schild mit der Aufschrift »Schule für Management«. Zeit, seine Referenzen vorzulegen. Er stellte sich einer Sekretärin vor, der er sagte, wer er sei. Eine Situation, in der Titel halfen. Inder liebten Referenzen über alles, und Professoren kamen gleich danach. Sie ging den Flur entlang in ein Büro, und als sie nach kaum einer Minute wieder zurückkehrte, hatte sie einen kleinen, dicken Inder jenseits der Fünfzig im Schlepptau. Er trug eine Brille und eine Krawatte, die ihm noch nicht mal bis auf den Bauch reichte.

Ein freundliches Lächeln. »Ah, Dr. Tillman, wie schön von Ihnen, uns zu besuchen.«

Er wollte alles über Michaels akademischen Werdegang wissen. Michael zählte ihm seine Titel und Studiengänge auf, ungeduldig, endlich zum Grund seines Besuchs zu kommen. Aber in Indien legte man großen Wert auf Artigkeiten mit einem gerüttelten Maß an Pomp, so daß ihm nichts anderes übrig blieb, als die Fragen zu beantworten. Es dauerte nicht lange, und zwei Wirtschaftswissenschaftler gesellten sich zu ihnen; kurz darauf servierte die Sekretärin Tee. Einer der Professoren entschuldigte sich, er sei sofort wieder zurück. Als er wiederkam, trug er ein Exemplar des *Atlantic* in der Hand. Er hatte Michaels Artikel über Steueranreize aufgeschlagen. Er deutete darauf, dann auf Michael. »Haben Sie das etwa geschrieben, Dr. Tillman?« Michael nickte. Worauf der Professor lächelte – von einem Ohr zum anderen. »Eine ausgesprochen brillante Arbeit. Sehr gut, wirklich.«

Die Bestätigung seiner Glaubwürdigkeit verschaffte Michael eine solide Basis, und dann hatte er es hier mit gescheiten und braven Leuten zu tun. Ohne groß ins Detail zu gehen, erzählte er ihnen von seiner Suche nach Jellie; er sagte ihnen lediglich, daß es ungeheuer wichtig sei, sie zu finden. Auf dem Foto erkannten sie sie nicht, aber als Michael Jellies Interesse an Anthropologie erwähnte, ließ der Leiter des Seminars seine Sekretärin kommen und sprach mit ihr auf dem Flur.

»Ich habe meine Sekretärin gebeten, eine Kollegin aus der Anthropologie zu rufen, mit der Sie sich unterhalten können. Wir haben hier in Pondicherry im Augenblick eine ganze Reihe von anthropologischen Projekten laufen. Vor allem die Franzosen sind auf diesem Gebiet sehr interessiert. Sie haben vor einigen Jahren ein Institut ins Leben gerufen, mit dem unser College zusammenarbeitet.«

Zehn Minuten später erschien eine Frau auf der Schwelle. Sie war um die Vierzig und trug einen rosa

Sari. Der Seminarleiter stand auf und stellte sie als Dr. Dhavale vor, Professorin für Anthropologie. Jellies Foto lag auf dem Tisch. Es zeigte langsam, aber sicher die ersten Spuren der hundert Finger, durch die es während der letzten paar Tage gegangen war. Die Anthropologin nahm es sofort in die Hand, warf einen Blick darauf und sah dann Michael an.

Sein Herz wurde um zwanzig Schläge schneller. »Besteht die Möglichkeit, daß Sie die Frau auf dem Bild kennen?«

Die Miene der Professorin war unbewegt. »Sie sagen, Sie heißen Tillman? Michael Tillman?«

»Ja.«

»Aus einem Ort namens Cedar Bend?«

Sein Puls schoß um weitere zehn Schläge in die Höhe. »Ja.«

»Kann ich bitte mit Dr. Tillman einige Worte unter vier Augen sprechen?« Die Frage galt dem Seminarleiter.

»Aber selbstverständlich, Dr. Dhavale. Dr. Tillman, können wir Sie dazu überreden, ein oder zwei Vorträge zu halten, während Sie in der Stadt sind? Ich weiß, sowohl unsere Studenten als auch der Lehrkörper würden sich glücklich schätzen.«

Sie hatten ihm geholfen. Nein zu sagen, war ein Problem, nicht nur weil es unhöflich gewesen wäre, er war ihnen auch verpflichtet. »Dr. Ramani, irgendwann werde ich das mit Freuden nachholen. Vorerst jedoch darf ich keinen Augenblick zögern, Mrs. Braden zu finden. Wenn ich sie aufgespürt habe und wieder in Pondicherry sein sollte, kann ich mich dann mit Ihnen in Verbindung setzen und die Termine vereinbaren?«

»Ja, ja, gewiß. Wir verstehen das, auch wenn wir enttäuscht sind, daß Sie uns so eilig wieder verlassen müssen. Bitte lassen Sie uns wissen, wann Sie Zeit für einen Vortrag bei uns haben, wir gestalten dann einen hübschen Nachmittag mit anschließendem Empfang.«

Michael sagte zu und folgte dann Dr. Dhavale aus dem Gebäude, über einen Hof und schließlich in einen anderen Bau, in dem ihr winziges Büro lag. Zum ersten Mal seit zweiundsiebzig Stunden war er nicht müde.

Sie setzte sich ihm gegenüber hinter ihren Schreibtisch, ihre schwarzen Augen waren ebenso kühn wie kühl; sie schätzte ihn ab. »Jellie Markham und ich, wir haben uns vor vielen Jahren angefreundet, als sie wegen ihrer Dissertation hier war.« Sie benutzte Jellies Mädchennamen und sprach den Vornamen französisch aus: Jel-*leÿ*. »Wir haben all die Jahre korrespondiert und sind in enger Verbindung geblieben.«

Michael sagte nichts, aber er begann zu verstehen, wie dumm er die letzten drei Tage über gewesen war, Jimmys Namen zu benutzen und *Jellie* auf die amerikanische Art auszusprechen. Selbst wenn jemand sie gekannt hätte, er hätte die Namen nicht verstanden, wenn sie in Pondicherry unter der französischen Version lebte. Was natürlich nur logisch

war, bedachte man die französische Atmosphäre, die die ganze Stadt durchdrang.
»Dr. Dhavale, ich bin dreiundvierzig. Ich habe viele Jahre gebraucht, bis ich soweit war, für jemanden das empfinden zu können, was ich für Jellie empfinde. Ich liebe sie, ich muß sie finden, und ich brauche Ihre Hilfe dazu.«
Die Anthropologin musterte ihn, als versuche sie sich zu entscheiden, welche Note sie ihm für seine Semesterleistung geben sollte. »Ich möchte Jellies Vertrauen nicht mißbrauchen, so daß ich nicht sicher bin, wieviel ich Ihnen sagen soll, Mr. Tillman. Aber ich weiß, daß Jellies Gefühle für Sie sehr stark sind. Ihr Leben war kompliziert, komplizierter, als Sie es sich vorstellen können. Aber diese Dinge muß sie Ihnen selbst erzählen, falls sie das will. Sie hat Ihnen einen Brief geschrieben, in dem Sie Ihnen meinen Namen und meine Adresse genannt hat, für den Fall, daß Sie mit ihr in Verbindung treten wollen. Aber ich glaube nicht, daß sie geahnt hat, wie schnell Sie auf meiner Schwelle stehen würden. Haben Sie ihren Brief bekommen?«
»Nein. Ich muß wohl abgereist sein, bevor er in Cedar Bend ankam. Ich habe Sie ganz zufällig gefunden.«
»Ich sehe mich in einer schwierigen Lage, Dr. Tillman, bitte verstehen Sie das. Ich möchte Ihnen helfen, aber ich möchte Jellie nicht verärgern und unsere Freundschaft aufs Spiel setzen, indem ich Ihnen sage, was ich nicht sagen sollte. Ich weiß, es war schmerzlich für sie, sich nicht richtig von Ihnen

verabschiedet zu haben.« Chitra Dhavale blickte zum einzigen Fenster hinaus, das der Raum hatte, ein verstaubtes Fenster, dann wandte sie sich wieder Michael zu. »Sie ist vor einigen Tagen nach Thekkady abgereist. Haben Sie schon mal davon gehört?«
»Nein.«
»Das ist ein Dorf ganz in der Nähe des Periyar-Sees, einer wunderschönen Gegend. Jellie hat mir erzählt, Sie hätten eine Zeitlang in Südindien zugebracht, da dachte ich, Sie hätten vielleicht davon gehört. Sie wohnt bei einer Familie Sudhana in der Nähe von Thekkady.«
»Darf man fragen, was sie dort macht? Wissen Sie das?«
»Ich weiß es, aber das gehört zu den Dingen, die zu sagen mir nicht zustehen, und ich fürchte, ich habe ihr Vertrauen bereits mißbraucht, indem ich Ihnen das erzählt habe.«
»Wie komme ich am besten dorthin, nach Thekkady? Welches wäre die beste Route?«
»Sie könnten wieder zurück nach Madras fahren und dann nach Cochin oder Madurai fliegen, und von dort einen Wagen nehmen. Besser, wenn auch anstrengender, wäre es wahrscheinlich, gleich hier von Pondicherry aus den Nachmittagszug zu nehmen. Es ist nur eine Schmalspurbahn, so daß Sie damit lediglich bis zum Knotenpunkt Villupuram kommen. Der liegt etwa vierzig Kilometer von hier. Von dort aus nehmen Sie den Postzug nach Trivan-

drum Richtung Süden bis Madurai. Dann können Sie mit dem Bus fahren oder einen Wagen mit Fahrer mieten, der Sie nach Thekkady bringt. Es ist eine beschwerliche Reise, Dr. Tillman, aber wahrscheinlich auch die schnellste Route. Ihre Alternative, der Flug von Madras aus, könnte sich als frustrierend erweisen. Womöglich kommen Sie dort an und finden einige Tage lang keinen Platz in der Maschine.« Sie sah auf die Uhr. »Es ist kurz vor zwölf. Wenn Sie sich beeilen, Dr. Tillman, dann bekommen Sie noch den Ein-Uhr-Zug nach Villupuram. Ich kann mich des Gefühls nicht erwehren, daß Sie es kaum noch erwarten können, wegzukommen, habe ich recht?« Sie schenkte ihm ein warmes Lächeln. »Falls Sie Jellie Markham finden, dann erzählen Sie ihr bitte von meinem Zwiespalt und bitten Sie sie, mir zu vergeben, falls es ein Fehler war, Ihnen zu sagen, wo sie ist.«

»Das werde ich. Ich danke Ihnen, Dr. Dhavale.«

Als er schon auf der Schwelle ihres Büros war, rief Chitra Dhavale: »Dr. Tillman?« Er blieb stehen und wandte sich um.

»Kann sein, daß Jellie sich weder Braden noch Markham, sondern Velayudum nennt. Fragen Sie mich nicht, warum. Akzeptieren Sie einfach, was ich Ihnen gesagt habe. Und eines sollte ich vielleicht noch hinzufügen: Falls Sie sie finden, so mögen Ihnen die Umstände vielleicht etwas befremdlich erscheinen; vielleicht sind sie sogar eine herbe Enttäuschung für Sie – zumindest aber werden Sie sie als beunruhigend empfinden. Wie ich schon sagte, Jellie hatte ein kompliziertes Leben.«

Womit endlich alles geklärt war: Er würde den Postzug nach Trivandrum südwärts bis Madurai nehmen und dann ein Auto Richtung Westen.

11

Thekkady liegt an der Grenze zwischen den beiden Bundesstaaten Tamil Nadu und Kerala im südwestindischen Hochland. Am Stadtrand steht ein Tor mit einer roten Schranke über der Straße, die Michael an den alten Checkpoint Charlie in Berlin erinnerte. Der Fahrer hielt an und trat in ein kleines Büro gleich an der Straße. Michael hätte sich nicht gewundert, Richard Burtons Stimme mit einem Satz aus einem Le-Carré-Roman zu hören – irgend etwas über einen Mann, der heute abend aus dem Osten herüberkäme. In dem Büro war auf einmal der Teufel los. Der Fahrer hatte zwar seine Papiere vorgezeigt, aber offensichtlich war das Überschreiten einer inneren Grenze eine nicht weniger große Angelegenheit als das Überschreiten einer Staatsgrenze. Nach dem, was Michael so mitbekam, weigerten sich die Behörden Keralas, den vielgepriesenen indischen Einheitsführerschein anzuerkennen.

Michael stieg aus und lehnte sich gegen den Wagen. Weitere Worte, die schließlich in Geschrei und vermutlich auch Drohungen ausarteten. Er deutete auf die Schranke, hob seinen Rucksack und fragte in Zeichensprache, ob er passieren dürfe. Aber es war komplizierter, als er gedacht hatte: Erst eine Zwanzig-Dollar-Note auf die Hand des Grenzers verschaffte ihm die Erlaubnis. Vorher bezahlte er noch seinen Fahrer. Bakschisch nennt man so etwas; das ist überall so und ist immer so gewesen.

Kühle Bergluft und eine dünne gelbe Sonne, ein stilles Dorf am Nachmittag, eine staubige Straße. Michaels Stiefel hinterließen tiefe Abdrücke. »He, Boß, du wollen fahren See?« Ein junger Inder neben einem Jeep.

Michael warf einen Blick auf den Namen, den er sich in sein Notizbuch geschrieben hatte, dann ging er auf den Mann mit dem Jeep zu und sagte: »Vielleicht. Erst Leute finden. Sudhana.«

»Nein, Boß, wir nur fahren See.« Er schlug gegen die Seite des Jeeps. »Zweihundert Rupien für die Fahrt. Ist schön da.«

Es mochte schön sein, aber Michael wollte nun mal nicht hin. Er hielt drei Hundert-Rupien-Noten hoch. »Erst Haus von Sudhana finden. Dann noch zweihundert, wenn ich zu See will.« Wie sich herausstellte, mußte der Jeep ja vielleicht doch nicht unbedingt zum See.

Der junge Mann jedenfalls hatte es nicht eilig und begann sich mit einigen anderen zu unterhalten, die nur herumstanden. Sie sahen Michael an und lachten. Diese jungen Burschen fühlten sich immer stark in Gruppen. Sie wußten, daß er Geld dabei hatte, viel Geld für ihre Begriffe. In seinem Gürtel unter dem zerknitterten Buschhemd trug er ein kurzes Jagdmesser, das er in diesem Teil der Welt stets mit sich führte. Er spürte den Griff, der ihm ins Kreuz drückte.

Vor einigen Jahren, am späten Abend, hatte er das Messer in Mysore, nördlich von hier, einem Taxifahrer an den Hals gehalten, als es zur Sache ging, weil eine Horde junger Witzbolde den Fahrer anstachelte, Michael und seine Begleiterin aus dem Taxi zu werfen. Als der Fahrer aus Mysore die Klinge an der Haut spürte, ließ er die Kupplung kommen, als hätte er einen Muskelkrampf, so daß sich zwei der vorlauten Bengels auf das Hinterteil setzten.

Ein älterer Mann kam aus einem Laden und rief etwas. Soweit Michael verstand, gehörte der Jeep ihm; er befahl den jungen Kerlen, sich zu benehmen und wieder an die Arbeit zu gehen. Es folgte ein Geplapper in mehreren Dialekten, wobei mehrmals der Name *Sudhana* fiel. Der ältere Mann schrieb etwas auf ein Stück Pappe und reichte es dem jüngeren, der Michael »Boß« genannt hatte. Er kam zum Jeep herüber, grinste, klopfte auf den Rücksitz und deutete Michael mit einer Kopfbewegung an, einzusteigen. Der junge Kerl und einer der anderen Flegel im selben Alter setzten sich auf die Vordersitze.

Dann holperten sie auch schon die ungeteerte Straße

entlang, bis sie in südlicher Richtung auf eine andere Straße abbogen, die hoch über einem reißenden Gebirgsbach entlangführte. Eine Schleife nach der anderen ziehend, schlängelte sich die Straße um einen niederen Berg; dann ging es links eine kleinere Straße hinauf. Vor einem Haus, dessen Dach und Wände mit Blech geflickt waren, sprang er auf die Bremse. »Sudhana, da!« Er wies auf das Haus. »Zigaretten?«

Michael gab jedem der beiden eine amerikanische Zigarette, die in diesem Teil der Welt puren Luxus darstellten. Die beiden steckten sie sich sofort an, und Michael ging auf unsicheren Beinen auf das Haus zu. Die alten Zweifel? War er hier richtig? War es richtig, was er da tat? Jellie, schick mich nur nicht weg, alles, nur das nicht. Was immer hier vor sich geht, laß mich daran teilhaben.

Stirn und Augen einer alten Frau erschienen über dem Fensterbrett, verschwanden aber sofort wieder, als sie einen stattlichen weißen Mann auf sich zukommen sah. »Sudhana?« rief Michael. Nichts. »Jellie? Jellie, ich bin es, Michael.« Noch immer nichts. Dann öffnete sich die Tür einen Spalt, und die Alte spähte heraus. Sie sagte etwas, aber so schnell, daß er nichts verstand. »Jellie ... Jel-*leÿ*. Jellie ... Jel-*leÿ*.« Er sagte ihren Namen immer wieder, dann fügte er noch den Nachnamen an, den sie laut Dr. Dhavale angenommen haben könnte. Die Worte kamen ihm merkwürdig vor. »Jellie *Velayudum*. Jel-*leÿ Velayudum*.«

Die Frau schüttelte den Kopf; sie sprach rasch und krächzend und wies dabei auf das Haus. Großer Gott, es war doch hoffentlich nichts passiert, oder? Lag Jellie im Haus?

Der Fahrer stolzierte herüber zu Michael, der die Mauer zwischen zwei Kulturen zu überklettern versuchte. »Zigarette, Boß? Ich weiß, was die alte Frau sagt.« Wieder ein Bakschisch. Auf die Dauer ging einem das etwas auf die Nerven. Es waren ihm dabei weder das Geld noch die Glimmstengel wichtig, es war die verfluchte Arroganz, die ihn aufbrachte, die Erpressung.

Michael schenkte ihm eine halbe Schachtel Merits. »Sie sagen, Frau mit Namen Jel-*leÿ* ist in altes Jagdhotel in Mitte von See, heißen Lake Palace Hotel. Sie wollen hin?«

Michael nickte, und der Fahrer warf sich in seinen Jeep. Sie fuhren um den Berg herum und kamen wieder auf die Straße, die den Fluß entlangführte. Sieben Minuten später rumpelte der Jeep über eine Kuppe, und sie hatten in der Ferne, blau und still, den Periyar-See vor sich.

Am Aranya Nivas, einem Hotel, hundert Meter vom Ufer des Sees entfernt, ließ der Fahrer Michael aussteigen. Er wollte weitere Zigaretten, doch Michael sagte ihm, er solle sich zum Teufel scheren. Michael Tillman hatte diese aufgeblasenen jungen Kerle satt, egal, aus welchem Land sie kamen, und das erklärte er ihm auch. Er war zu passiv gewesen, viel zu sehr darauf bedacht, Jellie zu finden, um sich gegen derlei

Unfug zu wehren. Angesichts des Zorns auf Michaels Gesicht, zog der Fahrer sich zurück und manövrierte den Jeep rückwärts die Zufahrt zum Hotel hinaus.

Michael ging hinein, schmutzig und müde. Die Frau an der Rezeption war perfekt gestylt, türkisfarbener Sari und ein Gesicht, hinter dem daheim in den Staaten sofort tausend Porschefahrer hergewesen wären. Sie war höflich und effizient; genau das, was ihm langsam, aber sicher gefehlt hatte. Er erkundigte sich nach dem Lake Palace. Sie sagte ihm, es handle sich um das ehemalige Jagdhaus eines Maharadschas mit nur sechs Gästezimmern, die von hier, vom Aranya Nivas aus, zu reservieren seien. Während sie das Buch durchblätterte, starrte Michael auf ein Foto an der Wand hinter ihr. Es war eine schon etwas verblaßte, aber nach wie vor wunderschöne Aufnahme eines Tigers, der an einem dunstigen Morgen aus dem Steppengras lief. Es war mit *Robert Kincaid* signiert.

Die Angestellte sagte, für die kommenden vier Nächte seien Zimmer frei. Danach sei es für eine ganze Woche ausgebucht. Drei europäische Mahlzeiten pro Tag seien im Preis enthalten.

Die große Frage. Er stellte sie. »Ich soll im Lake Palace eine Frau treffen. Ich frage mich, ob sie wohl schon da ist. Sie heißt Jellie ... Jeh-*leÿ*. Ich nehme an, sie hat sich unter dem Namen Velayudum eingetragen, obwohl sie auch unter Markham oder Braden abgestiegen sein könnte.« Es hörte sich alles ziemlich verdächtig an, nach Heimlichkeiten, aber er hatte sich nun einmal entschlossen, nichts unversucht zu lassen.

»Drei der Zimmer sind im Augenblick belegt.« Sie hob den Kopf. »Und Sie sagen, Sie wollen sich mit jemandem treffen?«

»Ja. Es war nur nicht ganz sicher, wann ich kommen würde.«

»Ich habe hier Gäste namens Velayudum. Zwei Leute sind unter dem Namen eingetragen.«

Michael taumelte. All die Monate, all die Meilen, all die Träume. Dreiundvierzig, und jetzt stand er da wie ein Idiot, weil Jellie unter einem indischen Namen abgestiegen war und das Zimmer mit jemandem teilte – höchstwahrscheinlich mit einem Mann namens Velayudum, den sie noch von ihrer Zeit in Indien her kannte. Jellie – was gibt es sonst noch, was ich nicht weiß?

Michael würde nie vergessen, wie allein er sich in diesem Augenblick gefühlt hatte, unglaublich allein und einsam und weggeworfen. Man mußte es ihm angesehen haben, da die Frau ihn fragte: »Sir, wollen Sie noch ein Zimmer im Lake Palace?«

Er konnte zurück nach Madurai, nach Madras fliegen und seinen Rückflug umbuchen lassen. Dann dachte er: Das ist doch nur deine törichte männliche Eitelkeit, Tillman. Du denkst einfach nicht klar, du hast Angst, was du da mitten auf dem See vorfinden könntest. Du wirst nirgendwo hinfahren. Du fährst zu diesem Hotel hinaus und bringst diese Geschichte – koste es, was es wolle – zu Ende.

»Tragen Sie mich bitte für eine Nacht ein. Das Hotel liegt auf einer Insel, ist das richtig?«

»Ja, wir nennen es eine Insel. Ein schmaler Streifen Sumpf verbindet sie mit dem Festland. Von der Anlegestelle sind es zwanzig Minuten mit dem Boot.«

»Mit welchem Boot, welcher Anlegeplatz?«

»Wenn Sie zur Tür hinausgehen, rechts und dann den Weg hinab. Sie sehen dort ein kleines Haus mit einem Schild, »Naturschutzgebiet Periyar«. Dort kaufen Sie Ihre Karte. Der Angestellte wird Ihnen das richtige Boot zeigen. Die Insel ist eines der größten Tigerreservate Indiens, und da Sie dort bleiben, müssen Sie außerdem Eintritt für das Reservat bezahlen. Wenn Sie eine Safari in den Dschungel mitmachen wollen, können Sie sich am Bootsschalter auch gleich einen Führer bestellen. Ohne Führer dürfen Sie den Grund des Hotels nicht verlassen, da es dort viele große Tiere gibt, so daß das zu gefährlich wäre.«

Als Michael sich zum Gehen wandte, fragte er: »Wurde das Foto hinter Ihnen hier aufgenommen?«

»Ja, auf der Insel, wo das Lake Palace liegt. Ich habe gehört, der Fotograf, der es gemacht hat, kam bis vor einigen Jahren oft hierher und stieg dabei immer im Lake Palace ab.«

Er lief den Weg zum Reservierungsbüro hinunter. Hunderte von indischen Touristen wimmelten auf dem Anlegesteg weiter unten; auf dem Wasser schaukelten mehrere Ausflugsdampfer. Michael reichte dem Wildhüter im Büro den Beleg über sein Zimmer. Er übergab ihm ein Ticket für das Boot und sagte,

Michael solle den Beleg des Hotels dem Steuermann der *Miss Lake Periyar* zeigen. Der würde ihn dann am Hotel absetzen.

Das reinste Chaos. Reisen war nie einfach in Indien, aber das hier war ein Problem für sich. Es gab drei Ausflugsdampfer, zwei von ihnen nahmen eben Ladung und Passagiere an Bord, der andere war bereits voller indischer Touristen. Zweihundert künftige Passagiere, Träger und deren Anhang drängten sich auf dem Steg. Das bereits beladene Boot hatte die *Miss Lake Periyar* auf der Steuerbordseite stehen.

Er kämpfte sich durch die Menge, ging an Bord und zeigte einem der Matrosen den Beleg des Hotels. Was diesen nicht weiter zu interessieren schien, aber er nickte und deutete Michael mit einer Kopfbewegung an, sich einen Platz zu suchen. Das alles beherrschende Gefühl einer Indienreise ist, nie genau zu wissen, was los war, und Michael hatte ernsthafte Zweifel daran, daß der Steuermann benachrichtigt und man ihn am Hotel absetzen würde.

Das Boot hatte zwei Decks, ein verglastes unten und ein offenes oben. Es gab keine Sitzplätze mehr, aber dafür um so mehr Geschrei, Gelächter und Rufe für jene, die auf dem Anlegesteg zurückgeblieben waren; es war infernalisch. Kinder rannten die Treppen zwischen den beiden Decks hinauf und hinunter; Leute stiegen noch einmal aus, um sich mit den Zurückbleibenden zu unterhalten, dann kamen sie wieder an Bord.

Der Matrose, mit dem Michael gesprochen hatte,

machte vernünftigerweise den Versuch, die Menge unter Kontrolle zu bekommen, scheiterte jedoch kläglich. Der Andrang war einfach zu groß. Wie, so überlegte Michael, wollten diese Leute vom Boot aus am Ufer Tiere sehen, falls das der Hauptgrund für die Rundfahrt war. Der Kahn würde sich anhören wie die übersetzende Armee eines Pharao.

Als sich die Maschine zu drehen begann, griff der Matrose schließlich hart durch und befahl den Leuten, sich auf ihre Plätze zu begeben und hocken zu bleiben. Michael blickte sich ein weiteres Mal um, aber sämtliche Sitze waren belegt. Schließlich ließ er sich auf der Treppe zum Oberdeck nieder, zusammen mit einem Jungen, der nur eine Stufe unter ihm saß. Der Junge verdrehte den Hals, um einen Blick auf Michael werfen zu können, während Michael auf das Wasser hinausstarrte.

Das Boot bewegte sich von der Anlegestelle weg und tuckerte langsam auf den riesigen schmalen See hinaus, ein Wasserreservoir, das sich über viele Meilen hinter dem Periyar-Damm erstreckte, den die Briten 1895 gebaut hatten. Aus kleinen Lautsprechern, die hier und da auf dem Schiff montiert waren, klangen Erklärungen, manchmal auf Englisch, manchmal in einer der vielen indischen Sprachen. Man sagte den Passagieren, es bestünde die Möglichkeit, daß sie verschiedene Tiere zu sehen bekämen, von Leoparden über Tiger und Elefanten bis hin zu Wildschweinen. Michael dachte, wenn sie überhaupt Tiere zu sehen bekämen, dann welche, die sich kugelten vor

Lachen beim Anblick der merkwürdigen Säuger in diesem alten grünen Kasten, der schon vor zwanzig Jahren abgesoffen sein müßte.

Es war mittlerweile später Nachmittag. Michaels Boot und die beiden, die hinterherfuhren, absolvierten die letzten Rundfahrten des Tages. Die Ufer säumte dichter Dschungel, den nur hin und wieder eine knapp zwanzig Meter breite Schlammschneise durchbrach, die ans Wasser führte. Michael stand einen Augenblick auf und sah einen hohen baumbestandenen Hügel, der aussah, als befinde er sich mitten auf ihrem Kurs.

Zehn Minuten später rüttelte der Matrose Michael am Knie und sagte: »Lake Palace.« Michael war so verkrampft, daß sein Atem stoßweise kam; man hätte meinen können, er hätte einen langen Sprint hinter sich, was wohl in gewissem Sinn auch zutraf. Michael Tillman kam an einem Dezembernachmittag über das von der Sonne erleuchtete Wasser Indiens, ängstlich angesichts dessen, was er wohl vorfinden würde.

Ein hölzerner Anlegesteg ragte etwa fünf Meter aus dem Ufer der Insel; dahinter sah er eine breite Steintreppe im dichten Wald verschwinden. Durch Lükken im Laub war ein langes rotes Schindeldach zu sehen, und auf dem Steg stand ein indischer Junge von vielleicht fünfzehn Jahren. Die Rezeptionistin vom Aranya Nivas hatte per Funk im Hotel Bescheid gesagt, daß mit der *Miss Lake Periyar* ein Gast kommen würde.

Der Steuermann brachte das Boot gekonnt längsseits

des Stegs, und Michael sprang von Bord. Der Junge deutete auf den Rucksack an Michaels Schulter, und Michael reichte ihn ihm. Sie machten sich an den langen Aufstieg hinauf zum Hotel, das etwa fünfzig Meter über ihnen thronte. Auf halbem Weg berührte Michael die Schulter des Jungen und machte ihm Zeichen, daß er einen Moment anhalten wolle.

Er setzte sich auf eine hölzerne Bank neben der Treppe, legte den Kopf in die Hände und dachte nach. Er versuchte sich vorzustellen, was ihn am Ende der Treppe erwarten würde, und überlegte, wie er, was auch immer es wäre, damit umgehen sollte. Der Junge stand geduldig da und spähte in den Dschungel.

Nach einer oder zwei Minuten stand Michael auf, und sie setzten ihren Weg fort. Oben angekommen, folgte er dem Jungen über einen Saum roten Lehms, den man rund um die Herberge aus dem Dschungel geschnitten hatte. Zu Michaels Rechter saß ein indisches Paar auf der Veranda vor ihrem Zimmer. Sie tranken Tee, hielten aber inne, um den Neuen zu beobachten, der über den Lehmgürtel und auf die Veranda zukam. Der Geschäftsführer erschien mit einem Zimmerschlüssel, musterte Michael und sagte, Abendessen werde um sieben serviert; zwanglose Kleidung, so fügte er hinzu, sei angebracht. Er fragte Michael, ob er etwas zu trinken wünsche. Michael bestellte zwei Bier, Kingfisher, und folgte dem Jungen die Veranda hinauf.

Das Zimmer war geräumig, hatte ein Doppelbett und

im Hintergrund ein abgetrenntes Bad; die Einrichtung bestand aus leicht ramponierten weißen Rattanmöbeln. Zwei große Fenster mit schweren hölzernen Läden, die im Augenblick geschlossen waren, führten auf die Veranda hinaus; über ihm drehte sich ein Deckenventilator. Auch ein kleineres Fenster im Bad war mit den gleichen schweren Läden versehen. Der Junge stellte Michaels Rucksack auf eines der Betten und huschte dann durchs Zimmer, um die Lampen anzuschalten. Michael gab ihm ein Trinkgeld, und schon war er verschwunden, freilich nicht, ohne die Tür hinter sich zu schließen.

Michael warf einen Blick auf seine Uhr. Noch drei Stunden bis zum Abendessen. Er duschte und zog sich frische Kleidung an, Khakihemd und Jeans; seine Stiefel tauschte er gegen die Sandalen aus. Dabei trank er sein Bier und wappnete sich für das, was da kommen mochte. Er war bereit, falls man überhaupt bereit sein konnte für das, was er zu finden erwartete. Da er keinerlei Ausrede dafür hatte, noch länger in seinem Zimmer herumzuliegen, ging er hinaus auf die Betonveranda, die nun leer war.

Jenseits des offenen Lehmgürtels, direkt vor dem Dschungel, umgab das gesamte Hotel ein Graben von vielleicht eineinhalb Metern Tiefe und einem Meter Breite. Michael war ziemlich sicher, daß er dazu diente, unzuverlässiges Getier mit gefletschten Zähnen und kurzen Beinen sowie schuppiges Kriechzeug mit flinken Zungen auf Distanz zu halten.

Das indische Paar, das er bei seiner Ankunft gesehen

hatte, stand am anderen Ende des Hotels auf der Kuppe eines Hügels, von dem aus es steil zum See hinabging. Durch ein Fernglas beobachteten sie etwas am anderen Ufer. Sie riefen den Jungen zu sich und fragten ihn etwas. »Wildschweine«, sagte er.
Vom Dach rankten sich Blüten in Farbtönen zwischen Violett und Blau. Weit entfernt hörte Michael ein lautes Trompeten. Er brauchte eine Weile, bis ihm klar wurde, daß es sich um einen Elefanten handelte. Er setzte sich an das Südende der Veranda, steckte sich eine Zigarette an und machte sich an sein zweites Bier. Er fühlte sich wie ein Krieger kurz vor der Schlacht.
Hinter sich, auf dem nördlichen Abschnitt der Veranda, hörte er, wie sich eine Tür öffnete, und schließlich Stimmen, eine davon Jellies, wie er meinte. Die Adrenalinwelle, die ihm durch die Adern schoß, war gewaltiger und rasender als alles, was er seit seinen Tagen als Basketballspieler erlebt hatte. Der Krieger war gekommen, um um seine Frau zu kämpfen. Sein Körper wappnete sich.
Der Augenblick war da. *Jetzt*, Tillman, jetzt. Bring es hinter dich, regle deine Angelegenheiten, gleich hier im Dschungel. Wo sonst haben Männer ihre Angelegenheiten seit Urzeiten geregelt? Er drehte sich um und sah eine junge Inderin, fünfzehn, sechzehn Jahre alt, in der offenen Tür stehen. Ihr schwarzes Haar war zu einem langen Zopf geflochten; der Sari, den sie trug, war von einem satten Orangeton, an den Armen und an einem der Fußgelenke hatte sie

Reifen, dazu silberne Zehenringe und strohfarbene Sandalen.

Hinter ihr trat Jellie Markham/Braden/Velayudum oder wer immer sie an diesem Tag sein mochte, aus der Tür und warf einen Blick über den Lehmsaum auf den Dschungel. »Ein wunderschöner Abend, Jaya«, hörte Michael sie sagen.

Die junge Frau antwortete: »Ja. Und das ist der schönste Ort, den ich in meinem ganzen Leben gesehen habe. Die Bergluft ist so sauber und kühl nach der Hitze unten auf der Ebene. Ich habe mich immer gefreut auf unsere Zeit hier oben.«

Jellie blickte die Veranda entlang, ihre grauen Augen schweiften über die Szenerie, streiften beiläufig einen Mann, der allein an einem der Tische saß. Die junge Frau wollte eben etwas sagen, als sie Jellies Gesicht sah und ihrem Blick folgte. Beide starrten einen Augenblick in dieselbe Richtung, dann hing der Blick der jungen Frau wieder an Jellies Gesicht; Jellie jedoch nahm ihre Augen nicht einen Moment von Michael Tillman. Er wartete darauf, einen Mann namens Velayudum aus der Tür treten zu sehen, der Jellie einen Arm um die Schultern legte, aber es kam niemand.

Jellie stand wie versteinert. Michael erwiderte ihren Blick. Sie trug die traditionelle Kleidung der Inderin, *salwar kameese* genannt – eine lange Tunika und eine weite Hose, deren Beine knapp über den weißen Sandalen gerafft waren, das Ganze im zartesten Lavendelton, den man sich nur vorstellen konnte. Um den

Hals trug sie ein rotes Tuch, dessen Enden ihr über die Schultern auf den Rücken hingen. Wie die junge Frau trug sie dazu einen Reifen am Knöchel und Ringe an den Zehen. Ihr Haar leuchtete im Zwielicht der Veranda; sie trug es lang und offen und an der Seite gescheitelt – wie zu Hause in Cedar Bend, wo sie es zuweilen unter einer Tweedmütze versteckte.

Cedar Bend? Wo, zum Teufel, lag das? Gab es diesen Ort überhaupt noch, hatte er überhaupt jemals existiert? Vielleicht... vielleicht irgendwo in einer anderen Zeit, irgendwo weit, weit hinten die gewundene Kette von Leben, Liebe und Arbeit entlang, hatte es diesen Ort einmal gegeben. Daneben, ebenfalls vergessen, eine andere Welt aus der Vorzeit, Custer, Süd-Dakota, wo ein Junge sich bis spät in die Nacht hinein mit einem Basketball und einem alten englischen Motorrad beschäftigte, das ihn über die Straßen seines Lebens tragen sollte, bis schließlich eine Frau namens Jellie auf den Sozius gestiegen war.

Jellie nahm das Mädchen bei der Hand und kam auf ihn zu. Er stand auf, ohne etwas zu sagen, sein forschender Blick in den ihren versenkt, der ihm nicht eine Sekunde auswich. Sie ließ die Hand des Mädchens los, legte ihm die Arme um die Taille und den Kopf an seine Brust. Er berührte ihr Haar. Sie hob das Gesicht und küßte ihn.

Sie wandte sich zu dem Mädchen um. »Jaya, das ist Michael Tillman, der Mann, von dem ich dir erzählt habe.« Dann richtete sie ihre Augen wieder auf Michaels Gesicht; ihr Blick war völlig ruhig. »Michael, das ist meine Tochter, Jaya Velayudum.«

12

Dhiren Velayudum – Revolutionär, Angehöriger einer radikalen Separatistengruppe, die gegen alles und jeden kämpfte, der etwas mit der indischen Zentralregierung zu tun hatte. Und Jellie Markham, in der Mitte der sechziger Jahre jung und idealistisch und in Indien, um ihre Dissertation zu schreiben. Der Stoff, aus dem man Filme macht: bengalischer Revolutionsdichter lernt junge Amerikanerin voller Träume kennen. Im Grunde jedoch war Dhiren Velayudum ein Terrorist, und Jellie wurde seine Geliebte und Vertraute; auch wenn es in Liebesnächten und Tagen voll schwärmerischer Visionen einer großen, nicht aufzuhaltenden revolutionären Bewegung nicht nach Terrorismus aussah. Sie heiratete Dhiren in einer traditionellen indischen Zeremonie. Der Totentanz ihrer Eltern zu Hause in Syracuse war bis nach Indien zu hören.

Es lief nicht allzu gut für die Radikalen, und so folgten Monate der Flucht mit Dhiren, in denen sie sich in Städten und Dörfern verkrochen. Dann, eines Nachmittags auf einer hochgelegenen Straße in die Westghats, derselben Straße, die Michael Jahre später nehmen sollte, passierte es. Das Auto mit Dhiren und Jellie an Bord bewegte sich langsam um die Haarnadelkurven.

Auf einmal stieß Dhiren Jellie an und schrie, sie solle aussteigen und sich verstecken. Jaya in den Armen, sprang sie aus dem Wagen und verbarg sich hinter einigen umgestürzten Bäumen. Dhiren warf sich aus dem Auto und rannte, eine russische Neun-Millimeter in der Hand, auf den Wald gegenüber zu. Automatische Waffen begannen zu rattern, spuckten Kugeln in den Staub; ein Tier mit hundert Klauen schien ihm zu folgen, kam näher, kroch ihm die Beine hinauf und dann über den ganzen Körper. Dhiren drehte sich um die eigene Achse und taumelte in den Wald.

In dieser Nacht im Lake Palace saßen Jellie und Michael, nachdem Jaya zu Bett gegangen war, noch zwei Stunden auf der Veranda. Sie erzählte ihre Geschichte, alles, ohne auch nur das geringste auszulassen. Von ihren Gefühlen Dhiren gegenüber, ihren Erinnerungen an ihn. Wie sie nach Dhirens Tod ihr Baby über die nächtlichen Straßen Indiens getragen hatte; die ganze Nacht war sie gelaufen, um nach Thekkady zu gelangen, wo es einige Sympathisanten der Radikalen gab. Wie die indische Regierung sie bestrafte, indem man Jaya die Ausreise verweigerte,

so daß sie sie nicht mit in die Staaten nehmen konnte.
Sie erzählte ihm, daß Leonard Markham eigens nach Delhi gereist war, um sie abzuholen. »Laß uns nach Hause fliegen, Jellie. Wir werden Mittel und Wege finden, dein Baby nach Amerika zu holen.« Sie starrte in die Nacht hinaus. »Erstaunlich, was Eltern einem alles vergeben können.«
Jellie berichtete von den Jahren ihres vergeblichen Kampfes um ein Visum für Jaya; ihr Vater hatte ihr geholfen, indem er den Behörden von Washington bis Neu-Delhi Dampf zu machen versuchte. Aber Indien setzte eine undurchdringliche Maske des Schweigens auf, und nichts passierte.
Jellie saß da, die Knie an die Brust gezogen, die Arme um die Beine geschlungen, während sie sprach. »Hier in Indien kümmerte sich Chitra um alles. Ständig schrieb sie, es sei noch immer nicht möglich, von der Regierung die nötigen Papiere für Jaya zu bekommen. Ich versuchte zurückzufliegen, aber die indischen Behörden verweigerten mir ein Visum.
Kannst du dir meine Qualen vorstellen, Michael? Drei Jahre ging das so. Ich beantragte ein Visum nach dem anderen, und dann – ich könnte heute noch nicht sagen, warum – stellte man mir plötzlich eines aus. Ich nehme an, nach einer Weile war ich ihnen einfach nicht mehr wichtig genug.
Ich hätte meine amerikanische Staatsbürgerschaft aufgeben und vielleicht sogar die indische annehmen können, aber so weit war ich noch nicht, außerdem

bin ich mir nicht sicher, ob Indien mich überhaupt genommen hätte. Ich glaubte noch immer, Jaya aus dem Land schleusen zu können. Ich habe sogar daran gedacht, sie herauszuschmuggeln, aber egal, wem ich davon erzählte, alle meinten, ich riskierte, für Jahre in einem indischen Gefängnis zu verschwinden, so daß Jaya überhaupt keine Mutter mehr hätte.«
Michael nickte mit ernster Miene. Wenn etwas wichtig und Aufmerksamkeit gefragt war, dann war Michael Tillman ein Weltklassezuhörer. Und jetzt hörte er sich an, was Jellie Braden zu sagen hatte. Er kniff die Augen zusammen und rieb sie dann mit den Handballen, als er Dinge zu verstehen versuchte, mit denen er nicht gerechnet hatte. Langsam und schmerzlich begann es ihm zu dämmern: Er hatte Jellie unterschätzt. Sie war nicht nur einfach die hübsche und gescheite Frau eines Kollegen. Statt dessen hatte sie ein Leben gelebt, das er sich in seinen kühnsten Träumen nicht hätte ausmalen können. Sie war weitaus erwachsener, als ihm klar gewesen war, weitaus reifer und weltklüger, als er es je sein würde. Sie sprach von einer anderen Jellie, einer, die bereits vor ihm gelebt hatte, eine, die er nie verstehen, nie kennenlernen würde, egal, wie sehr er über all das nachdachte. Großer Gott, Maschinenpistolen und Bergstraßen, ein Mann, der ihr im Strudel von Flucht und revolutionärer Doktrin ein Kind geschenkt hatte. Sie hatte mit diesem Mann gelacht und geweint, ihn wild und bedingungslos geliebt, sie hatte sein Baby getragen, während sie mit ihm floh. Er verspürte eine

merkwürdige Mischung aus Traurigkeit für sie und Neid auf Dhiren Velayudum, der in ihr gewesen war, wie Michael Tillman es nie im Leben würde sein können. Was für ein verdammt dummer Witz, dachte er. Wie falsch waren alle seine Spekulationen über sich und Jellie gewesen. Seine Vorstellung davon, wie Jellie ihn sah ... Da hatte er nun ein ganzes Jahr lang Michael Tillman an Jellie Braden gemessen, anstatt an einem Mann mit der Macht und dem Geist eines Dhiren Velayudum; an einem Mann, der genau die richtige Zeitspanne gelebt hatte und genau im richtigen Augenblick gestorben war, um in der Erinnerung von Jellie Braden ein überlebensgroßes Bild zu hinterlassen. Ein Bild, das nie wieder seinesgleichen finden würde, weil es nie durch die Plackerei einer gewöhnlichen Alltagsexistenz geschmälert worden war. Michael atmete lang und tief aus, während Jellie wieder zu Atem kam und fortfuhr.

»Aus Jaya war inzwischen ein kleines indisches Mädchen geworden. Ich kam zu dem Schluß, da es vielleicht das beste wäre, sie als Inderin aufwachsen zu lassen. Mir schien ja nichts anderes übrig zu bleiben. Also traf ich die Entscheidung: Jaya würde weiterhin bei den Sudhanas bleiben, bis sie alt genug für ein Internat wäre, und ich würde sie so oft wie nur möglich besuchen.

Ich schickte den Sudhanas Geld und quälte mich all die Jahre mit dem Gedanken, nicht hier sein und sehen zu können, wie mein kleines Mädchen groß wurde. Und trotz allem, ich weiß nicht, ob es besser

hätte kommen können. Jaya ist eine großartige junge Frau. Aber ich habe sie jedes Jahr besucht, und wir kamen immer eine Weile hier ins Lake Palace. So hat sie ihre richtige Mutter wenigstens ganz gut kennenlernen können, obwohl wir beide wohl eher wie Schwestern als Mutter und Tochter sind. Ich habe immer den größten Teil meines Einkommens aus den diversen Jobs gespart, und alles ging nach Indien an die Sudhanas und an Jaya. Mit sechs kam sie in ein Internat, das sie noch immer besucht.
Als ich Jimmy Braden kennengelernt und geheiratet habe, sagte ich ihm nur, daß ich mit einem Inder zusammen gewesen wäre, der nicht mehr lebe, und daß ich noch immer viele Freunde hier in Indien hätte, die finanzielle Hilfe bräuchten. Die Lüge lag in dem, was ich ihm nicht gesagt habe. Ich erklärte ihm, ich würde jedes Jahr zu Besuch herfliegen, aber allein. Ich glaube, Jimmy hätte sich mit allem einverstanden erklärt, solange ich ihn nur heiratete – ich weiß, das hört sich schrecklich an, aber es ist wahr –, und so meinte er, es sei kein Problem. Er hat sich nie über meine Indienreisen beschwert, ebensowenig, wie er danach gefragt hat, was ich hier mache. Wie gesagt, Jimmy hat seine Qualitäten.«
Michael stand auf, trat hinter sie, legte die Arme um sie und küßte ihr Haar. Jellie Braden starrte in die Nacht hinaus. Vielleicht fünfzig Meter vor dem Haus kam polternd etwas Großes durch den Dschungel.
Jellie erhob sich und sah zu ihm auf. Sie legte ihre Hände auf sein Gesicht. »Michael, Dhiren hatte viel

Ähnlichkeit mit dir, in gewisser Hinsicht, aber ich möchte nicht, daß du denkst, du wärst nur eine Art später Ersatz für ihn. Das stimmt überhaupt nicht, und du mußt mir einfach glauben, wenn ich dir das sage.«

Er lächelte. »Ich glaube dir, Jellie«, sagte er, obwohl er nicht ganz so sicher war, wie er sich anhörte.

»Diesmal bin ich nach Indien gekommen, weil ich Zeit brauchte und mit Jaya über dich sprechen wollte. Ich wollte mir über meine Gefühle klar werden. Außerdem sollte sie mich verstehen. Als du mich heute abend gefunden hast, Michael, war ich so gut wie auf dem Heimweg. Auf dem Heimweg zurück zu dir, Michael.«

In seinem Zimmer legte er sie aufs Bett und küßte jeden Zentimeter ihrer warmen, erhitzten Haut. Später kam ein schweres Kratzen von der Tür, und sie spürten, daß sich etwas Großes und Schweres über die Veranda bewegte. Michael setzte sich auf.

»Was, zum Teufel, ist das? Hört sich an wie ein Bär.«

»Wird wohl auch einer sein. Ich habe ihn heute nacht schon mal gehört.«

»In den Black Hills hatten wir eine ganze Menge Bären. Die machten auch so einen Krach. Ich habe Obst im Rucksack, das riecht er wahrscheinlich. Der geht nach einer Weile wieder.«

Der Bär verschwand tatsächlich, dafür erklang das Tick-Tick-Tick geschwinder kleiner Füße auf den Dachziegeln. Michael und Jellie lagen nebeneinander im Dunkel. »Hört sich an, als wäre mal wieder ganz Indien unterwegs«, flüsterte er in ihr Ohr.

Eine Stunde vor Tagesanbruch kehrte Jellie in ihr Zimmer zurück. Michael lag wach auf dem Bett und dachte über all das nach, worüber sie gesprochen hatten. Kurz vor der Dämmerung zog er sich an und ging hinaus in den schweren, triefenden Dunst, der die Herberge umhüllte, offene Flächen undurchdringlich erscheinen ließ und den Dschungel in kaum auszumachende, bedrohliche Silhouetten in grauer Tarnkleidung verwandelte. Am anderen Ufer – hier, wo die Insel den See teilte, war es nur hundert Meter weit entfernt – schrie ein Affe, und es hörte sich sehr einsam an. Der klassische Dschungelschrei aus alten Tarzan-Filmen. Dann wieder Elefanten, jetzt näher als zuvor. Der Affe kreischte noch einmal, einige andere schlossen sich ihm an, dazwischen die vereinzelten Schreie erwachender Vögel.

Seine kleine Taschenlampe führte ihn die steinerne Treppe hinab ans Wasser. Warum er das machte, hätte er nicht sagen können. Es hatte etwas mit seiner Liebe zu Jellie und dem Wissen zu tun, welchen Platz er in ihrem Leben hatte: eine kleine frühmorgendliche Feier ganz für sich allein; eine kurze Andacht, um seine Ansichten über sie im Lichte dessen zu revidieren, was sie ihm über ihre frühen Jahre in Indien erzählt hatte. Er setzte sich auf einen der Pfähle des Stegs, von dem aus er die andere Seite des Sees und ein Stück des Ufers zu seiner Rechten sah. Dort saß er und wartete, lauschte auf die Geräusche über dem

Schmatzen der kleinen Wellen. Das erste Licht kam und brachte den Nebel zum Leuchten.
Er starrte in die Leere, ohne etwas Spezielles wahrzunehmen, und dachte an Jellie und Jaya, die in der Herberge schliefen. Der Nebel wallte in einer frühen Brise und begann sich in gelblichen Dunst zu verwandeln, als die Sonne durch einen Spalt in den Hügeln im Osten spähte.
Der Tiger sah Michael, bevor Michael ihn sah. Die Wildkatze befand sich etwa dreißig Meter weiter am Ufer; Wasser tropfte ihr von der Schnauze, als sie nach dem Saufen im See den Kopf wieder hob. Reglos stand das Tier da, den großen Kopf in Michaels Richtung gewandt, sein Körper noch immer im rechten Winkel zum See. Eine lange rote Zunge wischte die Tropfen vom weißen Kinn.
Sein Plan? Welcher Plan? Blöd, Tillman, saublöd, dachte Michael. Die Herberge befand sich eine Dreiviertelminute entfernt, wenn er die groben Stufen hinaufsprintete, noch weiter war sie weg, wenn er den Weg durch den Dschungel nahm. Ein Bengaltiger in vollem Lauf schaffte hundert Meter in vier Sekunden. Falls der Tiger ihn haben wollte, könnte Michael nicht das geringste dagegen tun. Weglaufen wäre zwecklos. Und kläglich.
Aus irgendeinem Grund jedoch machte Michael sich keine Sorgen. Wenn er daran zurückdachte, hätte er nicht sagen können, warum. Es war einfach so. Im Gegenteil, er dachte daran, daß jeder begeisterte Tierbeobachter auf Lebenszeit sein Schmetterlings-

netz aufgegeben hätte für eine Erfahrung wie diese. Langsam, aber sicher hatte Michael seine Freude daran, den Blick des Tigers zu erwidern, Freude an der schlichten Tatsache seiner Existenz, Freude am Wissen, daß Eigentumswohnungen und Supermärkte noch nicht alles Starke und Wilde ausgemerzt hatten. Der Gedanke, daß es noch Kreaturen gab, die durch Gräben krochen, die in der Dunkelheit gegen Fensterläden bummerten oder einen von einem dunstigen Ufer aus anstarrten, hatte etwas Wohltuendes, Erfrischendes. Und daß sie nicht das geringste Interesse an seinen vergänglichen Freuden und Kümmernissen hatten. Daß sie jederzeit in den Dschungel zurückkehren konnten, wenn sie wollten.

Der Tiger senkte den Kopf, schlabberte etwas Wasser und sah dann wieder zu Michael herüber. Schließlich schlurfte er in entgegengesetzter Richtung das Ufer hinauf. Fünfzig Meter weit entfernt drehte er sich noch einmal um und starrte Michael wieder an. Nach hundert Metern wandte sich die große Katze nach links in den Dschungel. Die Sonne zog die Flagge hoch, unerbittlich und strahlend, der Nebel lichtete sich.

»Guten Morgen, Michael.«

Es waren Jellie und Jaya, beide mit einer Tasse Tee für sich selbst und einem großen Becher Kaffee für den Tigerfachmann. Michael erzählte nichts von dem Tier, er dachte, sie wären dann nur enttäuscht, es verpaßt zu haben; er wollte ihnen den erstklassigen Sonnenaufgang nicht verderben. Als er ihnen später

davon berichtete, waren sie sowohl enttäuscht als auch froh – enttäuscht, den Tiger verpaßt zu haben, und froh, nicht dabei gewesen zu sein.
»Michael« – ihre grauen Augen waren voller Liebe –, »wir haben noch gar nicht über Reisepläne gesprochen. Jaya und ich haben noch für drei weitere Tage gebucht. Kannst du bleiben?«
Bleiben? Er hätte sich mit dem Bengaltiger um das Privileg gerauft! »Jellie, ich habe bis Mitte Januar frei. Mein Rückflug ist für den zwölften reserviert. Wie sieht denn euer Programm aus, wie man in Indien so schön sagt?« Jaya lächelte.
»Tja...« Jellie zögerte etwas. Er spürte, daß es um Geld ging.
»Ich mache euch einen Vorschlag. Ihr habt hier einen Kerl vor euch, der in einer billigen Wohnung haust, ein dreißig Jahre altes Motorrad und einen fünfzehn Jahre alten Dodge fährt und dabei ganz passabel verdient. Wenn euch beiden danach ist, dann laßt uns doch reisen. Wir fahren hin, wohin ihr wollt. Wir können mit dem Kanalboot die Flußmündungen an der Küste Keralas hinauffahren, uns oben in Goa auf die faule Haut legen, dann den Dampfer nach Bombay nehmen und im Hotel Taj absteigen. Ich bezahle.«
»Das wird ganz schön teuer.« Sie beugte sich über ihn und gab ihm einen Guten-Morgen-Kuß.
Er flüsterte: »Das können wir dann zu Hause in Cedar Bend im Schlafzimmer besprechen.«
Sie verdrehte die Augen. »Womit mein neuer Beruf ja

wohl klar wäre.« Dann lachte sie, und Jaya fiel ein, obwohl sie nicht so recht zu wissen schien, warum. Aber Michael glaubte es zu wissen: Sie lachte, weil ihre Mutter lachte, weil ihre Mutter glücklich war und einen Mann liebte und keine Angst hatte, es ihr zu zeigen. Nach einer Weile würde sie wohl dahinterkommen.

Schließlich machten sie genau das: sie reisten. Sie blieben noch drei Nächte im Lake Palace, dann ging es nach Kerala, um die berühmten chinesischen Fischernetze zu sehen. Sie stiegen im Malabar ab, wo sie im Pool schwammen und sich an der Bucht auf weißem Leinen nächtliche Soupers servieren ließen. Sie fuhren nach Goa, faulenzten am Strand, nahmen den Dampfer nach Bombay, wo sie für fünf Tage im Taj abstiegen. Dann flogen sie nach Jaipur, um sich die Rosa Stadt anzusehen, und unternahmen eine Kamelsafari in die Wüste von Rajasthan.

Am 5. Januar setzten sie Jaya in ein Flugzeug nach Cochin, denn sie mußte wieder zur Schule, und Jellie und Michael hatten noch eine Woche für sich. Diese verbrachten sie in Pondicherry, wo sie in Maigrits Hotel abstiegen (»Ah, Monsieur, wie ich sehe, haben Sie sie gefunden. Wenn ich in aller Höflichkeit bemerken darf, sie war die Suche wert.«) und in den kleinen Restaurants der Stadt zu Abend aßen. Eines Nachmittags wanderten sie den Strand besonders weit hinauf und liebten sich im Sand; dann schwammen sie nackt im warmen Golf von Bengalen und liebten sich noch einmal im Wasser. Und natürlich

hielt Michael die versprochenen Vorträge, um seine Schuld gegenüber Dr. Ramani zu begleichen.
Jellie war gerührt, daß Michael für den 12. Januar gebucht hatte. Das hieß, daß er bereit gewesen wäre, über sieben Wochen lang nach ihr zu suchen. Er bestätigte es ihr, und es war ihm ernst damit: »Wenn ich dich nach der sechsten Woche nicht gefunden hätte, ich hätte zu Hause angerufen, um zu sagen, sie sollen sich nach einem Ersatz für das Frühjahrssemester umsehen. Ich war – und ich meine das ganz im Ernst, Jellie – absolut bereit, so lange aus meinem Rucksack zu leben, bis ich dich gefunden hätte, egal, wie lange es gedauert hätte.«
Am 12. Januar flogen sie mit British Airways nach Heathrow, lasen, lachten und hielten Händchen. Mitunter waren sie aber auch ernst und bereiteten sich darauf vor, Jimmy das alles beizubringen.
Zwischen London und Chicago, irgendwo über dem grönländischen Packeis, legte Jellie den Kopf an Michaels Schulter. Er sah ihr in die grauen Augen und fand sie nachdenklich.
»Was ist, Jellie?«
»Ich habe nur vor mich hingeträumt. Die Leute haben Dhiren einmal den ›Morgentiger‹ genannt.«
Dann schlief sie, an ihn gelehnt, ein. Er zog sachte sein Notizbuch aus der Tasche und schrieb: »Der Morgentiger wird ewig leben.«

13

James Lee Braden III. war ein Vernunftmensch mittlerer Qualität. Was nicht empirisch zu beweisen war, das existierte nicht. Eine Ausnahme war Gott, der Immunität gegenüber rationalistischen Inspektionen genoß und sonntags bei den Presbyterianern abgehandelt wurde. Ein Schlüssel drehte sich im Schloß, das Schloß klickte, und Jimmy hob den Kopf aus John Maynard Keynes' Autobiographie, die er gerade las. Seine Frau kam herein, hinter ihr Michael Tillman.

Diesmal heulte Jimmy nicht. Und so überrascht war er nun auch wieder nicht. Die Parallelität der Ereignisse – das Verschwinden Jellies und Michaels Abreise einige Tage danach. Schaukeln im Park, die Frau eines Kollegen, die Jellie und Michael zusammen aus dem Ramada hatte kommen sehen, Spekulationen im Büro. Dinge, denen er zunächst keine Beachtung geschenkt hatte, an die er sich später, als die Zeit reif war, aber sehr wohl erinnerte – unvollständige Informationen, keine harten Fakten, aber nichtsdestoweniger Informationen, sprich: Daten. Induktion und vorläufiger Schluß: Vielleicht waren Jellie Braden und Michael Tillman mehr als nur Freunde.

An einem Januarabend 1982 verlor dieser Schluß seinen Vorläufigkeitscharakter. Jimmy sagte, er verstehe, daß Jellie und Michael sich voneinander angezogen fühlten. Seine Hauptsorge, so sagte er, sei, »wie es nun weitergehen soll«. Er schien fast erleichtert; er sorgte sich mehr um die Form als um die Substanz.

Jellie war in diesen Augenblicken weit weniger rational und auf Form bedacht als ihr Gatte. Sie war elf Jahre mit Jimmy Braden verheiratet gewesen, und das war nicht einfach vom Tisch zu fegen. Sie war ganz aufgelöst, als sie Jimmy sagte, wie leid ihr das alles tue und daß ihr Verhalten nicht richtig gewesen sei. »Unsere Entscheidung war damals sicher richtig, aber Menschen verändern sich nun mal. Es hat doch keinen Sinn, mit Entscheidungen von Menschen zu leben, die man seit elf Jahren nicht mehr kennt.«

Jellie sammelte sich und ihre Siebensachen zusammen und zog bei Michael ein. Sie strichen seine alte Wohnung und machten daraus nach und nach etwas, womit sie beide leben konnten. Die Shadow blieb im Wohnzimmer. Sie war weder Gegenstand für Debatten noch für Kompromisse. Jellie machte den Vorschlag, ein Tuch auszulegen, um den schönen Eichenboden vor den schmierigen Werkzeugen zu schützen. Michael meinte lächelnd, das sei ein großes Zugeständnis, erklärte sich jedoch damit einverstanden.

Er stürzte sich in sein Lehramt und arbeitete sich durch die Brandung aus Seitenblicken und Tratsch, der schließlich seinen Platz in der Legende der Universität finden sollte. Jellie nahm wieder ihren Mädchennamen an, machte ihren Magister und wurde zum Doktorandenstudium bei den Anthropologen zugelassen. Und Jimmy? Der ging. Arthur Wilcox fand für ihn eine Stelle als stellvertretender Dekan an einer Privatschule im Nordosten, nicht weit von Jimmys Eltern entfernt. Und so waren alle zufrieden.

Nun, nicht alle. Eleanor Markham war entsetzt und sollte in Michael zeitlebens den gesellschaftlichen Außenseiter sehen, der eine Ehe zerstört hatte. Besonders entsetzten sie seine Reisegepflogenheiten, und zufällig sah sie eines Nachmittags aus dem Fenster ihres Hauses in Syracuse, als die Black Shadow die Auffahrt hinaufgerollt kam. Damit war die Maschine nicht länger ein amüsantes Abstraktum im Wohnzimmer eines wahnsinnigen Professors. Sie war Realität, und hinter dem Wahnsinnigen saß ihre vierundvierzigjährige Tochter. Wahrscheinlich waren es Jellies Lederjacke, die Stiefel und die verspiegelte Sonnenbrille, die ihr wirklich aufstießen. Sie blickte auf ein langes Leben zurück und hatte sich Besseres erhofft.

Michael und Jellies Vater flüchteten an die Forellenbäche. Leonard Markham hatte für nichts und niemanden ein hartes Wort, und Jimmy erwähnte er in Michaels Gegenwart nur ein einziges Mal. Es gelang ihm nach einigen eleganten Rutenschlägen eine »Royal Coachman« zu plazieren. Vorbildlich sanft landete die Fliege unterhalb eines großen Felsens, wo das Wasser einen Strudel bildete. Er sog paffend an seiner Pfeife, ließ die Fliege zucken und sagte: »Jim Braden hatte Angst vor dem Wasser. Können Sie sich das vorstellen, Michael?« Michael erwiderte nichts. Leonard ließ die Fliege ein weiteres Mal zukken. Eine Bachforelle stand daneben, überlegte es sich jedoch noch mal anders und ließ den Köder in Ruhe, genau so, wie Leonard Markham das Thema Jimmy Braden ruhen ließ und nie wieder darauf zurückkam.

Einmal im Jahr reisten Jellie und Michael nach Indien. 1984 brachten sie Jaya mit zurück, um sie ihren Großeltern vorzustellen. Anschließend besuchten die drei Michaels Mutter, die inzwischen in einem Pflegeheim in Rapid City lebte. Sie war alt und herzlich schwach auf den Beinen, bekam jedoch immer noch das meiste um sie herum mit. Ruth Tillman nahm Jayas Hand und hielt sie lange in der ihren; dabei lächelte sie. Es war das Beste, was Michael in Sachen Enkelkinder zuwege gebracht hatte, und aus irgendeinem unerfindlichen Grund war es Ruth Tillman genug.

Und so ging es weiter. Keine ungetrübte Idylle, aber zuweilen, ja meistens, durchaus zum Aushalten. Michael Tillman war ein Einzelgänger; er hatte etwas von einem Einsiedler, das war immer so gewesen und würde immer so sein. Immer wieder ließ er Jellie allein, manchmal floh er auf der Shadow, manchmal nur in Gedanken. Und Jellie nahm es ihm übel.

»Menschen sind keine Motorräder, Michael. Da kannst du nicht einfach die Kette abnehmen und sie über den Stuhl hängen, bis du mal Zeit dazu hast.«

Er grinste sie an. »Du hast recht. Du hast in diesen Angelegenheiten immer recht. Frauen wissen Dinge, die Männer nicht wissen, wenn es um die Schnittstellen zwischen den Geschlechtern geht... Großer Gott, wenn das kein Psychogeschwätz ist... die Schnittstellen zwischen den Geschlechtern. Eh du dich's versiehst, werde ich zu einem ›zwischengeschlechtlichen Versöhnungsfaktor‹. Das habe ich neulich in einer Zeitschrift gelesen. Da draußen gibt es berufliche Möglichkeiten, die ich mir noch nicht mal hätte träumen lassen.«

Sie verdrehte die Augen und verschränkte die Arme. »Ich glaube nicht, daß dich die Versöhnung der Geschlechter auch nur im mindesten interessiert, weder hier noch sonstwo.«

»Womit du gleich noch mal recht hättest, größtenteils, was das ›Hier‹ anbelangt. Ich bin in gewisser Hinsicht ein unverbesserlicher Kerl aus der guten, alten Zeit. Nadia Koslowski hat einiges geleistet, mich zu zähmen, aber sie ist gegangen, noch bevor sie fertig war. Du hast weitergemacht, wo Nadia aufgehört hat, und schon festgestellt, daß ich auf diesem Gebiet nur bedingt erziehungsfähig bin. Ich bin an einer friedlichen Koexistenz interessiert, aber ich begeistere mich nun mal auch für meine Arbeit, fürs Angeln und für meine Ausflüge auf Schatten, zweirädrigen wie anderen. Meine Interessen verändern sich. Meine Umlaufbahn ist oval wie die des Merkurs. Ich gebe mir alle Mühe, mich zu bessern, ehrlich. Aber viel besser werde ich wahrscheinlich nicht mehr. Und ich bin mir nicht sicher, ob du überhaupt willst, daß ich mich derart verändere. Schließlich könnte es dir passieren, daß du plötzlich mit einem schlappen Softie dastehst, an dem dir nicht das geringste mehr liegt.«

»Michael, manchmal denke ich, ich sollte dich in Kunstharz eingießen, um dich genau so zu erhalten, wie du in solchen Augenblicken bist. Wir könnten dich dann ins Museum stellen – mit einem Schild um den Hals: *Homo hoffnungslosus.* Damit dich künftige, aufgeklärtere Generationen anstarren können. Carolyn hatte ganz recht, als sie dich unverbesserlich nannte.«

Er hob die Hände zum Zeichen der Kapitulation. »Hol's der Teufel, ich bekenne mich schuldig im Sinne der Anklage. Ich habe gelernt, daß man sich leichter tut, wenn man sich immer und überall schuldig bekennt. Man erspart sich eine Menge Streitereien. Und obwohl ich dein Vertrauen in die Weisheit künftiger Generationen nicht teile, der Gedanke mit dem Museum gefällt mir irgendwie. Aber sieh bitte zu, daß ich auf der Shadow sitze, eine Angelrute in der Hand. Und vergiß nicht, an Dhiren zu denken und wie glücklich du mit ihm warst. Und wie unglücklich mit Jimmy Braden. Du hast mir mal gesagt, Jimmy sei so nachgiebig und ambivalent, daß es dich schier verrückt macht. Du bist in vieler Hinsicht eine starke Frau, Jellie Markham, aber du hast deine Männer nun mal lieber ein bißchen wild und ungezähmt. Trotzdem möchte ich – und das in vollem Bewußtsein meiner Unzulänglichkeiten und allgemeinen Unwürdigkeit – wie fast jede Woche auch diese meinen Heiratsantrag nicht versäumen.«

Sie scharrte mit ihrem Tennisschuh über den Boden und blickte hinab. In gewisser Hinsicht hatte er ja recht. Sie hatte noch keine Lösung gefunden, was Kompromisse anging. Die Männer, die ihr wirklich etwas bedeuteten, machten sie einerseits glücklich, andererseits jedoch auch wieder unglücklich. Den Blick noch immer auf ihren Schuh gerichtet, sagte sie: »Ich habe dir doch schon gesagt, daß mir zweimal verheiratet völlig genügt. Dreimal scheint mir ein bißchen zuviel.« Sie beruhigte sich wieder und lächelte ihn an. »Trotzdem: danke für den Antrag. Ich bin dir jedesmal wieder dankbar, wenn du fragst. Vielleicht überrasche ich dich ja eines Tages und sage ja.«

»Ich halte das Angebot aufrecht. Wie wär's mit zwei Fingerbreit Jack Daniels, einem Bad und der Art von Versöhnung, die wir so gut zu beherrschen scheinen?«

»Erst brauchen wir was zu essen. Du wirst ja immer so hungrig danach.«

Grinsend zog er sich seine Lederjacke über. »Ach, und du? Als Buße für meine vielen Sünden geh ich einkaufen. Hast du eine Liste?«

»Nein, du vielleicht?«

»Nein. Dann nehm ich eben Bier, Kartoffeln und was immer mir unterwegs noch einfällt.«

Eine Stunde später saßen sie zusammen in der kleinen Wanne, das heiße Wasser tief und schaumig. Er sagte ihr zum tausendsten Mal, daß sie die herrlichsten Brüste im Universum habe. Sie sah ihn über den Rand ihres Glases hinweg an und mußte lachen.

»Warum lachst du? Dein Busen ist eine ernste Angelegenheit.«

»Schon gut. Mir fiel nur eben deine Kunstharzplastik im Museum ein. Ich glaube, ich mach das, wenn du mal völlig betrunken bist und dich nicht wehren kannst.«

»Mir soll's recht sein. Du kannst ja Arthur Wilcox neben mich stellen – mit ein paar Blaupausen in der Hand.« Er lehnte sich zurück. »Wechseln wir das Thema. Erinnerst du dich an die hübsche Gegend in den Black Hills, den White Bear Canyon? Ich habe ihn dir mal gezeigt.«

»Ja.«

»Warum ziehen wir nicht da raus, wenn du deinen Doktor hast? Ich gebe mein Lehramt auf, laß mir meine Pension auszahlen und schreibe ein bißchen. Ganz in der Nähe gibt es ein kleines College – Spear-

fish State. Vielleicht könntest du da einen Job als Dozentin an Land ziehen, wenn es dir zusagt.«
»Schon möglich. Ich werd's mir später überlegen.« Sie rutschte auf seinen Schoß, legte die Arme um seinen Hals. »Im Augenblick bin ich eher an einem Umzug ins Schlafzimmer interessiert.« Sie legte den Kopf zurück und schüttelte ihn. »Ach, Männer! Ihr seid alle so was von verrückt!«
Michael küßte sie lange und zärtlich auf den Mund. »Nicht alle ... nur die, die du liebst.«

1987 machte Jellie ihren Doktor. Man gestattete Michael, der Zeremonie in voller akademischer Festmontur beizuwohnen, obwohl die Robe und das sechseckige Barett, beides seit Jahren unbenutzt, zweimal durch die chemische Reinigung mußten, bevor sie präsentabel waren. Als Jellie auf die Bühne kam, um ihre Promotionsurkunde in Empfang zu nehmen, wäre er fast in Ohnmacht gefallen vor Stolz. Er wußte, wieviel es ihr bedeutete. Michael gab ihr zu Ehren eine kleine Party in der Wohnung und trank eine ganze Flasche Champagner, während er grinsend auf der Shadow saß und ihre grauen Augen betrachtete, als die Leute ihr gratulierten. Jellie Markham war wieder ein ganzer Mensch, wenigstens in beruflicher Hinsicht.
Später, als die Gäste davongestolpert waren, kam sie in Akademikerrobe und Doktorhut aus dem Bad. Michael saß noch immer auf der Shadow, barfuß, in T-Shirt und Jeans, eine Flasche Champagner auf dem

Tank. Er sagte: »Frau *Doktor* Markham, nehme ich an.«

Sie setzte ihr anzüglichstes Grinsen auf und schlug dann die Robe auseinander, um ihm zu zeigen, daß sie darunter nackt war. »Dr. Markham ist bereit, ihr Geschenk in Empfang zu nehmen, falls es Dr. Tillman angenehm ist.« Das war es in der Tat, und sie beendeten den Abend auf angemessene Weise.

1988 starb Michaels Mutter. Acht Monate später rief ein Makler an, der ihm sagte, er habe einen Käufer für das kleine Häuschen in Custer. Die Kurse begannen erst in einer Woche, und so startete Michael die Shadow und fuhr hinaus.

Es ging alles glatt, und er kehrte mit der Shadow zurück nach Cedar Bend. Er nahm dabei die Route über die Black Hills und hielt sich die ganze Strecke über auf Nebenstraßen. Ein Stück östlich des Missouri geriet er in einen schweren Regenschauer, aber da die Zeit knapp war, fuhr er weiter. Sein gelber Regenschutz flatterte im Wind. An der Grenze nach Iowa überraschte ihn schließlich die Nacht.

Er blickte auf seinen alten Freund hinab und tätschelte den Tank. Die Maschine war direkt mit dem Rahmen verschraubt, so daß die Vibrationen bis in die kleinste Zelle zu spüren waren. »Na dann, Alter, wollen wir ein bißchen aufdrehen. Mal sehen, was du noch drauf hast an deinem Vierunddreißigsten.« Die Shadow reagierte und lief wie eine schwarze Katze über den nassen Asphalt; in den Kurven wischte der Scheinwerfer über das Unterholz.

Es passierte in den Hügeln östlich von Sioux City. Der Sattelzug kam um eine nicht einzusehende Kurve und geriet auf die andere Spur. Michaels Brille war etwas beschlagen, und seine Sehkraft war nachts auch nicht mehr das, was sie mal war. Er blinzelte, dann kniff er die Augen zusammen. Der Lkw war zu schnell in den Händen eines schläfrigen Fahrers, der mit seinem Fahrzeug und einem Anhänger voller Traktorenteile vierzig Tonnen in Richtung Omaha donnern ließ. Der Mann war schlagartig hellwach, als der Truck ins Schleudern geriet, und gab sich alle Mühe, seinen Zug unter Kontrolle zu halten – und dann sah er den gelben Regenschutz gut dreißig Meter in genau der Richtung, in die seine Kühlerfigur zeigte.

Michael war von den Scheinwerfern geblendet, der Laster kam näher, und er sah nicht die geringste Möglichkeit, die Shadow flachzulegen und aus dem Weg zu rutschen. Aus irgendeinem Grund dachte er in diesem Augenblick an Jellie und den Tiger, dann riß er die Shadow von der Straße und raste mit hundert Sachen in die Bäume. Ein gelbes Etwas schoß zehn Meter tief in den Wald... dreißig Meter... fünfzig...

Michael lächelte, und einen wilden, vergänglichen Augenblick lang, der rasch zu einem Nichts zerrann, glaubte er, er würde es schaffen. Dann wurde das gelbe Etwas zu einem Schmetterling und verschwand.

Während der Phasen, in denen er bei Bewußtsein

war, hörte er das Summen der Maschinen, die ihn am Leben hielten. Ein schwaches, aber unablässiges Hintergrundgeräusch. Hin und wieder schaltete sich eine weitere Maschine zu, und das Geräusch wurde lauter. Es paßte ihm nicht, aber er konnte nichts dagegen tun.

Er war ziemlich übel zugerichtet. Die Ärzte redeten nicht lange herum: Beckenbruch, zwei gebrochene Arme, ein komplizierter Bruch an einem der Beine, innere Verletzungen. Er dachte, er würde sterben, wie übrigens auch die Ärzte, und so versuchte er sich schon mal damit abzufinden; er wollte durchhalten, bis Jellie käme, um sie noch ein letztes Mal zu sehen. Er konzentrierte sich auf Jellies Gesicht, stellte es sich vor, kühl und scharf, brachte sie dazu, für ihn zu lächeln, und so weilte er denn auch am nächsten Morgen noch unter den Lebenden.

Von der Aufnahme der Intensivstation direkt vor seinem Zimmer hörte er vage eine übernervöse Stimme. »Wo bitte liegt Michael Tillman, ich bin seine Frau.«

Seine Frau – er hatte sie nie als seine Frau betrachtet.

Sie beugte sich über ihn. »Ach, Michael . . . Michael. Ich bin so schnell gekommen, wie ich konnte. Michael, werde nur wieder gesund, ich werde mich um dich kümmern. Immer und ewig. Keine Angst, es wird alles gut.«

»Jellie, leg deine Hand auf mein Gesicht.« Er hatte einen Schlauch im Hals, konnte nur flüstern, und auch das nur heiser, aber sie hörte ihn und strich ihm über die Wange. Er spürte, daß ihm Tränen, große Tränen, aus den Augen liefen. Es war nicht Selbstmitleid ... nun ja, vielleicht doch ein wenig. Er fühlte ihre Hand auf seinem Gesicht, dachte, wie sehr er sie doch liebte und daß es nun aus sei mit ihren süßen und heiteren Liebesstunden; nie wieder würde er sie auf dem Sozius der Shadow mit hinaus an den Reihersee nehmen können; nie wieder würden sie auf der Veranda des Lake Palace sitzen und nach Tigern Ausschau halten, von denen er wußte, daß es sie gab, weil er an einem nebeligen Morgen, als die Welt sich in seine Richtung zu drehen begann, einen gesehen hatte.

Jellie weinte, versuchte es jedoch vor ihm zu verbergen. Tagelang war er immer wieder bewußtlos, aber schließlich entschlossen sich seine alten Knochen, ihm noch eine Chance zu geben. An einem verregneten Dienstag öffnete er blinzelnd die Augen. Sie saß an seinem Bett und blickte lächelnd zu ihm hinab. »Willkommen unter den Lebenden, Michael.«

Wenige Wochen später war Michael wieder auf den Beinen, wenn auch nur mit Jellies Hilfe; wie ein unbeholfener Schneemann sah er aus mit all dem Gips am Körper. Er war kein geduldiger Patient; während sein Körper noch nach Ruhe verlangte, rief sein Verstand schon nach Taten. Nachdem die diversen Gipsverbände entfernt waren, fand ihn Jellie, wenn sie von ihrem provisorischen Job an der Uni nach Hause kam, Liegestütze übend oder über seinen Schreibtisch gebeugt, um die Muskeln in seinen Armen wieder ans Tippen zu gewöhnen.

»Um Himmels willen, Michael, ich rackere mich ab, damit's dir wieder besser geht, und du hilfst aber auch kein bißchen dazu. Ich habe meine Kurse, ich muß einkaufen, und ich kümmere mich um dich, damit habe ich wirklich alle Hände voll zu tun. Da mußt du schon ein bißchen mithelfen und es langsam angehen, wie der Doktor gesagt hat. Und erspar mir deinen schlechtgelaunten Jungenblick, ich bin zu beschäftigt für solchen Unsinn.«

»Ich komme mir wie ein halber Mensch vor, das ist alles. Und stinkfaul. Hier den ganzen Tag rumzuliegen und bei der Versicherung abzukassieren.«

»Stell dir vor, du übst wieder den Sprungwurf, Michael. Investiere jetzt, ernte später.«

»Zu logisch, Schwester Jellie, zu logisch.«

»Du bist der Logiker, Michael, außer dann, wenn es um dich selbst geht.«

»Was mich zu einem absolut normalen Menschen macht, oder nicht? Und das ist das erste Mal, daß mir das passiert, und es schmeckt mir ganz und gar nicht.«

»Tja, ob es dir nun gefällt oder nicht. Ich gehe jedenfalls in die Bibliothek. Ich muß mich sechs Stunden auf den Statistikkurs vorbereiten.«

Sie zog den Mantel über und stapfte hinaus. Zwei Stunden später rief sie ihn von einem Münzfernsprecher der Bibliothek aus an. »Bist du in Ordnung?«

»Ja. Der kleine Junge ist nicht mehr schlecht gelaunt

und wird sich alle Mühe geben, daß das auch so bleibt. Das ganze Theater tut mir leid. Herrgottnochmal, ich hab mir das selbst eingebrockt, und jetzt lasse ich das Resultat meiner Dummheit an dir aus.«

»Michael, ich liebe dich, ehrlich. Aber es ist nicht immer leicht. Das verstehst du doch, oder?«

»Ja. Mußt du dich wirklich sechs Stunden auf deinen Kurs vorbereiten?«

»Nein. Ich mußte nur ein Weilchen aus dem Rehabilitierungszentrum an der Walnut Street ausbrechen. Ich denke, ich komme nach Hause und mache uns was zu essen.«

»Falsch. Ich werde sehen, ob sich eine Suppe oder dergleichen auftreiben läßt, und wenn du kommst, köchelt sie schon.«

Schließlich konnte Michael wieder tippen, Ideen formten sich, und der Bildschirm seines Computers leuchtete Abend für Abend. Nach drei Monaten ging er erstmals allein nach draußen, und einige Wochen später begann er wieder langsam zu joggen. Das Lachen kehrte zurück, und die beiden liebten sich wie früher.

Mit Michaels intensiver Art zu leben, war freilich nicht leicht. Jellie hatte das schon vor dem Unfall gewußt, und nach seiner Genesung war es schlimmer denn je. Sie ließ nicht einen Augenblick nach, diese Intensität, sie war unerbittlich, ein nie endendes Drängen an die Grenzen von Geist und Verstand; an Grenzen, die er sofort neu definierte, kaum daß er sie erreicht hatte, so daß sie zurückwichen und die Jagd von neuem beginnen konnte. Michael jagte Grenzen, und Jellie half ihm, hinter den Dingen her zu sein, die er dabei verlor oder verlegte, weil seine Gedanken ständig woanders waren; nie paßte er auf, wo er seine Autoschlüssel oder seine Schecks oder die neueste Fassung eines Artikels hinlegte.

»Michael, du suchst einfach nicht richtig. Du wühlst den nächstbesten Stapel durch, schiebst auf dem Kühlschrank irgendwas von hier nach da, und das nennst du dann suchen. Und schließlich schreist du: ›Jellie, hast du dies oder jenes gesehen?‹«

»Ich gehe bei der Suche nach verlegten Gegenständen nach derselben Methode vor, wie man entlaufene Pferde sucht.« Er aß eben einen Apfel und hatte gerade wieder mal gejammert, daß er seinen Gehaltsscheck vom letzten Monat nicht finden könne, den er auf die Bank bringen wollte, sobald er seine Wagenschlüssel und die Handschuhe gefunden hätte.

»Wie sucht man denn ein entlaufenes Pferd?«

Er hielt den Apfel mit den Zähnen, während er auf dem Kühlschrank herumkramte, und sprach dabei ziemlich undeutlich an ihm vorbei. »Wenn man ein Pferd verloren hat, dann fängt man mit der Suche dort an, wo man es zuletzt gesehen hat.«

»Und was ist, wenn du dich nicht daran erinnern kannst, wo du das Pferd zuletzt gesehen hast? Dann würde dein System ja wohl nicht funktionieren, oder?«

»Alle meine Methoden haben ihre Fehler.« Er grinste, warf den angebissenen Apfel hinter seinem Rükken über die Schulter und fing ihn mit der anderen Hand vorn wieder auf. »Nun hilf mir schon, den verdammten Scheck zu finden, Jellie, damit ich nach den verdammten Schlüsseln suchen und die verdammten Handschuhe finden kann. Bitte, Jellie. Du hast es hier mit einem zu tun, der eine Behinderung hat, wenn es ums Suchen geht. Alle Männer leiden daran; das ist nur einer der vielen Mängel im Y-Chromosom.«

Jellie arbeitete weiterhin als Dozentin mit befristetem Vertrag, und das Lehren machte ihr Spaß. Michael dagegen wurde von Tag zu Tag unglücklicher mit den Zwängen einer akademischen Bürokratie, die – wie er es sah – reiner Selbstzweck war: Sie arbeitete für ihr eigenes Überleben, weiter nichts. Jellie konnte das ignorieren und freute sich lieber an ihren Studenten und ihren eigenen Forschungsprojekten. Für sie war das alles neu; Michael ertrug es schon über zwei Jahrzehnte lang.

1990 zogen sie, nachdem sie es ein weiteres Mal diskutiert hatten, in den White Bear Canyon. Jellie hatte ihre Zweifel an diesem Schritt und knabberte daran, ihren Beruf den Eingebungen von Michael zu opfern. Aber er war nun mal unglücklich an der Universität, und es bestand die Möglichkeit, daß sie am Spearfish College eine Stelle bekam. Das Leben im Canyon war ruhig und angenehm, doch Jellie war rastlos. Michael arbeitete allein und hatte seine Freude daran; Jellie dagegen brauchte eine Institution, einen Ort, an dem sie unterrichten und ihrer

konventionellen akademischen Forschungsarbeit nachgehen konnte.
Im Jahr darauf reiste Jellie allein nach Indien. Die Geburt von Jayas zweitem Kind erwies sich als schwierig, und Jaya brauchte danach noch jemanden, der ihr zur Hand ging. So blieb Jellie länger als geplant. Erst zwei Monate, dann drei. Indien begann wieder an ihr zu zupfen. Elsa Markhams Gene lockten sie in Richtungen, die weit entfernt waren vom White Bear Canyon und den Problemen im Zusammenleben mit einem schwierigen Mann. Ein französischer Architekt aus Auroville lud sie zum Essen ein. Er war attraktiv und ein echter Mann von Welt. Sie ging mit ihm ins Alliance Française, lehnte aber eine zweite Einladung ab. Es schien ihr Michael gegenüber nicht fair. Der Architekt rief weiterhin an. Er schickte Blumen, hängte ihr Nachrichten an die Tür.
Michael wußte nichts von dem Franzosen, machte sich jedoch Sorgen. Er rief an und fragte: »Wann kommst du denn nach Hause?« Seine Stimme war ernst.
»Ich weiß nicht«, sagte sie ebenso ausdruckslos wie unverbindlich.
»Die haben hier in Spearfish ab nächsten Herbst einen Job für dich. Sie haben vor zwei Tagen angerufen.«
»Ich weiß es im Augenblick nicht. Das ist alles, was ich sagen kann.«
Das Spearfish College gegen die Anregung eines

kosmopolitischen Lebens in Pondicherry. Abendessen im Alliance Française; ein hübscher, eleganter Franzose, der sie mit Aufmerksamkeiten überhäufte und den Gefühlen einer Frau verständnisvoll und aufgeschlossen gegenüberzustehen schien. Sie ging wieder mit ihm aus. Er wollte ihr Paris zeigen. So zu leben, war einfach und unkompliziert. Es gab keine Probleme. Und sie konnte bei Jaya und ihren Enkeln sein, was ihr ermöglichte, Buße dafür zu tun, als Mutter nie da gewesen zu sein. Die Universität in Pondicherry bot ihr eine halbe Stelle an, und eines Abends, als die trägen Winde aus dem Golf von Bengalen den süßen Duft des Jasmins hereintrugen, wäre sie fast mit dem Franzosen ins Bett gegangen. Erst im letzten Augenblick machte sie einen Rückzieher. Sie verfiel einem Leben, das so ganz anders war als ihr altes. Das nächste Mal würde sie ja sagen.

Michael rief erneut an. Seine Stimme war kühler, als sie sie in Erinnerung hatte. Er hatte schon vor ihr allein gelebt, er könnte wieder allein leben, das wußte sie. Er war ihr einmal nach Indien nachgereist, er würde es nicht ein zweites Mal tun. Als sie sich verabschiedeten, veränderte sich seine Stimme, sie wurde weicher und trauriger.

»Du fehlst mir Jellie/Jeh-*leÿ*.«

Sie weinte, ohne zu wissen, warum.

In der weißen Sonne eines indischen Morgens wirkte die Kaimauer von Pondicherry, die sich sanft gekrümmt in der Ferne verlor, geradezu mediterran. Am Abend, wenn Straßen und Häuser noch die Hitze des eben vergangenen Tages ausatmeten, promenierten hier die Einheimischen. Nach Michaels Anruf lief Jellie zur Kaimauer und saß stundenlang einfach so da. Der Mond hing als gelbe Scheibe am Himmel; irgendwo da drüben mußte Burma sein.

Wieder zu Hause angekommen, stellte sie sich vor den Spiegel und betrachtete sich. Einundfünfzig. Der Franzose sagte, sie sehe keinen Tag älter aus als vierzig. Noch immer drehten sich Männer nach ihr um. Sie bürstete sich das lange, schwarze Haar, zog das Halstuch gerade und trat wieder an den Spiegel. Sie flüsterte: »Jellie Markham ... Jellie ... das Lied ist fast aus. Was, zum Teufel, treibst du nur hier, wo der einzige Mann, der dir wirklich etwas bedeutet, eine halbe Welt entfernt ist?«

Zwei Tage später spazierte sie über eine kurvenreiche Gebirgsstraße in der Nähe von Thekkady. Dhiren schien wieder bei ihr zu sein. Fünfundzwanzig Jahre waren vergangen, seit sie an jenem blutigen Tag der Angst in dem Staub gekniet hatte, der jetzt ihre Füße verdeckte. Die Nachmittagsbrise hob ihr Haar, während sie sich auf einen Baumstamm setzte und an ihren poetischen Revolutionär zurückdachte, an ihn und seine Art, sie zu berühren, seine Flucht in den Wald. Am selben Abend noch besuchte sie eine alte Frau namens Sudhana. Bei einem schlichten Mahl sprachen sie über eine andere Zeit.

Chitra Dhavale fuhr mit Jellie zum Flughafen in

Madras. »Du wirst mir fehlen, Jellie, aber ich bin froh, daß du wieder zurückgehst. Du tust das Richtige.«
»Was für ein merkwürdiges, chaotisches Leben habe ich hinter mir, Chitra. Und so völlig verantwortungslos.« Jellie hatte Tränen in den Augen. Sie standen vor dem Flugsteig von Jellies Maschine.
Chitra umarmte sie und sagte: »Ja... merkwürdig und chaotisch... und in gewisser Weise, nehme ich an, auch verantwortungslos. Das schon, aber auf der anderen Seite auch wunderbar, wenn du mal recht überlegst. Hängt ganz davon ab, wer es beurteilen will und nach welchen Maßstäben. Aber wenigstens weißt du, wie es ist, wenn einem ein prächtiges Gefieder wächst und einen der Südwind davonträgt. Die meisten von uns kennen das nicht und werden es auch nie erfahren. Wenn jemand eine große Liebe im Leben findet, kann er sich schon glücklich schätzen. Du hattest zwei. Eine als Mädchen, die andere als Frau.«
Worauf Jellie lächeln mußte. »Die eine ein Revolutionär und die andere ein Mann mit einem Motorrad. Gott steh mir bei.« Sie lachten miteinander, während sie sich die Tränen abwischte, und vierzig Minuten später hob die Maschine der Air India ab. Chitra Dhavale sah noch das Blitzen der Morgensonne auf den Tragflächen der 747, als diese sich Richtung Süd-Dakota wandte.

Jellie hatte Michael nicht informiert, daß sie kam, so daß sie allein mit dem Taxi von Rapid City aus in die

Black Hills fuhr. Auf der Veranda vor dem Haus im White Bear Canyon stand ein zerlegtes Motorrad, die Shadow II. Michael hatte sie vor sechs Monaten auf einem Treffen von Motorradfans entdeckt und war dabei, sie zu restaurieren. Er wußte, sie würde nie den Platz der alten Shadow einnehmen, die den Unfall nicht überstanden hatte. Das Original war ein Symbol seiner Jugend gewesen, und mit ihrem Verschwinden war auch etwas von dem Jungen in ihm verschwunden. Er trauerte beidem nach.

Die Hütte war leer. Aber sie roch noch Spuren von Pfeifentabak. Im Gästezimmer stand der Koffer ihres Vaters. Michael hatte ihr erzählt, daß Leonard Markham zum Forellenfischen kommen wollte. Auf dem Küchentisch lagen Päckchen mit Angelschnüren, künstliche Fliegen und andere Köder. Daneben eine Flasche Jack Daniel's und Michaels arg mitgenommene Mütze mit der Aufschrift *Richtige Männer bleiben allein.* Sie hatte ihm die Mütze zum ersten Geburtstag nach seinem Unfall geschenkt. »Das ist in keiner Weise eine Kapitulation vor dem unverbesserlichen Mannsbild in dir«, hatte sie gesagt, als sie ihm die Tüte mit der Mütze überreichte. »Daß das mal klar ist. Ich dachte nur, sie würde dir gefallen.«

Nun stand sie reglos da und sah sich um. Sie kam sich etwas fremd vor, aber andererseits stellte sich auch eine beruhigende Vertrautheit ein. Casserole lag auf Michaels Schreibtisch, alt geworden, aber offensichtlich noch immer wohlauf. Jellie ging hinüber und

streichelte sie. Die Katze streckte sich gähnend. Malachi stand im Garten hinter dem Haus und bellte auf weiß Gott was ein.
Michaels erster Roman, *Reisen mit Pythagoras*, lag auf dem Schreibtisch. Er hatte ihn aus der Sicht der Mutter des griechischen Philosophen geschrieben, die ihren Sohn der Legende nach auf seinen Reisen durch Ägypten und Babylonien begleitet hatte. Für einen Erstling hatte er sich ganz gut verkauft: dreißigtausend Exemplare. Sie nahm das Buch zur Hand und las die Widmung auf der ersten Seite: »Für Leonard Markham, der mir eine Frau zum Lieben gab.« Daneben Michaels zweites Buch, *Algebra der Illusionen*, ein Sachbuch über philosophische Probleme in der angewandten Mathematik.
Unter den beiden Büchern lag ein Manuskript. Sie starrte auf das Titelblatt – *Der Morgentiger* – und legte die Bücher schnell wieder obenauf. Sie wußte, Michael hatte unterschwellig das Gefühl, daß er Dhiren nie und nimmer ersetzen könnte. Vielleicht war das hier seine Art, dieses Gefühl zu exorzieren. Jellie nahm an, er würde ihr von dem Manuskript erzählen, wenn er soweit war.
Sie öffnete die Fliegentür zur Rückseite des Hauses und spähte durch die Bäume auf den Forellenbach, etwa fünfzig Meter vom Haus entfernt. Ihr Vater stand gebückt am Ufer und hatte an seiner Angelrute zu tun. Michael, mit Sonnenbrille, die Ärmel seines blauen Jeanshemds bis zu den Ellbogen hochgerollt, watete im tiefen Wasser, eine Zigarre zwischen den

Zähnen und das Gewicht natürlich auf das Bein verlagert, das er sich bei seinem Unfall verletzt hatte. Er war dreiundfünfzig, und das Bein würde ihm für den Rest seines Lebens Ärger machen. Sie hielt einen Augenblick den Atem an, als er stolperte und ins Taumeln geriet, aber dann hielt er sich an einem Felsen in der Mitte des Baches fest.

Er richtete sich auf und begann die Angel auszuwerfen. Jellie Markham lehnte sich gegen den Türrahmen und beobachtete ihn. Sie mußte daran denken, was Chitra über prächtiges Gefieder und südlichen Wind gesagt hatte, über poetische Revolutionäre und Männer mit Motorrädern. Dann schüttelte sie den Kopf und lachte leise in sich hinein. »Gott steh mir bei.« Sie schlüpfte aus ihrer indischen Kleidung und lief in Jeans, einem alten Pulli und Wanderschuhen hinunter zum Bach. Malachi sah sie und kam hüpfend und bellend angerannt. Leonard Markham hörte den Hund und sah auf, nahm die Hand vor die Augen und winkte ihr dann zu. Hinter ihm spritzten Wassertropfen wie Edelsteine von Michael Tillmans Angelschnur, als er im letzten Sonnenlicht eines blauen Abends in den Bergen die Rute hob.

DANK

Ein Dankeschön den üblichen Verdächtigen – Georgia Ann, Rachel, Carol, Shirley, Gary und Kathe, Susan, J. R., Linda, Mike, Bill und Pam –, die so freundlich waren, die verschiedenen Fassungen meines Manuskripts zu lesen und zu kommentieren. Mein Dank auch an Maureen Egen und die anderen netten Leute bei Warner Books – für ihre Geduld mit einem alten Herumtreiber. Es gilt die übliche Erklärung: All diese Menschen haben meine Arbeit verbessert; die Schwächen gehen allein auf mein Konto. Und selbstverständlich vielen Dank an die Agentur Aaron Priest und all die Leser draußen in der Welt, die mir dieses merkwürdige Leben in der Einsiedelei der Worte und der Phantasie ermöglichen.

Robert James Waller — Cedar Falls, Iowa

ROBERT JAMES WALLER

Die Brücken am Fluß

Roman

Aus dem Amerikanischen von Bernhard Schmid
222 Seiten · Gebunden

»Der erfolgreichste Liebesroman der letzten zehn Jahre – eine herzergreifende Liebesgeschichte.«
Cosmopolitan

Der Fotograf Robert Kincaid, zweiundfünfzig Jahre alt, hat die ganze Welt gesehen. Noch immer zieht er unstet durch die Lande, allein, einsam, auf der Suche nach einem ungewöhnlichen Motiv, nach ein wenig Unbeschwertheit und Glück.
Als er sich eines Tages nach dem Weg zu einer alten Brücke erkundigt, begegnet er der Farmersfrau Franchesca Johnson – nach landläufigen Maßstäben glücklich verheiratet.
Robert und Franchesca sind mutig genug, sich auf eine große, wunderbare, aussichtslose Liebe einzulassen. Vier Tage und drei Nächte lang tauchen sie ein in eine Liebe bis ans Ende aller Grenzen.

GOLDMANN VERLAG